D1743476

Rosemarie Michaelis

Warum? Wieso? Weshalb?

11 Männer

>> Meine Ost-West-Geschichte <<

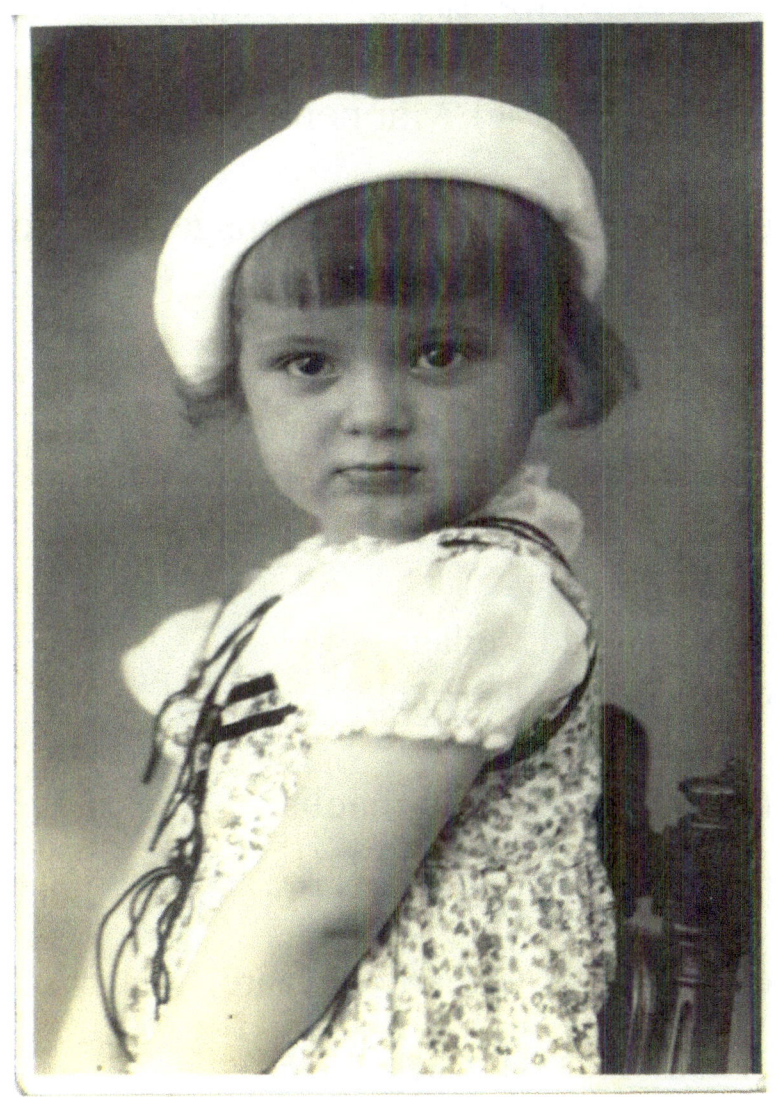

Warum? Wieso? Weshalb?

11 Männer

Meine ungewöhnliche Lebensgeschichte

Herstellung und Verlag:
BoD - Books on Demand, Norderstedt

Autor: Rosemarie Michaelis

Bilder: Privat (Kinderbild – Rosemarie 3 Jahre

(Cover-Bild – Rosemarie 57 Jahre)

ISBN Nr. **9783744837354**

Als Rosemarie Adam wurde ich geboren.
Der Spruch meiner Großeltern Georg und Luise
Adam, damals um 1900:
„So lange Welten stehen, solange Menschen sind
werden Mühlenräder gehen durch Wasser, Dampf
und Wind."

Meine Großeltern Georg und Luise Adam – etwa 1915

Leider hat der Sturm diese Windmühle umgerissen.
Sie haben später eine neue Motormühle errichtet.

V o r w o r t

Von den **„Ich"-Erzählern** gibt es inzwischen viele, manche haben erst ein halbes Leben hinter sich.

Ich kann sagen: So viel Erlebtes passt nur zu jemanden, der mindestens 80 Jahre alt ist.

Es ist meine Lebensgeschichte mit dramatischen Höhepunkten sowohl in der **DDR** als auch in der **BRD**.

In Berlin wurde ich geboren und im Umland von Berlin bin ich aufgewachsen. Meine Eltern hatten eine Bäckerei.

Mit der Enteignung meines Lehrbetriebes durch den Ostberliner Magistrat 1951 wurde automatisch auch meine kaufmännische Lehre abgebrochen. Trotzdem arbeitete ich später ohne Berufsabschluss in leitenden Funktionen.

Die Einheirat in eine Fleischerfamilie wurde zum Debakel und der Kauf eines Gaststättengrundstücks 1987, gemeinsam mit meiner Tochter, war ein Wagnis, obwohl die DDR-Behörden den Bau einer Gaststätte genehmigt hatten.

Dazwischen die ersten dramatischen Beziehungen mit Männern.

56 Jahre habe ich in der DDR gelebt und gearbeitet, habe mich immer normal verhalten, trotzdem hat man IMs auf mich angesetzt. **1989, die Mauer war offen und unsere** Gaststätte im Rohbau fertig.

Dank der Mithilfe meiner Kinder konnte ich das **Restaurant „Waldfrieden" im April 1991 neu eröffnen.**

Ich war bis zum Hals verschuldet.

Aber immer wieder geschahen Wunder.

Eine Zufallsbekanntschaft, ein halbes Jahr nach Maueröffnung, stellte mein ganzes Leben auf den Kopf.

In Oberbayern erbte ich ein 12.000 Quadratmeter großes Grundstück. Der anschließende Verkauf eignet sich für einen „Krimi".

Nach meiner Bekanntschaftsanzeige in der Süddeutschen Zeitung ging die Dramatik mit den Männern weiter.

Auch das verrückte, anstrengende Leben mit Hauskauf in Spanien an der Costa Blanca geht in die Geschichte ein.

Meine Männer, inzwischen waren es 11!

Ob Millionär oder Toilettenmann, das wird für interessante Unterhaltung sorgen.

Sehr hilfreich waren meine Tages-Notizbücher, in die ich immer besondere Ereignisse eingetragen habe.

Eine im Gedächtnis versunkene Welt ist so wieder auferstanden, viele Gesichter und Situationen sind wie lebendig wieder da.

Nach dem Hausbau in Ludwigsfelde und in den Jahren danach passierten unfassbare Dinge. Eine gute Freundin, die Frau vom langjährigen Bürgermeister in Ludwigsfelde, Brigitte Scholl, wurde ermordet. Ihr Mann, Heinrich Scholl, sitzt aufgrund von Indizien lebenslang.

Nun lebe ich wieder als Langzeiturlauber in Spanien in einer wunderschönen Wohnung und habe endlich Zeit, meine Lebensgeschichte fertigzuschreiben.

Die in diesem Buch genannten Orte und Personen sind authentisch.

Bei meinen Männern habe ich nur Vornamen, zum Teil abgewandelt, verwendet.

Wie das Leben so spielt, diesmal habe ich einen Autor an meiner Seite, der schon viele Bücher geschrieben hat und mir behilflich ist.

Er lebt schon seit 1983 mit seiner Frau in Orcheta in Spanien.

Es ist Eduardo Esmi.

Inhalt

Es ist Krieg – die Russen kommen

Als der Zweite Weltkrieg begann, war ich fünf Jahre alt und bin ab 1939 gleich in das Kriegs-Chaos hineingewachsen.

Die Erlebnisse in dieser Zeit vergisst man sein Leben lang nicht und vielleicht wurde da schon der Grundstein dafür gelegt, dass mein Herz im Laufe meines Lebens immer wieder aus dem Takt geraten ist. Diese Aufregung, verbunden mit Angst, wenn die Sirenen heulten und wir in den Luftschutzkeller mussten, ließ mein kleines Herzchen auf Hochtouren schlagen. Wir sind immer, auch andere Nachbarn, zu Familie Meißner, die hatten einen besonders tiefen Keller unter einer Scheune. Trotzdem hat man auch da Erschütterungen gespürt und die Fluggeschwader gehört, die tief über uns hinweg sind, mit dem Ziel Berlin. Wietstock war ja nur 20 Kilometer von der Stadtgrenze entfernt.

Tante Ella, meine Nachbarin, saß oft neben mir und sagte: „Mädel, du zitterst ja so." Wenn Entwarnung getutet wurde, schlichen wir wieder nach Hause, ich immer in Angst etwa auf eine Brandbombe zu treten.

Wenn es besonders schlimm war in der Nacht, hatten wir am nächsten Tag keine Schule, denn inzwischen war ich eingeschult. Etwa 500 Meter bin ich dann mit Holzpantinen zur Schule gelatscht, die befand sich mitten im Dorf.

Auch der Lehrer wohnte mit seiner Familie in dem schon etwas älteren Gebäude. Gleich daneben war der Friedhof. Im Schulranzen war eine Schiefertafel, an der Seite ein Schwämmchen und ein Griffel zum Schreiben.

Ab 1942 gab es Schreibhefte, der Unterricht fand für die Klassen eins bis vier in einem Raum statt.

Es war im Sommer 1941, ich war mit meiner Mutter in Misdroy an der Ostsee, das liegt heute in Polen. Der Arzt hatte meiner Mutter gesagt: „Das Kind braucht eine Luftveränderung, entweder in einem Bierkeller, oder zwei Stunden im Flieger, oder eben an die See."
Mein Keuchhusten quälte mich mit Hustenanfällen und Erbrechen so sehr, der hatte sich so eingenistet, dass ich ihn aus eigener Kraft und nur mit Hustensaft nicht los werden konnte. Nun in Misdroy – der Keuchhusten war nach einem Tagesaufenthalt dort weg.

Es gab aber noch andere Probleme mit mir. Immer wieder, nicht jeden Tag, bin ich morgens in einem nassen Bett aufgewacht. Ich war also auch noch ein Bettnässer.
Oh, das war schlimm. Ich habe das nicht gemerkt, bin davon nicht wach geworden, auch der Arzt konnte nichts Krankhaftes feststellen.

Meine Mutter wurde ungeduldig, sie hat mich dann morgens, wenn das Bett nass war, mit dem Teppichklopfer verprügelt. Ich lief im Nachthemdchen oben im Haus herum, da war aber kein Entkommen, sie war immer hinter mir und dieser Klopfer aus Rohrgeflecht hat blutunterlaufene Striemen auf meinem Körper hinterlassen. Es wurde aber nicht besser, im Gegenteil, durch die Schläge vielleicht noch schlimmer.

Wenn ich früh wach wurde im nassen Bett, dann ging bei mir das Herzklopfen und Zittern schon los, denn der Ausklopfer kam immer wieder mal zum Einsatz.

Es kam eine Zeit, in der ich in einer kleinen, schrägen Dachkammer oben im Haus auf Stroh schlafen musste. Da geschah es, dass ich morgens mit einer Wunde am Kopf aufgewacht bin. Meine rechte Augenbraue war total quer durch und tief aufgeschlitzt, alles war blutverschmiert.
Sicher bin ich im Schlaf an einen Dachbalken gekommen, ja, ganz bestimmt.
Bis heute ist das eine Zierde in meinem Gesicht.
Jeden Abend betete ich: „Lieber Gott, hilf mir."

Plötzlich, von einem Tag zum anderen, war alles weg, mein Körper hatte sich umgestellt. Ich war so unendlich froh.
Gedeutet wird das so: „Das sind nicht geweinte Tränen."

Unser Haus in Wietstock lag auf einer Anhöhe. Oben im Haus wohnte meine Oma, Opa war schon verstorben. In der unteren Etage wohnten wir und ganz unten im Haus war eine Backstube mit zwei Räumen. Ab 1941 wurde darin nicht mehr gebacken, weil mein Vati Soldat war.
Er musste nicht an der Front kämpfen, sondern war dem hinteren Teil des Kriegsgeschehens zugeteilt.

Im Dezember 1941 bekam ich noch eine Schwester und im September 1944 kam noch eine Schwester auf die Welt.
Na, das war verrückt, mein Vati war doch im Krieg!
Irgendwann hat mir meine Mutter dann erzählt, dass die kleine Schwester gar nicht auf die Welt kommen sollte. Sicher war das furchtbar für sie, in der immer grausamer werdenden Kriegszeit noch ein Kind zu bekommen. Sie hatte auch alles versucht, um es los zu werden. Weder heiße Sitzbäder noch das Springen vom Hang hatten geholfen.

Das Schicksal hatte anders entschieden und das war gut so.

Die Bombenangriffe wurden 1944 immer schlimmer,
manchmal gingen nachts zweimal die Sirenen.
Der Weg zum Luftschutzkeller war nicht weit, trotzdem
haben uns die Bomber einmal auf dem Weg dahin überrascht.
Ein wahnsinniges Dröhnen und Getöse über unseren Köpfen.
Wir ließen den Wäschekorb fallen, in dem meine kleine
Schwester lag, warfen uns instinktiv auf die Erde.

Alles ging sehr schnell, ein riesiger Knall, die Erde bebte,
aber wir lebten noch. Es sind etwa 300 Meter von uns entfernt
zwei Bomben heruntergekommen und explodiert.

Auf einer späteren Höhenaufnahme sind die Bombentrichter
noch gut zu erkennen. Vielleicht sollten ja die Flack-
Geschütze getroffen werden, die nicht weit von unserem Haus
am Nunsdorfer Weg stationiert waren.

Die letzten Kriegstage waren besonders schlimm. Tagelang
hörte man aus der Ferne das dumpfe Grollen der immer näher
kommenden Front.

Ende April 1945 – endlich waren sie da, die Russen.
Ein Panzer war den Werbener Weg hinuntergekommen, hat
auf der Anhöhe hinter unserem Haus einen Schuss abgegeben,
der hallte durch das ganze Dorf. Keine Gegenwehr!
Nun kamen jede Menge russischer Soldaten, in gebückter
Haltung mit einem Gewehr vor sich, direkt an unserem
Gartenzaun vorbeigelaufen und dann auch bald zu uns in den
Keller. Wir saßen im tiefsten Keller im Haus. Onkel Georg,
der Bruder meines Vatis, mit seiner Frau und Tochter Irene.
Dann war noch ein Mann aus dem KZ mit dieser
Sträflingskleidung in unserem Keller, keine Ahnung, wo der
plötzlich her kam. Die Russen kamen in unseren Keller, sahen

unser kleines Häufchen, sahen die Angst in unseren Augen.
Sie haben uns nichts getan, ich war nun gerade zehn Jahre alt.
Mein Onkel, der eine Kriegsverletzung am Arm hatte, wurde
mit herausbeordert, auch der Mann aus dem KZ ging gleich
mit den Russen nach oben. Wir sahen ihn nie wieder.
Am nächsten Tag sind wir, mit dem Nötigsten bepackt, in den
Wald gezogen.

Auch Russen waren auf diesem Feldweg nahe des Waldes
unterwegs. Einer oder einige wollten meine Tante ins
Gebüsch ziehen, sie vergewaltigen. Sie zeigte dann ihre OP-
Narbe am Bauch und sagte immer: „Infektion, Infektion."
Das müssen die wohl verstanden haben und sind abgehauen.

Eine Nacht schliefen wir im Wald, meine kleine Schwester,
gerade acht Monate alt, wurde mit Malzkaffee ruhiggestellt.
Zurück in unserem Haus, die unteren Räume waren nicht
wiederzuerkennen. Da, wo wir in den letzten Wochen
geschlafen hatten, im Keller auf Matratzen, sah es aus wie
nach einer Schlacht, alles war durchwühlt, Federbetten zum
Teil aufgeschlitzt.

Dann bewegte sich auf unserem Hof etwas, Gulaschkanonen
und große Kessel wurden aufgestellt. Ausnahmslos Russen
waren nun dabei, für ihre Soldaten zu kochen.
Wir profitierten davon und zu mir waren die Russen sehr
freundlich, haben mir sogar ein paar russische Worte
beigebracht.

Ich sollte immer sagen: „Jupp tfoijo Maat." Wenn ich das
dann gesagt habe, haben die sich gebogen vor Lachen.
Wenn ich überraschend mal unten aus der Haustür kam und

das ohne Aufforderung forsch sagte, dann haben sich die Russen vor Lachen bald unter die Kessel geschmissen.

Selbstverständlich wollten die Russen auch an die Frauen ran, speziell an meine Mutter und an Tante Gertrud.
Sie hatten uns auch im Blickfeld, als wir abends stolz an denen vorbeigelaufen sind über den Hof zum Mühlengebäude.
Auf dem Mühlenboden war eine Zwischendecke aus Holzbrettern direkt unter dem Dach und darin unauffällig eine Luke mit einer Leiter. Wir, die ganze Familie, auch Tante Gertrud und Irene, sind da hoch, haben die Leiter nach oben gezogen, die Klappe zugemacht.
An Schlafen war nicht zu denken, denn schon bald waren die Russen in der Mühle direkt unter uns, haben uns gesucht.
Ein Horror-Szenario! Was wäre passiert, wenn jemand hätte husten müssen oder das Baby angefangen hätte zu schreien?
Oder vielleicht hätten die Russen vor Wut in die Decke geschossen. , wir haben das nicht öfter gemacht.

Leider wurde die Essenstation von unserem Hof woanders hin verlegt.
Nach ein paar Tagen kam ein Russe und forderte meine Mutter auf, zum Kartoffelschälen mitzukommen.
Sie war sofort bereit, dachte, dass die Kochstation jetzt woanders in der Nähe ist.
Letztendlich kam sie nach etwa vier Stunden wieder, total fertig, in Tränen aufgelöst. Sicher hatten sie einige Russen immer wieder vergewaltigt.

Nun war die Küche weg von unserem Hof und eine schlimme Zeit begann, weil wir nichts zum Essen hatten.

Nur Kartoffeln und Salz und manchmal dazu eine Majoran-Stippe.

Es war keine lange Zeit, trotzdem habe ich nie vergessen, dass ich in meinem Leben schon mal hungern musste.

Unser Glück war die Motormühle nebenan. Onkel Georg hatte sie schnell wieder flott gemacht.

Keine Ahnung, wo er die Körner her hatte, aber die Mühle lief und ich, die Große, musste nun mit einem Beutel rübergehen und meinen Onkel um Mehl bitten. Er hatte mich nie abgewiesen und immer den Beutel vollgemacht.

So konnte uns Mutti wenigstens eine Mehlsuppe mit Wasser kochen, aber wir träumten von einer Mehlsuppe, die mit Milch zubereitet war.

Manchmal erfüllen sich Träume schneller als gedacht!
So war es dann auch.

***

Wir haben eine Kuh eingefangen

Irgendwo in der Umgebung standen Kühe auf einer Weide. Eine mit prallgefülltem Euter haben wir bis auf unseren Hof getrieben. Was für ein Glücksfall!

Wem gehörte diese Kuh? Keine Ahnung. Meine Mutter und ich haben das gemacht, denn meine Schwestern, fünf und zwei Jahre, waren noch klein und Vati in der Gefangenschaft. Sicher war die im Euter angestaute Milch verbiestert und nicht zu genießen – mal sehen.

Mutti hat die Kuh vorn festgehalten und ich sollte probieren, aus den Zitzen am Euter etwas rauszukriegen. Ganz wohl war mir dabei nicht und das zurecht. Immer, wenn ich an die Zitzen greifen wollte, gebärdete sich die Kuh wie wild, hat mich bald umgerissen. Ob sie Schmerzen hatte?

Der Gedanke, irgendwie an Milch zu kommen, war übermächtig. Immer wieder habe ich es probiert, obwohl ich jetzt mächtige Angst hatte vor diesem großen Tier. Zaghaft, vorsichtig, ich war auf das Schlimmste gefasst, auch, dass ich unter der Kuh zu liegen komme.
Es war mühsam, aber nach ungefähr einer Stunde hatten wir uns arrangiert. Die Kuh wurde ruhiger, wir hatten es geschafft, auch mit streicheln und zureden. Das sie mir immer wieder den Schwanz um die Ohren gehauen hat, musste ich ertragen, denn endlich waren wir am Ziel: etwas wie Milch kam heraus. Auch meine Mutter hat probiert und Milch aus den Zitzen gezogen. Die erste Milch ging gleich in den Gully. Plötzlich stand im Keller eine Zentrifuge, egal wo die herkam.

Die war wichtig für die Butterherstellung, aber wie das?
Diesmal kam eine alte Blechmilchkanne mit 2,5 Liter Inhalt
zum Einsatz. Etwas weniger Sahne kam rein, Deckel rauf und
dann fing ich an, die Kanne zu rütteln: die Arme hoch, runter,
zur Seite, abwechselnd, etwa eine viertel Stunde.
Ein klirrendes Geräusch in der Kanne war das Zeichen, dass
ein Klumpen Butter entstanden war. Jetzt nur noch die fertige
Butter waschen, salzen und fertig.

So etwa ein Jahr nach Kriegsende hatten wir eine kleine
Landwirtschaft. Dazu gehörten Gänse, Hühner ein Schaf.
Zwei Ferkel kamen dazu, die zu Schweinen werden sollten.
Ich habe sie abends oft gefüttert, sie lieb gewonnen, ihr
borstiges Fell gekrault, aber als sie dann groß waren und es
ans Schlachten ging, war ich verschwunden.

Furchtbar, wenn es getötet wurde. Ich konnte es nicht sehen,
habe geheult. Meine Mutter war robust, sie saß neben dem
Schwein, das gerade den Todesschuss erhalten hatte und hat
Blut gerührt. Nach und nach habe ich die Notwendigkeit
eingesehen. Dieses Schwein in viele Teile zerlegt, zum Teil
gepökelt, dazu einige Wurstsorten – all das hat uns den
ganzen Winter über mit ernährt.

Im Mai 1945 waren die Kriegshandlungen beendet, Berlin
war erobert und wurde nun in Ost und West aufgeteilt.

Eine Versorgung mit Lebensmitteln gab es erst mal nicht, wir
mussten uns selbst kümmern. Das war auf dem Land
einfacher als in der Stadt. Bettler und Schieber hatten
Hochkonjunktur.

Wir hatten Samenreste, konnten ein paar Kartoffeln in die
Erde stecken, die Arbeit im Garten war jetzt vorrangig.
Im Herbst konnten unter anderem Tomaten, Gurken,
Zwiebeln, Bohnen geerntet werden. Der Leinöl-Mann kam
jede Woche, die Hühner legten Eier. Butter und Quark
konnten wir selbst herstellen, ebenso Pflaumenmus. Der
wurde im großen Waschkessel gekocht oder gerührt und
reichte für ein halbes Jahr.
Auch die Apfelbäume waren gut besetzt.

Eigentlich war für uns, was die Nahrungsmittel anging, vier
Jahre nach dem Krieg die Welt wieder in Ordnung.

Zu Weihnachten gab es Gänsebraten und zu Silvester die
köstlichen „Mohnpielen" nach einem alten Rezept aus
Ostpreußen.

Wir Kinder haben die Kriegserlebnisse erst mal abgespeichert
und mit vielen Illusionen in die Zukunft geschaut. Noch hatte
das Herumtollen, Hopse- und Versteckenspielen Vorrang und
ich war wohl, so schätze ich das heute ein, mit die Wildeste
von allen. Auf dem Gehöft von Bauer Meissner waren wir
beim Versteckenspielen – ich bin auf den Heuboden hinauf.
Doch das Springen aus der Luke vom Heuboden auf den
darunter stehenden Pferdewagen-Hänger wurde mir zum
Verhängnis. Der war mit Heu oder Grünfutter für das Vieh
beladen, dazwischen lag eine Forke.

Ich sprang, landete und schrie los: „Was ist mit meinem
rechten Bein?" Der äußere Zinken dieser Forke war am
Schienbein vorn rein, hinten wieder raus.
Der Bauer betrachtete mich mit sorgenvoller Mine, hat meine
Mutter geholt. Sie haben den Zinken wieder rausgezogen,

Knochen und Sehnen schienen nicht verletzt. Es kam ein Verband herum und nach zwei Wochen war der Eiter abgeflossen.

Ebenso in Erinnerung sind mir die schweren und für mich unheimlichen Gewitter geblieben. Der Blitz hat immer unser Haus gesucht und eingeschlagen. „Eine Wasserader würde unter dem Haus verlaufen", sagten irgendwelche Leute. Vielleicht? Wenn der Himmel schwarz wurde von Gewitter-Wolken, war ich im Haus verschwunden. Am liebsten versteckte ich mich im Keller. Als wieder mal ein kräftiges Gewitter wütete, hat der Blitz direkt den hohen Bäckerei-Schornstein getroffen und ihn vollkommen zum Einsturz gebracht. Die Steine fielen vom Dach auf das Wellblechdach am Hintereingang des Hauses – es waren Geräusche wie im Krieg. Ich war wie gelähmt, konnte nicht mal schreien.

Wenn im Herbst die Tage kürzer und das Wetter immer ungemütlicher wurde, fühlten wir uns bei unserer Oma Luise, die oben im Haus wohnte, sehr wohl.
Wir, meine Cousine und ich, haben auch Karten gespielt. Ein ganz besonderes Spiel war das. Eigentlich lachhaft, dass ich so etwas erwähne. Trotzdem, was ging in unseren Köpfen damals im Alter von 13 Jahren vor?
Beim Kartenspiel gab es nur ein Ziel, jeder wollte verlieren. Wir hatten noch keine Ahnung von der Liebe, befolgten aber den Spruch: „Wer Glück hat im Spiel, hat Pech in der Liebe."

Klar, auch mit Oma spielten wir Karten. Sie war eine herzensgute Frau, hat sehr viel geleistet, zwei Weltkriege miterlebt und auch furchtbare Schicksalsschläge hinnehmen müssen. Mein Vati wurde 1906 geboren, dann Georg, dann

Fritz und 1918, noch im Ersten Weltkrieg, wurde Nesthäkchen Heinz geboren.

Oma Luise und Opa Georg, hinten Mitte mein Vati

Sie haben das Haus mit der Bäckerei und dann auch eine Motormühle in Wietstock aufgebaut, nachdem ein Sturm die Windmühle auf dem Berg umgerissen hatte, das war um 1900. Ein- oder zweimal in der Woche sind sie mit dem Dreirad-Auto nach Berlin Lichterfelde gefahren, um dort auf dem Kranold Platz ihre Backwaren zu verkaufen.
Von den Wietstocker Einwohnern allein konnten sie nicht leben. Daher war Großvater auch noch mit Körben unterwegs, um seine Backwaren in den Nachbardörfern anzubieten.

Ihr jüngster Sohn Heinz ist dann bei einem Übungsflug mit der Ju 88 am 7.3.41 abgestürzt. Er wurde nur 23 Jahre alt, wie furchtbar für meine Oma.

Der Sarg stand bei uns in der Garage. Zwei Soldaten hielten daneben Wache. Alle zwei Stunden war Ablösung. Bei der Beerdigung wurden zwölf Schüsse abgegeben und meine Oma hat nicht nur geweint, sie hat geschrien.
Ihr Mann, mein Großvater, war ein Jahr davor gestorben. Da war sie nicht so verzweifelt.

Oma Luise wurde 77 Jahre alt. Das letzte Lebensjahr lag sie fast nur im Bett. Sie hatte offene Beine und ist dann 1959 gestorben.

Heute, wo ich auch in diesem Oma-Alter bin, bedaure ich so sehr, dass ich mich nicht öfter mit ihr über ihr Leben unterhalten habe. Bis 1959 hätte ich das noch gekonnt.
Warum habe ich es nur nicht gemacht? Leider, leider zu spät.

Meine andere Oma war Haushälterin bei Wertheim im Nachbarort und Kartenlegerin.
Im Alter und nach dem Mauerbau wohnte sie in Westberlin bei ihrer Tochter G. Zech und hat ein hohes Alter erreicht.

Die entbehrungsreichen Jahre nach dem Krieg

Erst kamen die Berliner, vom Hunger getrieben, zu uns aufs Land. Doch schon bald machten sich auch die Schieber aus dem Umland auf den Weg nach Westberlin.

Gleich nach Kriegsende lag Berlin in Schutt und Asche, Lebensmittel waren aufgebraucht oder verbrannt.
Die Züge ins Umland waren immer rappelvoll. Einige haben sich von außen an den Zug geklammert, sind so mitgefahren, um etwas Essbares zu ergattern.

In der Mühle nebenan bei meinem Onkel war unter anderem ein Professor vorstellig geworden, mit seinen sicher sehr wertvollen Ölgemälden – wie viel Mehl oder Schrot er dafür mitgenommen hat, steht in den Sternen.
Viele Berliner kamen in der Folgezeit mit kostbaren Gegenständen zu den Bauern aufs Dorf. Mitunter gaben sie ihr letztes Tafelsilber im Tausch für Lebensmittel.
Sehr lange dauerte diese Situation nicht an, denn schon bald kehrte die Normalität ein, besonders in Westberlin.

Da gab es plötzlich alles, wovon wir im östlichen Umland nur träumen konnten.

Nun kamen die Berliner zum Hamstern nicht mehr aufs Land, jetzt machten sich die „Schieber" aus dem östlichen Umland auf den Weg nach Westberlin – auch ich.

**

Grenzkontrollen der DDR im Zug nach Berlin

Noch keine Mauer, trotzdem aufgeteilt in Ost- und Westberlin mit gut funktionierender Grenzkontrolle auf östlicher Seite.

Es gab zwei Währungen, die DM, die Ost-Mark und ab 1949 die DDR-Mark.
Bei uns im Osten war alles trostlos und 1000 Dinge, die es bei uns nicht gab. Also formierten sich jetzt die „Schieber" aus dem Osten. Frisches vom Land kam in Westberlin immer gut an und wir im Osten wollten ja unbedingt an die West-DM heran.
Nur die Grenzkontrollen mussten wir erst durchlaufen.

Ich habe mir etwa alle vier Wochen zwölf kleine Brote in normale Taschen gesteckt und bin zu meiner Tante Trude nach Berlin-Lichterfelde gefahren. Sie war inzwischen von meinem Onkel Georg geschieden und wohnte mit meiner Cousine Irene in Lichterfelde, wo sie auch ihren Lebensmittelladen hatte. Ich bekam eine West-Mark für ein Brot, aber leicht verdient war das nicht: Vati musste es erlauben, dann sechs Kilometer mit dem Fahrrad zum Bahnhof, rein in den Vorortzug. Beim Halt in Großbeeren kamen die Grenzkontrolleure in den Zug.
Weiter mit der S-Bahn bis Lichterfelde Ost oder Süd und 15 Minuten laufen.
Wenn es gut ging, konnte ich mich über zwölf West-Mark freuen. Einmal war ich mit meiner Freundin Sigrid unterwegs. Sie hatte Butter und Weißkäse dabei und ich wie immer zwölf Brote. Diesmal hatte man uns bei der Grenzkontrolle in Großbeeren aber aus dem Zug geholt und in eine Baracke

eingesperrt. Ich konnte nach zwei Stunden gehen, meine
Freundin musste vier Stunden ausharren.

Solche Erlebnisse haben uns weder geschockt noch
abgeschreckt. Zu groß war der Wunsch, an Westgeld
heranzukommen.
Es wurden auch Strategien entwickelt, die das Auffinden der
Ware fast unmöglich machte.
Eine Klammerschürze wurde so genäht und in Fächer
aufgeteilt, speziell für den Transport von Eiern.
Meine Freundin Sabine ist mal mit so einer Schürze in den
Zug rein. Als sie im Abteil sitzt, kommt noch ein Bekannter
dazu, klopft ihr zur Begrüßung auf die Schenkel und fragt:
„Na, wie geht's?" Sie hat wie vom Stromschlag getroffen los
geschrien: „Oh, meine Eier!"

Das Schlimmste in meiner Schieber-Geschichte war der
Transport einer Gans kurz vor Weihnachten unter dem
Mantel. Zwei unserer frisch geschlachteten Gänse sollten
rüber nach Westberlin, meine Mutter hatte auch eine. Die
Gänse wurden mit einem starken Bindfaden um Taille und
Gänsehals befestigt, hingen aber bis zu den Knien herunter.
Geradestehen ging noch, aber im voll besetzten Abteil und
beim Treppensteigen bin ich bald in Panik geraten.

Nein, das war ein einmaliges, schlimmes Erlebnis.

Ja, das große Schaufenster Westberlin lockte stetig und zog
einen magisch an, nur das Geld fehlte.

Ich war dann, Anfang der 1950er-Jahre, schon angestellt bei der BHG und immer in freudiger Erwartung auf die Gehaltszahlung am Monatsende.

Danach ging es gleich nach Westberlin, da war mein sauer verdientes Geld ganz schnell wieder weg. Kein Wunder bei einem brutalen Wechselkurs von sieben Ost-Mark für eine West-Mark.

Danach Wut, das Geld war weg.

Sicher, ich hatte einen wunderschönen Stoff aus dem KaDeWe. Daraus hat meine Schneiderin Frau Brademann für die nächste größere Hochzeit im Dorf ein bezauberndes Kleid genäht.

Diese Hochzeiten auf dem Dorf waren immer etwas Besonderes. Mit Verwandten und vielen Gästen, meist so um die 100 Personen, wurde gefeiert, oft bis zum nächsten Tag um neun Uhr. Oft haben sich die letzten Gäste dann noch einmal zu einem Umzug durchs Dorf aufgemacht.

Die Blaskapelle natürlich voran.

Einmal rannten die Männer, angetrunken los, stiegen am Rande des Dorfes über einen kleinen Koppelzaun, um auf den Schweinen zu reiten.

Hochzeitszug

Derweil sind die Musiker mit Sachen bis zum Bauch in den See gegangen, der auf der anderen Straßenseite lag, und haben von dort weiter geblasen.

Ein anderes Mal wurde ein Pferd in den Saal geholt, oder einzelne Gäste mussten nach oben auf die Bühne. Da stand ein kleiner Stuhl mit einem Nachttopf drauf. Jeweils einer musste sich nun auf diesen Nachttopf setzen und schon stimmte der Musiker mit der Posaune die entsprechenden Töne an. Donnernde, hohe und tiefe Töne oder auch langgezogene gequälte wurden wie in Natur genauso wiedergegeben.

Ein Riesengeschrei folgte im Saal, ich war immer heiser. Auch die Polonaise über Tisch und Bänke war ein Höhepunkt. Diese Erlebnisse waren einmalig und sind bis heute in Erinnerung geblieben.

Die Kunst, Brot und Brötchen zu backen

Mein Vati war aus der Kriegsgefangenschaft entlassen. Nachdem er alle paar Wochen in andere Backstationen oder mit seiner Backstation in andere Orte verlegt wurde, immer dem Kriegsgeschehen angepasst, war er in ganz Italien, später im Elsass und in Deutschland stationiert.

Nach einer langen Zugfahrt ist er wieder gut zu Hause angekommen und hat gleich mal seinen Backofen angefeuert. Das Backen sollte wieder los gehen, aber im Osten gab es nicht mal Hefe, auch die mussten wir aus Westberlin holen.

Ich war 1947 nun schon etwas älter, habe mitbekommen, wie das alles so in der Backstube funktioniert. In dem großen Raum der Backstube war ein Kessel etwa

1,40 Meter im Durchmesser, ein Meter tief, mit Rädern unten, sodass man ihn woanders hinschieben konnte. Darin ein großer Arm, der die größeren Mengen Mehl, Wasser, Sauerteig und Salz vermengt hat, je nachdem, was produziert werden sollte. Brötchen, Semmeln, Knüppel wurden immer mit der gleichen Sorte Weizenmehl hergestellt, oder Brot mit Roggenmehl, auch davon gab es nur eine Sorte. Danach wurde in dem kleinen Raum mit der Teigmasse hantiert. Jedes Brot, meistens 1,5 Kilo, wurde einzeln auf einer Tellerwaage abgewogen.

Für Brötchen wurde eine runde Teigplatte hergestellt, ausgerollt, mit einem runden Gitter aus Metall in gleichmäßige Stücke geteilt. Aus den einzelnen Teilen wurden Brötchen geformt, eingeschlitzt und nach dem „Gehen" wurde jedes Teil einzeln auf einen langen etwa zwölf Zentimeter breiten Schieber gelegt.

Diesen Schieber in den Backofen rein und die Brötchen mit einem Ruck ablegen. Natürlich musste rechts und links im Backofen Feuer oder Glut sein.

Besonders delikat waren die mit Milch gebackenen Knüppel, die ich dann in einem Korb noch warm zu der jeweiligen Feier im Dorf bringen musste.

Pestizide kamen damals noch nicht so groß zur Anwendung, sodass unser Brot ein gesundes Nahrungsmittel war.

Mein Vati hat auch immer die schönsten Torten oder anderes Gebäck für Feiern hergestellt – auf Bestellung oder privat. Alles Handarbeit, für meinen Vater manchmal eine Qual. Heute scheint der gute alte Bäckermeister ausgestorben zu sein, bis auf ganz vereinzelte.

Die Industrie hat das Backen übernommen. Für alles, was das Backen leichter macht, wurden Maschinen erfunden, nur der Teig musste sich umstellen. Die Herstellung für das Fließband erfordert einen besonders gefügigen Teig, dem müssen also noch Emulgatoren und Kalzium-Sulfat (Gips) zugefügt werden. Ob so viele andere Zusatzstoffe wie Säurungsmittel, Enzyme, Farbstoffe, Geschmacksverstärker auch in den Teig müssen?

Die noch reichlich vorhandenen privaten Bäcker müssen sich anpassen, sie verwenden zum großen Teil auch fertige Tüten Mehl. Es geht wohl nicht anders, sie müssen auch rentabel arbeiten, aber die großen Betriebe haben finanziell die Nase vorn.

Mein Vati hat ab Anfang der 1950er-Jahre nicht mehr selbst backen können. Er hat in einer anderen Produktion als Bäckermeister noch Arbeit gefunden.

Nur einmal in der Woche hat er seinen Backofen angeheizt, um für seine Kunden auf dem Ludwigsfelder Bauernmarkt Brote zu backen.

Viele warteten dann schon, bis er endlich mit dem Fahrrad und einem mit Brot vollgepackten Anhänger vorgefahren kam.

Am Palmsonntag war meine Konfirmation

Meine Omis, Tante Gertrud mit Irene waren zur Feier da, mehr weiß ich nicht. Es war im Jahr 1949.

Bei meinen Geschenken war auch ein Tagebuch dabei und so war es mir viel wichtiger, darin festzuhalten, was für

Geschenke ich bekommen habe.

Sicher lächerlich, aber ein Blick zurück in diese Zeit. Es waren: fünf Paar seidene Strümpfe, ein Buch, ein Gesangbuch, Jackenstoff, ein Chiffontuch, eine Garnitur mit Kette, Armband, Ohrringe (Silber?), dann noch 18 Blumentöpfe und 80 Glückwunschkarten.

Vieles habe ich nun meinem Tagebuch anvertraut. Für die ersten heiklen Geschichten, den ersten Kuss, auch Fantasien über die Kinderherstellung habe ich eine Geheimschrift entwickelt. Verschiedene Buchstaben aus Steno, Russisch und Deutsch mit Leerbuchstaben dazwischen, die Eltern sollten das nicht lesen können.

Das war dann oft meine Freizeitbeschäftigung.

Nach der Konfirmation gehörte ich nun schon zu den Erwachsenen, so musste selbstverständlich auch eine Dauerwelle sein. Diese abscheuliche Prozedur – ich habe sie einige Male im Salon Knorrek in Ludwigsfelde über mich ergehen lassen. Frau Knorrek, die Inhaberin des Frisiersalons, hatte zwei Töchter. Die ältere ist in den Westen gegangen, die jüngere, Brigitte, hat als Kosmetikerin in Ludwigsfelde gearbeitet und wurde später die Frau vom Ludwigsfelder Bürgermeister, der sie dann umgebracht hat beziehungsweise haben soll. Dazu später mehr.

Meine erste Dauerwelle: Holzwickel wie heute, da die Haare herumgewickelt, spezielle Flüssigkeit rauf, Stanniol-Papier herum, nun riesengroße Knipser rauf, die von einem Gerät, das über meinem Kopf schwebte, herunter hingen.

Mein Kopf wurde schwer wie Blei, nun der Hinweis: Still sitzen, den Kopf nicht bewegen!

Jetzt wurde Strom zugeschaltet, die Knipser wurden heiß bis

29

zum Kochen, nach zehn Minuten Strom aus, Stanniol ab, alles
abspülen.
Nach dem Abrollen nochmal spülen, dann waren Dauerwellen
da oder eine Afrika-Krause.

Bis zu Beginn meiner Lehre habe ich oft in unserem kleinen
Laden im Haus Brot und Brötchen verkauft. Das gute Brot
von der Bäckerei Adam war sehr begehrt, viele Kunden
kamen von weit her.

Meine kaufmännische Lehre von elf Monaten

Meine kaufmännische Lehre bei einem Papier- und
Schreibwaren Großhandel in Berlin, Wallstraße 60, begann
1950.
Eine elend lange Fahrt war das bis dahin, insgesamt zwei
Stunden.
Erst mal sechs Kilometer mit dem Fahrrad zum Bahnhof.
Schneepflüge oder Winterdienst gab es damals noch nicht
ausreichend. So war das Radfahren manchmal eine Qual, auch
bei Sturm und Regen. Dann rein in den Vorortzug, umsteigen
in die S-Bahn, bis Alexanderplatz, weiter mit der U-Bahn bis
Märkisches Museum, sechs Minuten laufen, zurück das
Gleiche.

In der Firma war noch die Buchhalterin, Fachkraft Rita und
ein Mann, der die Waren ausfahren musste, tätig.
Die Ware wurde im Geschäft entweder direkt verkauft oder
telefonisch bestellt.
Der Angestellte ist dann mit dem Fahrrad mit kleinem
Anhänger dran durch Berlin gefahren und hat das Bestellte bei
den entsprechenden Firmen abgeliefert.

Ich musste zweimal in der Woche zur Berufsschule.

Plötzlich stand unsere Firma unter Beobachtung. Der Inhaber Max Welz, mein Großonkel, hat schon geahnt, was da kommt und sich in Westberlin aufgehalten. Dort hatte er noch eine Niederlassung in der Ritterstraße.

Wie erwartet, erschienen Männer vom Magistrat von Groß Berlin Ost. Die sagten: „Der Besitzer dieses Geschäfts ist ein Wirtschaftsverbrecher. Er wird enteignet. Der Laden wird geschlossen."

Ja, so war das damals in der DDR, den Großhändlern ging es zuerst an den Kragen, und ich stand auf der Straße, meine Lehre war abgebrochen.

Niemand vom Ostberliner Magistrat hat sich dafür interessiert, wie es mit mir weiter gehen könnte.

Ich war gerade 16 Jahre alt und kam mir sehr hilflos und verlassen vor.

Ich habe mir dann selbst eine Arbeitsstelle gesucht bei einer BHG im Nachbarort. Dort im Büro habe ich als „Anlernling" in kurzer Zeit die Buchhaltung übernommen und die Konten der Bauern geführt.

Die Kontoblätter im A4-Format, mit entsprechendem Namen des Bauern, habe ich in die Buchungsplatte eingeklemmt, Blaupapier dazwischen und den von der VEAB überwiesenen Betrag für abgelieferte Tiere oder Getreide, auch Kartoffeln, Möhren usw. als „Haben" eingebucht.

Darunter war der Durchschlag für den Verbleib in der BHG.

Obwohl ohne Ausbildung, habe ich sogar Bilanzen erstellt und die Kasse verwaltet. Regelmäßig hat ein Revisor alles überprüft.

Mit meinen Chefs von der BHG, Herrn Wehlan, danach Herrn Marcinkowski und Herrn Hackbarth, habe ich mich gut verstanden.

Sie waren dafür verantwortlich, dass alles, was Bauern benötigen, vorhanden war wie Saatgut, Dünger, Futtermittel, Geräte. Mir ist nicht bekannt, dass es Anfang der 1950er-Jahre große Probleme mit dem Warenangebot gab.

Dieser Handel brachte der Genossenschaft einen beachtlichen Gewinn, wir waren ja sozusagen auch die Bank für die Bauern.

Später wurde daraus die Genossenschaftsbank, heute die Volksbank – V. R. Bank. Für das Auffüllen der Kasse musste ich regelmäßig mit dem Fahrrad, etwa 16 Kilometer, nach Trebbin zur Bank fahren, um einen größeren Betrag abzuheben. Zum Teil bin ich Waldwege gefahren. Auf der Rückfahrt hing meine Tasche mit dem Geld, manchmal 10.000 Mark, lose am Lenker.

Der Aufstand am 17. Juni in Berlin fiel auch in diese Zeit. Wir waren nicht in der Lage, weiterzuarbeiten, haben die Kommentare im Radio verfolgt.

Zum Glück ging alles glimpflich ab und was westliche Radiosender gesagt haben, wollten wir nicht glauben.

In unserer Region war alles gut, keine Überfälle, keine Aufstände.

Die Bauern hatten großes Vertrauen zu mir. Manchmal kam ein Anruf aus dem Nachbarort: „Rosemarie, bring doch mal 500 Mark von unserem Konto mit."

Selbstverständlich habe ich das gemacht.

Nun war mein Geburtstag, diesmal der 18. Ein düsterer, nebliger Tag war das, wie immer im November. Es war schon

etwas später, so gegen 22 Uhr. Ich saß noch mit Familie in
gemütlicher Runde, da hörten wir plötzlich Stimmen und
Gesang draußen vor unserer Gartentür.
Wir gingen nachschauen, was da los ist, standen oben auf dem
Treppenabsatz, da wurde schon wieder ein Lied angestimmt.
Diese alten, bodenständigen Bauern haben mir ein
Geburtstagsständchen gesungen. Ich war fassungslos.
So eine Ehre mit gerade mal achtzehn Jahren.
Die Bauern trafen sich davor zu einer Versammlung in
unserer Dorfkneipe. Da werden sie das wohl beschlossen
haben.

Die Männer fingen an, eine Rolle zu spielen

Langsam ging es auch im Osten wieder voran. Auch die
Männer fingen an, in meinem Leben eine Rolle zu spielen.
Wenn ich zurück denke: Was gab es damals überhaupt für
Möglichkeiten, einen Mann kennenzulernen?
Die Bauernsöhne, so wie in unserem Dorf, nahmen sich eine
Frau, die ebenso von einem Bauernhof stammte, oder eine
Magd, die als Flüchtling kam und schon beim Bauern
gearbeitet hatte.

Meine Möglichkeit: Tanzveranstaltungen in unserem
Dorfgasthof oder in einem der umliegenden Dörfer, dann aber
manchmal 15 Kilometer mit dem Fahrrad dahin fahren. Mit
Fastnacht, immer zwei Tage hintereinander, ging es schon im
Januar los. Nachmittags spielte die Blaskapelle bereits die
ersten Lieder draußen vor der Gaststätte. Andere Orte feierten
die Fastnachtstage im Februar, abwechselnd, an den
Rosenmontag hat sich keiner gehalten.
Dann gab es noch den Sportlerball, Erntefest und normale

Tanzveranstaltungen. Immer spielte eine Musikkapelle, DJs oder Musik vom Band gab es noch nicht.

Ach, war das schön, wenn die meist fünf oder sechs Musiker die damals gängigen Schlager spielten wie „Tanze mit mir in den Morgen".

Und wie bescheuert war ich damals eigentlich?
Den Jungs, die mich zum Tanz aufgefordert hatten, habe ich wenig Aufmerksamkeit geschenkt. Meine Blicke gingen immer wieder hoch zur Bühne.
Wenn der Trompeter und Chef der Kapelle zu mir beim Tanzen heruntergeschaut, mir zugelächelt hat, war ich selig.

Dann, nachts um ein Uhr, war Schluss mit lustig. Das letzte Lied wurde gespielt, immer das gleiche: „Auf Wiedersehen, auf Wiedersehen, bleib nicht so lange fort". Ach, wie war mir dann das Herz schwer, manchmal habe ich geheult.

Mit dem Trompeter habe ich mich in den kurzen Pausen schon mal unterhalten können.
Er kam von der Bühne herunter und mein Herz hat wie wild geklopft, als er vor mir stand.
Natürlich hat das meine Verrücktheit noch mehr angeheizt.
Wenn diese Kapelle irgendwo in der Umgebung gespielt hat, bin ich mit dem Fahrrad da hin.

Immer öfter haben wir uns jetzt unterhalten und schließlich wurde eine Fahrradtour vereinbart. Treffpunkt war in dem Ort, wo ich Klavierunterricht hatte. Meine Eltern mussten ja davon nichts wissen. Diesmal sind wir in einen Waldweg eingebogen, haben die Räder abgestellt.
An einem Kiefernstamm gelehnt, haben wir uns immer wieder

geküsst. Ich war so selig, wenn ich nur mit ihm zusammen sein konnte. Auch bei unserem dritten Treff waren wir in der gleichen Gegend unterwegs.

Diesmal sind wir etwas weiter in den Wald hinein. Die Vögel zwitscherten noch. Es war ein traumhafter Sommerabend im August. Wie immer: küssen und schmusen. Doch diesmal war er mit seiner Hand unter meinem Rock und wie kann es anders sein: Wir landeten im Bett! Wo? In was für ein Bett? Natürlich am Waldrand im Grünen, da hatten wir eine Stelle im weichen nicht so hohen Gras gefunden.

„Mein Schatz," so habe ich vermutet, „hatte sicher schon Erfahrung mit anderen Frauen". Aber ich war trotzdem aufgeregt.

„Wie wird das sein, wenn ich mit ihm Sex habe? Hoffentlich passt er gut auf, ich möchte doch nicht schwanger werden."

Dann . . . endlich habe ich ihn gespürt . . . aber nichts Besonderes erlebt, eher eine Enttäuschung war das.

Meine Gedanken: „Das soll nun schön sein?"

Ameisen schienen auch unterwegs zu sein und nach dem bisschen Hin und Her war der „Absprung" nötig, denn einen Überzieher hatte er nicht dabei.

Danach haben wir uns noch oft getroffen. Ich war verliebt, aber den Sex fand ich nicht so besonders schön.

Auf einmal war Funkstille, er hat sich nicht mehr gemeldet.

„Sicher hat er eine andere", so meine Gedanken.

Nein, er war im Krankenhaus mit einer zuerst undefinierbaren Krankheit.

Ich war noch einmal zu Besuch in der Charité in Berlin, dann trennten sich unsere Wege.

Seine Krankheit, die Kinderlähmung, mit anschließender Genesung dauerte Wochen und ich war ja nicht das einzige Mädchen, das traurig war.

Mann Nummer Zwei war Joachim. Wir waren beide bei der Kreissparkasse, er in einer anderen Filiale.
Auf einer Betriebsfeier haben wir uns kennengelernt, waren auch verliebt, aber nur kurze Zeit. Dann war er nicht mehr da. Was war geschehen?
Na, er ist abgehauen nach drüben!
Auch meine kurze Bekanntschaft Karl-Heinz aus Telz ist in den Westen gegangen.
Das war jedes Mal ein Schock, aber alles Heulen half nichts. Jeder musste sich erst selbst zurechtfinden da im Westen und ich war wieder allein.
Es war eine schlimme Zeit, auch für die, die hiergeblieben sind im Osten. Für sie brach manchmal eine Welt zusammen, wenn Freunde oder gute Nachbarn über Nacht plötzlich weg waren.
Auch meine gute Freundin Angela Fedrowitz war über Nacht weg mit ihrer Familie, ohne auf Wiedersehen zu sagen.
Vorher über eventuelle Fluchtpläne zu sprechen, war ein Tabu. Die, die gehen wollten, hielten das bis zum letzten Tag geheim, aus Angst davor, dass etwas herauskommen könnte, was ihre Flucht behindert hätte.

Das Leben ging weiter. Es gab auch viele Jungs, die mit mir „Gehen" wollten, nur ich wollte nicht jeden.
So war ich am Wochenende oft allein, oder wir sind mit unserer Mädchengruppe, untergehakt, durch die Gassen im Ort spaziert, manchmal auch sechs Kilometer gelaufen, um ins Kino zu gehen.

Genauso gern waren wir von der jungen Gemeinde mit Brigitte Streng in Glienick zusammen.
Sie hat Orgel in der Kirche gespielt. Mit uns hat sie, draußen auf der grünen Wiese, die schönsten deutschen Volkslieder

gesungen. Neben den regelmäßigen Treffen der jungen Gemeinde war unser 14-tägiger Aufenthalt mit Pfarrer Dr. Risch in Gral-Müritz an der Ostsee ein Höhepunkt.

Auch beim Völkerballspielen mit Sigrid und den Jungs Paul und Josef haben wir bis zur Erschöpfung gekämpft.
Nur abends, je nach Jahreszeit, war Ruhe im Haus. Trotzdem war ich nicht unglücklich in dieser Zeit, hatte immer neue Ideen. Eine Zeit lang war das Stricken mein Hobby.
Es entstanden Tischdecken, kleine und einige bis zu einem Meter Durchmesser, auf der Rundstricknadel gestrickt.
Auch ein Kleid habe ich mir gestrickt, da hat Oma öfter ein paar Runden mitgemacht.

In unserem Haus stand ein Klavier. Meine Mutter:
„Rosemarie, du lernst jetzt Klavier spielen". „Ja, gut!" Ich wollte das auch, habe auch das Stundengeld für meine Lehrerinnen selbst bezahlt. Eine war in Thyrow, die andere war die Frau von meinem so verehrten Lehrer Hintze.
Die haben sich auch Mühe gegeben mit mir, nur das ewige Üben lag mir nicht und wenn ich dann immer wieder auf die falschen Tasten gehauen habe, war meine Geduld zu Ende.
Nur der „Flohwalzer" ging ab.

Eine andere Leidenschaft war das Lesen.
Die Romane „Cecilia in den Lagunen", „Armance", „Nana", „Elisabeth" und viele andere habe ich verschlungen, war in einer Traumwelt, habe dabei oft geweint.
Wehe, wenn gerade beim Lesen gerufen wurde: „Rosemarie, du musst die Schweine füttern oder Brot verkaufen."

Das Kino am Potsdamer Platz in Berlin war auch öfter unser Ziel. Nur der hohe Umtauschkurs hat uns davon abgehalten, so etwas öfter zu machen.

Einige Frauen aus dem Umland sind auch nach Westberlin gefahren, haben da als „Putze" oder Männer als Handwerker gearbeitet, natürlich illegal.

Meine Schwestern waren sieben und zehn Jahre jünger als ich. Was sollte ich mit denen anfangen?
Ja, wenn ich noch einen Bruder, etwas älter als ich, gehabt hätte . . .

Aber so ein wilder Spross durfte nicht auf die Welt kommen. Heute kaum vorstellbar, aber vor fast 100 Jahren eine todernste Geschichte. Meine Mutter hat sie mir selber erzählt und ich versuche, zu begreifen, was damals geschehen ist.
Meine Großeltern, Georg und Luise Adam, eine anscheinend wohlhabende Familie. Sie hatten sich ja um die Jahrhundertwende 1900 in Wietstock niedergelassen.
Mein Vater, so 25 Jahre, und meine Mutter haben sich irgendwo im Umland kennengelernt. Meine Mutter, ein armes Mädchen, und dieses Liebesverhältnis wurde bald zur Katastrophe, denn meine Mutter wurde schwanger.
Für damalige Verhältnisse eine Schande. Ein Kind ohne verheiratet zu sein, das ging gar nicht, das durfte nicht sein.
Also schritt man zu einer abscheulichen Tat.
Mit primitivsten Mitteln und Gegenständen hat man die Gebärmutter geöffnet und eine Seifenlösung hinein gespritzt, damit sich das schon im vierten Monat befindliche Leben ablösen sollte. Meine Mutter war gerade 17 Jahre alt. Sie wäre beinahe verblutet, musste ins Krankenhaus.

Dort hat man um ihr Leben gekämpft und auch festgestellt, dass ein kleiner Junge auf die Welt kommen wollte.

Ehrenwerter Weise hat mein Vater meine Mutter im Sommer 1933 geheiratet und dann wurde an mir gearbeitet. Ich war das absolute Wunschkind. Später hätten meine Eltern gern einen „Stammhalter" gehabt, aber das Schicksal hatte anders entschieden. Es sind „nur" drei Mädels geworden, davon ich die Älteste.

Einige Jahre später war ich dann bei der Kreissparkasse in unserer Kreisstadt Zossen als Buchhalterin unter Vertrag. Mein Chef, Herr Matthes, ein älterer sehr gepflegter Mann, hatte schon gesundheitliche Probleme, aber er war ein sehr korrekter, umsichtiger Chef.
Ich durfte in seinem Büro am eigenen Schreibtisch arbeiten. Im Nebenraum stand eine große Buchungsmaschine, wo sämtliche Kontobewegungen des Tages gebucht werden mussten, mit den entsprechenden Kontoauszügen für die Kunden.

Die Funktion dieser Maschine mit den vielen Tasten und Knöpfen hatte ich in kurzer Zeit begriffen und konnte mit dem Ding arbeiten. Ach, war das immer ein schönes Erlebnis, wenn ich die Tagesabschlüsse fehlerfrei geschafft hatte. Ein großes Lob gab es jedes Mal vom Chef. Aber nicht nur das. Er hat bei der Hauptstelle der Sparkasse für mich eine dritte Leistungsstufe beantragt, die dann zu meinem Grundgehalt hinzu kam. Trotzdem kam es innerhalb der Sparkasse wieder zu einem Wechsel. Man hat mir den verantwortungsvollen Posten als Kassierer der Zweigstelle in der Nähe meines Wohnorts angeboten, wegen der kürzeren Anfahrt.
Nach einiger Überlegung habe ich zugesagt. Trotzdem habe

ich die lieben Kollegen, Frau Maier, Herrn Rhode und Herrn Jänicke, dort sehr vermisst.

Obwohl, in Ludwigsfelde waren die altbekannte Frau Schuricke, Frau Kluckow, Elfi Bellach und Lindi dabei. Im ersten Jahr haben wir noch in der Baracke gearbeitet, wo auch die Verwaltung der Gemeinde Ludwigsfelde untergebracht war. Auch der Bürgermeister hatte dort sein Büro.

Später war die Zweigstelle der Sparkasse in der Jahnstraße.

Die Zeit verging rasend schnell. Diesmal, im Jahr 1956, wurde mein Leben total in eine andere Richtung gelenkt, denn ein Mann war dazwischen gekommen. Irgendwo auf einer Tanzveranstaltung im Spätherbst 1956 sind wir uns begegnet.

***

Plötzlich war Mann Nr. 3 im Anmarsch

Wolfgang – und mit ihm wurde es ganz schnell eine feste und intime Sache.

Er, angehender Fleischermeister, gefiel mir, auch weil er immer so schneidig mit seinem AWO-Motorrad vorgefahren kam. Er war vorher mit einer Bauerntochter aus unserem Dorf zusammen. Sie hatte auch immer mal im Fleischerladen seiner Eltern ausgeholfen, besonders am Wochenende.

Zwölf Stunden im Laden stehen, im Rücken den jähzornigen Schwiegervater, das brutale Geschehen im Schlachthaus, sicher wollte sie das nicht. Die Sache ging in die Brüche.

Wolfgang ging wieder auf Brautschau und landete bei mir.

Schade, dass ich diese Prüfungsphase nicht mitmachen konnte, ich hätte mir dann weitere Schritte besser und in Ruhe überlegen können. Aber das war halt so damals in den 1950er-Jahren. Da hat mir auch mein Verstand gesagt: „Rosel, es wird Zeit, das Elternhaus zu verlassen."

Alle Freundinnen aus dem Dorf hatten schon feste Partner und ich war bereits 22 Jahre alt.

Nun lernte ich schnell meine zukünftigen Schwiegereltern kennen. Auch mein zukünftiger Mann wurde von meiner Familie freudig aufgenommen.

Beide Familien waren sich schnell einig – der Hochzeitstermin sollte schon bald sein. Eine Gästeliste wurde aufgestellt: Immerhin hundert Personen kamen in die engere Wahl.

Am 19.3.1957 war der Termin. Die Feier sollte im „Deutschen Haus" bei Familie Hinze in unserem Dorf im großen Saal stattfinden.

Hochzeit am 19.3.1957 – Rosemarie und Wolfgang Michaelis

Vieles musste nun vorbereitet und organisiert werden. Dann kam Panik auf, weil die Gastwirtsleute nicht ausreichend Besteck hatten. So bin ich einen Tag vor der Hochzeit noch von Haus zu Haus, habe gebettelt, ob sie mir leihweise ihr Besteck überlassen.

Der Polterabend, einen Tag vor der Hochzeit: Nicht nur jede Menge Scherben sind bei uns vor dem Haus gelandet, sondern auch jede Menge anderer Kram wie alte Bettgestelle und längst ausgediente Geräte, sodass am nächsten Morgen schwere Geräte all das beseitigen mussten, bevor die Gäste kamen. Nun der Hochzeitstag: Nach und nach kamen die Gäste, wurden bei der Ankunft von der Kapelle heran gespielt und haben sich in der Reihe aufgestellt.
Wir, das Hochzeitspaar vorn, davor zwei Kinder, die Blumen gestreut haben, dahinter zwei Kinder, die meinen sechs Meter langen Schleier getragen haben.
Der Hochzeitszug bewegte sich nun bei leichtem Nieselregen

mit der Blaskapelle voran von meinem Elternhaus Richtung
Kirche. Von da ging es direkt in den Saal.
Nur ein Foto, eine Erinnerung an diesen denkwürdigen Tag,
musste noch sein.
Was dann alles geschah, habe ich halb im Traum
wahrgenommen, ich stand neben mir.
Der Stress und die Aufregung der letzten Tage sowie
Müdigkeit – ich war fertig und nicht fähig, etwas Schönes zu
empfinden.

Wie sagt man so schön:
„Jedes Tröpfchen Regen bringt Glück und Segen." Abwarten.

War es die große Liebe?
Das frage ich mich heute, denn im Grunde war ich eine gute,
billige Arbeitskraft in dem Laden der Fleischerei, teilweise
auch im Haushalt meiner Schwiegereltern.
Meine Schwiegermutter sagte: „Nun bekommen wir noch eine
Tochter." Zwei Söhne hatten sie schon, Wolfgang, meinen
Mann, und seinen jüngeren Bruder Bernd. Wir frisch
Vermählten durften dann auch in unsere Wohnung einziehen.
Die bestand aber nur aus einem Schlafzimmer. Alle anderen
Räume teilten wir uns, auch das Bad.

Im sogenannten Speisezimmer traf sich die Familie nur an
Feiertagen oder zu besonderen Anlässen. Dann wurde auch
der Kachelofen angeheizt.

Treffpunkt für alle war die Wohnküche. Dort wurde
gemeinsam mit den Fleischergesellen gefrühstückt. Jeden
Morgen stand eine große Blechschüssel mit Schweineschmalz
auf dem Tisch, dazu noch Wellfleisch, Innereien,
Brühwürstchen – alles frisch abgekocht aus dem Kessel im

Schlachthaus. Mir drehte sich der Magen um, wenn ich das sah und riechen musste. Nein, so etwas konnte ich zum Frühstück noch nicht essen. Zum Glück gab es auch Brot und Marmelade.

Der Tag begann um sechs Uhr. Schwiegervater hat an die Tür getrommelt, wenn wir nicht gleich aufgestanden sind.

Eine schwere Zeit begann für mich und ein ganz anderes Leben. Leider, ich bin da so rein geschlittert. Wurde von einer gut bezahlten Stelle bei der Sparkasse zum Schulmädchen degradiert. Ich musste im Laden die von der Schwiegermutter angesagten Preise aufschreiben, zusammenrechnen, einpacken und den Betrag kassieren.

Der Lohn für diese Arbeit: wöchentlich 60 Ost-Mark.

Ein Horror war der Freitag, zwölf Stunden mit Vorbereitung im Laden stehen, kaum eine Pause, die Kunden standen Schlange bis draußen vor dem Eingang.

Freitags war auch mein Mann mit im Laden und hat Fleisch bedient. Auch er hat 60 Ost-Mark in der Woche bekommen.

Einmal in der Woche war Waschtag. Eine große Herausforderung war das, denn 1957 gab es noch keine Waschmaschinen, jedenfalls nicht im Osten.

So mussten blutverschmierte Hosen und Jacken von den Männern aus dem Schlachthaus erst mit der Bürste auf dem Waschbrett vom Blut befreit werden. Dafür waren im Keller zwei große ovale Holzwannen auf Böcken aufgestellt und in der einen Ecke war ein Waschkessel zum Anfeuern.

Alles vorher Bearbeitete kam in den Kessel, wurde gekocht. Dann dreimal im eiskalten Wasser gespült, dabei jedes Teil mit der Hand ausgewrungen. Schwiegermutter hat zwar geholfen, sie musste aber auch im Laden bedienen. So stand ich oft allein zwischen riesigen Wäschebergen.

Ende 1958 kam endlich eine Waschmaschine ins Haus, auch der erste Fernseher in Form einer Truhe war da. In der Mitte ein kleines TV Bild, rechts, Plattenspieler, links Radio.

Auch in dieser Zeit war eine Geldumtauschaktion für sämtliche DDR-Banknoten angeordnet. Es war der 13.10.1957 ein Sonntag. Das erschütterte Ost und West gleichermaßen.
Die DDR hatte neue Geldscheine drucken lassen.
Das Chaos war perfekt, auch für viele Wechselstuben-Besitzer in Westberlin, die so schnell keine Möglichkeit hatten, das Geld umzutauschen und danach pleite waren.

Auch meine Schwiegereltern waren in Panik. Sie hatten auf dem Dachboden hinter einem Balken 200.000 Ost-Mark versteckt. Unmöglich, dass sie dieses Geld allein umtauschen konnten. Das Geschrei war groß, wir sollten helfen.

Es mussten Leute gefunden werden, die das Geld auf ihren Namen umtauschen und es dann zurückgeben.
Auch zu meiner Oma mütterlicherseits, die jetzt in Teltow wohnte, sind wir mit dem Motorrad hin.
Einen bestimmten Betrag hat sie auf ihren Namen umgetauscht und zurückgegeben für ein Danke. Im Jahr darauf bekam sie keine Kohlenkarten mehr, weil sie nicht mehr als bedürftig galt. Übrigens, zu dieser Zeit 1957 gab es auch noch Lebensmittelkarten. Lebensmittel waren bis 1958 rationiert.

Oft waren wir abends damit beschäftigt, Lebensmittelmarken für die Abrechnung aufzukleben.

Dann war ich schwanger.
Im fünften Monat bin ich erstmals zur Schwangerenberatung gegangen.

Am 18.5.1959 ist unsere Tochter Carmen geboren

Die Entbindung fand in einer provisorischen Baracke statt.
Es war eine Spontangeburt zwischen dem ersten und zweiten Pfingsttag.

Nun stand der Kinderwagen oft auf dem Hof, nur wenige Meter vom Schlachthaus entfernt. Was in dem Schlachthaus geschah, ist wohl jedem klar. Ein- oder zweimal in der Woche wurden die Schweine und Kälbchen getötet und das sogar auf manchmal brutale Weise, also nicht mit dem Bolzen-Schussapparat. Mein Schwager Bernd nahm das Beil und schlug einfach auf den Kopf des Tieres ein.
Diese Brutalität, diese schlimmen Geräusche aus dem Schlachthaus, meine kleine Carmen im Kinderwagen da in der Nähe, während ich nicht da sein konnte.
Ich bin bald verrückt geworden.

Inzwischen hatte ich eine Arbeit als Buchhalterin bei einer neu gegründeten PGH angenommen.

Immer öfter war ich am Weinen, keiner konnte mir in meinem Seelenkummer beistehen, auch mein Mann nicht. Er wunderte sich nur über meine Gefühlsausbrüche.

Zur DDR-Zeit war eine private Fleischerei mit Produktion eine Goldgrube

Die fertigen Brühwurstsorten raus aus dem Kessel, noch etwas Rauch und dann rein in den Laden, noch frischer ging es nicht. Kein Verlust von Feuchtigkeit, jedes Gramm Wasser auf der Waage wurde zu Geld.
Besonders Bockwurst, Wiener Würstchen, Bierschinken und andere Sorten lieferten schon bei der Zubereitung im Kutter viele Gestaltungsmöglichkeiten mit Knochenmehl, Fett, Bindemittel und anderen Sachen.

So nach und nach lernte ich auch die Familie immer besser kennen. Mit meiner Schwiegermutter bin ich klargekommen, natürlich auch mit meinem Mann, aber der Schwiegervater war ein Monster in Person: aggressiv, egoistisch, ungerecht. Natürlich hatte er auch eine Freundin im Nachbarort und immer wieder Streit mit seinen Söhnen, meist war Alkohol im Spiel.

Besonders schlimm war, wenn sie mit Messern aufeinander losgegangen sind oder sich sogar mit den Messern bis ins Haus verfolgt haben. Jeden Tag gab es andere Ereignisse, die an meinen Nerven gezehrt haben. Wie lange ertrage ich das noch? Soll ich kaputt gehen in dieser Umgebung?

Wie oft musste ich an meinen Vati denken, an seine liebevolle, zurückhaltende Art. Nie gab es wütendes Geschrei, höchstens wenn ihm ein Brötchen vom Schieber gefallen ist. Später, wenn ein trauriger Film im Fernsehen kam, liefen bei ihm ein paar Tränen. Meine Mutter hat ihn dann ausgelacht. So unterschiedliche Charaktere gibt es. Mein Mann hat sich seinem dominanten Vater lieber untergeordnet, nie hat er widersprochen.

Ich wollte nur noch raus aus diesem Haus, eine eigene Wohnung haben. Jede Woche war ich beim Wohnungsamt, auch beim Bürgermeister habe ich um eine Wohnung gebettelt.

Privat in der DDR eine Wohnung suchen, war nicht möglich. Wohnraum war bewirtschaftet. Eine Kommission hat über die Vergabe entschieden und es gab Wartezeiten.
Mein Mann hat sich neutral verhalten.
Doch immer wieder gab es Streit in der Familie. Diesmal wurde mir vorgehalten: „Du hast ja nichts gehabt."
Leider, meine Eltern konnten mir nur ein komplettes Schlafzimmer kaufen. Die Federn für die Betten stammten von unseren Gänsen. Einige Frau haben sie beim „Federn reißen" für die Füllung im Bett gut vorbereitet. Bettwäsche, Besteck, Handtücher, Tischwäsche hatte ich mir schon selbst gekauft.

Aber dieser Vorwurf hat mich verfolgt. Ich wusste keinen Ausweg mehr. Körper und Seele hatten Schaden genommen und 1960 folgte mein totaler Zusammenbruch.
Ich lag sechs Wochen im Bett. „Belladonna", ein Arzneimittel aus der Tollkirsche, hat geholfen. Es ging langsam wieder bergauf mit mir.

Eine Drei-Wochen-Kur im Seebad Heiligendamm an der Ostsee tat ihr übriges, hat Wunder bewirkt, wieder Mut gemacht. Nun war ich gerade wieder hergestellt, doch zum zweiten Mal schwanger.

Meine Bettelei beim Bürgermeister hatte Erfolg, von der Kommission wurde uns eine 2 ½ Zimmer Wohnung in einem Neubaugebiet zugesprochen.
Ein Traum! Eine eigene Wohnung!

Eigentlich nur für eine kurze Zeit, denn jetzt zeigte sich mein Schwiegervater gnädig und hat seinem Sohn ein kleines Häuschen in der Daimler-Siedlung für damals sagenhafte 6.000 Ost-Mark gekauft. Die eingetragene Hypothek von 2.800 Ost-Mark haben wir dann gemeinsam abgezahlt.
Nun musste ich meine Arbeit als Buchhalterin bei der PGH Ofensetzer nach kurzer Zeit wieder aufgeben.

Am 5.3.1961 ist unser Sohn Frank geboren

Eine schlimme Situation, wieder eine Spontangeburt und im Krankenhaus auf der Entbindungsstation keine Hebamme. Die wurde zwar gerufen, kam aber nicht, hat sich Zeit gelassen. So hat nur ein allgemeiner Arzt nach mir geschaut, konnte keine spezielle Hilfe leisten, hatte aber ein Messer in der Hand. Dann hatte ich immer wieder diese stundenlangen Herzrhythmusstörungen. Das war sehr unangenehm, manchmal beängstigend, weil ich nicht mehr gerade stehen, mich nur noch gebückt fortbewegen konnte. Keine Ruhe, keine Erholung. Vier Wochen nach der Entbindung, nun mit zwei kleinen Kindern, der Umzug von der Wohnung in das Häuschen. Schwiegervater hat alles mit dem Dreirad herangefahren, Mutti und Vati haben auch geholfen.

Der Umzug mit dem Dreirad-Auto

Bernd, der Bruder meines Mannes, ich mochte ihn sehr. Er war zwar oft sehr aufbrausend, hatte aber eigentlich einen guten Charakter.

Früher, bei Tanzveranstaltungen, habe ich ihn auch oft getroffen. Immer war er in Feierlaune und zum Schluss betrunken. Er konnte dem Alkohol nicht widerstehen und so nach und nach wurde er süchtig.
Auch eine Entziehungskur hat nicht geholfen.

Trotzdem hat er noch eine Frau gefunden. Es gab eine große Hochzeit und seine Tochter wurde geboren.
Wenn er manchmal in einem Streit mit seinem Vater ihm so richtig die Meinung gesagt hat, fand ich das toll.
Leider war Bernd in den letzten Jahren nur noch krank. Er konnte nicht mehr arbeiten. Weil Geld für Alkohol fehlte, war er abends oft unterwegs und hat alle Abfallbehälter nach Pfandflaschen durchsucht.
Wir hatten kaum noch Kontakt und mit nur 54 Jahren ist er an seiner Alkoholsucht gestorben.

Auch meine Schwiegermutter hat die Arbeit im Laden nicht mehr ohne Alkohol überstanden . Wenn sie erschöpft war, hat sie zwischendurch immer mal „einen" getrunken. Die Wirkung hielt irgendwann nicht mehr so lange an, so blieb es nicht nur bei dem „einen" Mal. Von Alkoholsucht war aber nichts zu merken.

Ach, waren wir jetzt glücklich. Wir freuten uns auch über den schönen Garten. Nur die vielen Umbauarbeiten im Haus wollten und wollten nicht enden, damit auch nicht der Dreck. Manchmal waren Kalksandkörner sogar in meinem Bett.
Im Garten wurde es jetzt lebendig. Da sind schon mal acht hübsch gemusterte Hühner herumgelaufen, auch ein angriffslustiger Hahn war dabei.

Die Hühner waren von einem Kleingärtner. Der hatte sie von einer Glucke ausbrüten lassen mit dem Nachteil, dass diese so natürlich auf die Welt gekommenen Hühnchen später auch zur Glucke werden wollten. – Also ließen wir sie.
Als es los ging mit dem Gluck, Gluck, Gluck, haben wir ein Nest mit 20 Eiern fertiggemacht. Auch der Hahn war dabei. In einer stillen Ecke saß die Glucke mit kurzen Unterbrechungen, bis alle Küken aus der Eischale geschlüpft waren. Ach, war das eine Wonne, diese kleinen Küken in Obhut ihrer Hühner-Mama aufwachsen zu sehen.

Im Haus und auf dem Hof gab es Arbeit ohne Ende, aber das Geld war knapp. So habe ich angefangen, Bast-Taschen zu häkeln, habe auch Ketten aus Papier-Röllchen angefertigt. Die Röllchen wurden mit Nagellack überzogen, auf eine dünne Plastik Schnur gezogen mit einer Perle dazwischen. Tolle Ketten waren das, ohne Verschluss konnten sie doppelt um den Hals gehangen werden.

Unser Hausfrisör und seine Frau, die im Warenhaus gearbeitet hat, haben diese Ketten dann an die Frau gebracht.

Mein Mann ging im Winterhalbjahr jedes Wochenende zum „Hausschlachten". Meistens hat er 30 Mark bekommen und ein paar Naturalien.

1965 wurde unser Ort als Stadt anerkannt. Das Autowerk, ehemals Daimler Benz, baute den LKW W 50. Alles fing an, sich zu verändern. Gebaut wurden auch Wohnblöcke – eine neue Siedlung entstand, dazwischen die entsprechenden Geschäfte. Auch ein großer moderner Fleischerladen als Flachbau wurde errichtet.
Dafür wurde ein Fachmann gesucht, der diesen Laden der staatlichen HO leitet. Fünf Verkäuferinnen waren schon da.
„Das ist doch eine Chance für dich Wolfgang. Mach das!", habe ich zu ihm gesagt, „ich mache für dich den schriftlichen Kram". So ganz geheuer war ihm das nicht, aber ich habe ihn dahin geschubst.

Nach sechs Jahren Elternzeit fing auch ich wieder an zu arbeiten. Zunächst als Leiterin einer Backwaren-Filiale, ebenfalls ein Laden der HO und ganz in unserer Nähe. Unsere Kinder, neun und elf Jahre, konnten so schnell mal um die Ecke zu mir kommen.
Dann, nach kurzer Zeit, traten bei meinem Mann im Fleischerladen Probleme auf, vor allem mit dem Personal. Direktor Dreßler, unser Chef von der Verwaltung, kam mit der Kaderleiterin zum Termin.

Sie wollten auch mit mir sprechen. Warum?
Wir saßen alle beisammen und die Beratung endete mit dem Ergebnis, dass ich mit in den Fleischerladen gehen sollte zu

meinem Mann. Nun waren wir ein Team. Es folgten elf Jahre erfolgreicher, gemeinsamer Arbeit.

Irgendwie hatte ich immer wieder neue Ideen. War das schon krankhaft? Diesmal ging es um Hunde.
„Komm mein Wölfi, wollen wir noch ein oder zwei Hunde anschaffen? Am besten wäre ein Pärchen."
„Ja, na klar", sagte er und war sofort damit einverstanden.
Die stolzen Collie-Hunde hatten es mir angetan. Sie waren mittelgroß und sahen sehr gut aus. Nach der Beschreibung in den Fachbüchern ein guter Familienhund mit gutem Wesen, das lange Fell braucht Pflege.

Nochmal: „Wolfgang, was sagst du, wollen wir die Collie-Rasse nehmen?"
Er wieder: „Na klar, wenn du die gut findest."
So war es immer. Wenn eine Entscheidung anstand, hatte er nie eine eigene Meinung. Dabei hätte ich gern mit ihm über das Für und Wider diskutiert, um auf einen Nenner zu kommen.

***

Unser HO-Fleischerladen in der DDR

Dieser Fleischerladen, in dem wir nun gemeinsam arbeiteten, war ein wirklich gut durchdachter Neubau, ein ebenso gut ausgestatteter Verkaufsladen mit einer Fleischtheke.
Der Hackklotz stand an der Ecke und an der langen Front waren drei Wurstbedienplätze, dazwischen die Kasse mit der Warenausgabe. Im hinteren Bereich waren Küche, Abwasch, Arbeitstisch, eine große Waage, auch ein großer ein Meter hoher Fleischwolf, natürlich auch zwei Kühlräume und ein großer begehbarer Gefrierraum. Auf der anderen Seite waren das Büro, Lagerräume für Papier, Toiletten und ein schöner Aufenthaltsraum.

Von der PGH – Delikat aus Luckenwalde wurden wir mit Fleisch- und Wurstwaren beliefert, mit einigen delikaten Sachen – natürlich nicht ausreichend, die wurden nur zugeteilt. Die Weiterverteilung lag nun bei uns. Vieles ging erst gar nicht in den Laden zum Verkauf.

Ach, war das ein Geschiebe in dieser Mangelwirtschaft. Unsere obere Verwaltung mit dem Direktor hat darauf keinen Einfluss genommen oder nehmen können.
Wichtig war denen nur, dass der Laden bei den halbjährlichen Inventuren keine Minus-Differenz aufwies. Dankenswerter Weise gab es keine „Blitz-Inventuren". Wir bekamen immer etwa zwei Tage vorher von der Inventurabteilung Bescheid. Nur mein Mann und ich haben dann alles gewogen. Ich habe den Soll-Bestand errechnet und das Ergebnis war immer positiv. Bei uns gab es kein „Minus", eher ein „Plus", das dann auf ein vernünftiges Maß korrigiert wurde.

Mein Mann war für die Warenannahme sowie das Einordnen in die Kühlung zuständig. Auch musste er große Fleischstücke verkaufsfertig vorbereiten, Hackepeter und Schabefleisch zubereiten. Manchmal hat er auch Schweineköpfe bestellt. Die hat er abgeputzt und mit ins Gehackte genommen.

Dann kamen die Förster mit Wildschwein und Reh. Da musste noch das Fell abgezogen werden. Auch der Mann mit seinen Nutrias kam hinten herein. Da war zwar schon das Fell abgezogen, bloß kaufen wollte diese Viecher keiner. Sie mussten dann auch von den Knochen befreit und mit ins Gehackte gedreht werden. Mein Mann war immer großzügig, hat sie immer abgenommen und sofort bezahlt. Ich war wütend.

Wir Verkäuferinnen, am Wochenende waren wir fünf, mussten auch am Block stehen, die vom Kunden verlangte Anzahl Koteletts mit dem Beil abhacken sowie Suppenfleisch, Rippchen und Dickbeine in Stücke teilen. Bei der Wurstbedienung lief es ähnlich wie heute. Nach Kundenwunsch wurde ein Stück Wurst abgeschnitten, dann musste der Preis jedoch im Kopf ausgerechnet werden. Automatische Waagen gab es noch nicht, jedenfalls nicht im Osten. Es war Gewohnheit, die Kilo-Preise hatten alle im Kopf. Teewurst als Beispiel: Kilo 9,20 = 150 Gramm 1,38 und bei 10 Gramm mehr oder weniger, 0,10 dazu oder abgerechnet. Dann alle einzelnen Preise im Kopf aufrechnen, mit dem Paket zur Kasse gehen, kassieren und einpacken. Eine schwere körperliche Arbeit war das, zum Glück besonders freitags gab es zwei Stunden Mittagsruhe.

Unsere Kinder Carmen und Frank

Die 1970er-Jahre waren die glücklichste Zeit in unserer Ehe – bis zu einem bitteren Ende.

Das waren fast zwölf Jahre guter Zusammenarbeit in diesem Laden. Wir haben uns ergänzt, haben zusammengehalten, uns vertraut.
Ich denke heute noch mit Wehmut an diese schönen Jahre.
Mein Mann war immer im Vordergrund, in Gesellschaft wurde er geschätzt als beliebter Unterhalter und mit einem

Bierchen. Dabei hat er dann am laufenden Band Witze
erzählt, meistens schweinische.
Dieser Spruch, vielleicht mit einem Gesangbuch in der Hand,
so eine Art Gebet gehörte auch dazu: „ . . . und lasse fließen
meinen Samen in deinen schwarzen Rahmen . . . Amen!"
Alle haben dann losgeschrien.
Leider habe ich die Zeilen davor vergessen.

In den 1970er-Jahren waren auch viele ausländische
Arbeitskräfte in Ludwigsfelde.
Der größere Teil waren Ungarn, aber auch Vietnamesen und
Algerier waren da. Sie arbeiteten alle im IFA-Automobilwerk
Ludwigsfelde.

Ihren Nationalfeiertag im August wollten die Ungarn auch
hier in Deutschland feiern.
Die Köchin aus der ungarischen Botschaft in Berlin haben sie
herangeholt. Sie sollte original ungarisch kochen. Auch ihr
Mann, der Protokollchef der Botschaft, war mit dabei.
Alles, was es zu kochen gab, auch die Kolbasz-Wurst, wurde
in unserem Fleischerladen in der Küche zubereitet.
Mein Mann hat den Wurst-Einfüllbehälter, den er sonst für
Hausschlachtungen benötigt, mitgebracht und so konnte die
Kolbasz-Wurst mit den Unmengen Knoblauch und dem
scharfen Paprika in Därme gefüllt werden.
Auch ungarischer Gulasch, scharfe Suppen und andere
Sachen wurden zubereitet. Wir sollten immer kosten.

Diese Kolbasz-Wurst war besonders lecker, aber dieser
Geruch! Bei einem intensiven Kuss sollten beide davon
probiert haben.

Meine Mutti hat mal eine Knoblauch-Kur gemacht. Am nächsten Tag beim Frisör wollten alle fluchtartig den Salon verlassen.

Es war nicht nur die Freude, das original ungarische Essen zu probieren, nein, noch viel schöner war unsere beginnende Freundschaft mit Margit neni und Pali basci – so sollten wir sie nennen.

Sie haben uns in ihre Wohnung eingeladen, direkt in der ungarischen Botschaft in Berlin unter den Linden.

Immer wieder waren sie bei uns zu Besuch, Margit neni hat auch in unserer Küche gekocht und oft fuhren wir gemeinsam zu unserem Wochenendgrundstück am See.

Nun hatten sie ja auch einen Diplomaten-Pass, konnten so im Intershop in der DDR die Westwaren billig einkaufen.
Auch wir haben davon profitiert, denn eine Flasche Whisky, die sonst zwölf West-Mark im Shop gekostet hat, bekamen sie und wir nun auch für 4,50 West-Mark.
Auch viele andere Sachen konnten wir günstig bekommen, ich einen schönen Leder-Fellmantel.

*Protokoll-Chef der Ungarischen Botschaft, rechts mein Mann
unten: Margit neni, die Köchin der Ungarischen Botschaft in
unserer Küche*

Sie sind dann Mitte der 1970er-Jahre in den Ruhestand gegangen, nachdem sie ihr Leben lang überall auf der Welt in Ungarischen Botschaften für vier Jahre gearbeitet hatten.
Einen neuen, dunkelblauen Mercedes haben sie mitgenommen nach Ungarn.

Jetzt kam es zu einem einseitigen Pendelverkehr, denn wir waren nun öfter in der Budafoci Ut. in Budapest. Da haben wir auch ihre beiden Töchter mit Familie kennengelernt.

Ach, war das schön, Budapest, das „Paris des Ostens" immer besser kennenzulernen.
Am Nationalfeiertag im August haben wir das Feuerwerk verfolgt, was oben vom Berg über die Stadt herunter rieselte.
Dann waren wir mit meiner Tochter Carmen in ihrem Wochenendbungalow am Balaton. Oh, es war nur eine Hütte.
Sonnenblumen rund herum, die mindestens zwei Meter hoch waren, innen vier einfache Bettgestelle mit Decken.
Waschen und Zähneputzen mussten wird draußen vor der Hütte in einer Schüssel. Wir nahmen es mit Humor, waren auch viel unterwegs und abends in einer Csárda.
Es war schon ganz schön voll, doch wir hatten einen schönen Tisch gefunden. Schon stand der Geiger neben uns und spielte diese typisch, wehmütigen Melodien. Margit neni fing an zu weinen und mir kamen auch die Tränen. So saßen wir beide heulend am Tisch.
Der Geiger ging dann in ein feuriges Tempo über, glitt wie wild mit dem Bogen über die Seiten.
„Na Hilfe", dachte ich, „hoffentlich hält die Geige das aus."
Auf einmal sprang Margit neni auf, fing an zu tanzen – allein!
Der Geiger hatte ihr wohl zugenickt, denn eigentlich sollte bei dieser Musik in der Czarda nicht getanzt werden.
Diese leisen, schmachtenden, sehnsuchtsvollen, immer

feuriger werdenden Klänge soll man entspannt genießen.
Diese Ausstrahlung, das Temperament unsere Margit neni hat
alle mitgerissen. Plötzlich war eine fantastische Stimmung in
dieser Csárda, unbeschreiblich.
Die Musiker haben sich angepasst und wie wild gespielt.
Leider, wenn es am schönsten ist, muss man gehen.
Ein Gewitter zog plötzlich auf, Pali basci war sehr besorgt.
Wir sollten da aus dieser Csárda am Wasser weg.

Für uns DDR-Bürger waren das schöne Höhepunkte, mal
raus, in ein anderes Land, das internationale Publikum – die
große Welt spüren.
Gerade Ungarn und der Balaton waren immer wieder begehrte
Reiseziele, weil auch die Möglichkeit bestand, sich mit
Freunden oder Verwandten aus Westdeutschland zu treffen.

Das Reiseangebot in der DDR war erbärmlich und Reisen nur
in das sozialistische Ausland möglich. Außerdem waren diese
Reisen im Vergleich zu anderen Preisen in der DDR ziemlich
teuer. Nicht jeder konnte sich das leisten. Alle, bis auf
wenige, haben in der DDR dieses Schicksal geteilt.
Wir waren eigentlich genauso erfreut darüber, dass wir nach
Suchumi in die Sowjetunion reisen konnten.
Dort am Schwarzen Meer die Städte Sotschi, Gagra, Pizunda
besuchen, mit dem Bus in die Berge des Kaukasus fahren, mit
dem Boot auf dem Rapotamo-Fluss unterwegs, das war auch
wunderschön.
Auf der Rückreise waren wir meist noch einen Tag in
Moskau.

Dann mein Lotto-Gewinn: eine Reise mit dem Tourex-Zug
nach Bulgarien. Wieder eine andere Erfahrung, zwei Nächte
schlafen im Zug. Abends wurde eine Wand gezogen, am Tage

waren wir zu viert im Abteil.

In Albena haben wir Tür an Tür mit dem Lotto-Direktor im schönsten Hotel gewohnt. Nach einer guten Landung mit der Interflug in Berlin-Schönefeld hatten uns das alltägliche Leben und vor allem unsere Kinder wieder. Sie konnten ja bei unserer Tourex-Reise nicht dabei sein.

Wir haben uns getraut, sie allein in unserem Haus zu lassen, Schwester Anneliese und Mann haben mal vorbeigeschaut.

Bei den Elternversammlungen in der Schule wurde nur gutes berichtet. Meine Carmen gehörte mit zu den Besten in der Klasse und auch mit unserem Sohn Frank gab es keine Probleme.

Sie haben von Staats wegen nach der 10. Klasse die „Jugendweihe" erhalten und erst ein Jahr danach durfte dann die Konfirmation stattfinden. Das hatte die DDR-Regierung so festgelegt.

Unsere Collie-Hunde

Unser Grundstück war fast 900 Quadratmeter groß, Platz
genug für noch weitere Tiere. So sind drei Collie-Hunde bei
uns eingezogen. Ein Zwinger musste gebaut werden und wir
haben nun sogar eine Collie-Zucht angemeldet.
Unsere „Laika", die Zuchthündin, haben wir aus Thüringen
geholt und dann waren da noch Cora und Eick. Sicher, einige
Aufregung hat das mit sich gebracht, aber auch 10.000 Ost-
Mark, denn fünf Würfe mit je sechs Welpen konnten wir groß
ziehen und verkaufen.
Leider durften nur sechs Welpen am Leben bleiben, der
Zuchtwart achtete sehr darauf.
Unsere Laika hat immer mindestens zehn Welpen geworfen,
das bedeutete für den Rest das Todesurteil, oh, war das immer
furchtbar.

Wir haben unsere Hunde sehr geliebt, auch unsere Kinder
fanden das Herumtoben mit den Hunden toll.
Wieder einmal zog der Winter ins Land, etwas Schnee war
heruntergekommen. Die Hunde fühlten sich dann besonders

wohl mit ihrem dicken Fell.

Sie tollten auf dem Hof herum, es war Silvester, nachmittags.
Da ließen doch einige in der Nachbarschaft schon ein paar
Knaller los. Eine Katastrophe! Die eine Hoftür war nicht ganz
geschlossen, so ist einer unserer Hunde in Panik durch diesen
Schlitz davongelaufen. Mir kommen heute noch die Tränen,
wenn ich daran denke, denn wir haben diesen Hund nicht
wieder gefunden.

Trotz großer Suchaktionen durch die Wälder in der
Umgebung, in allen Richtungen waren wir unterwegs.
Das Fernglas immer dabei. Alle Förster haben Bescheid
bekommen, leider, eine wochenlange Suche war umsonst.

Nach etwa vier Wochen haben wir durch Zufall erfahren, dass
ein toter Collie an der Autobahnabfahrt gelegen hat – man hat
ihn dort gleich begraben.
Als dann die Schutzhund-Prüfung für alle Zuchttiere gefordert
wurde, haben wir die Zucht aufgegeben.
Doch die Liebe zu den Hunden ist ein Leben lang geblieben.
Ob das chinesische Horoskop da auch eine Rolle spielt?
Danach bin ich im „Jahr des Hundes" geboren.

Und im späteren Leben, bei meinen immer öfter wechselnden
Männer-Bekanntschaften, war einer dabei, der sogar auf
meinen kleinen Yorki eifersüchtig war.
Wenn wir auf Teneriffa im bergigen Gelände im Auto
unterwegs waren, hat er immer mal kurz und scharf gebremst,
damit der Kleine vom Sitz fällt.

Meine Schwiegermutter und der Alkohol

Meine Schwiegereltern haben etwa 1964 ihren Betrieb geschlossen und den Laden der staatlichen HO übergeben. Sie bekamen nun Fleisch- und Wurstwaren geliefert und waren Angestellte. Noch eine Verkäuferin wurde eingestellt, die dann ganz schnell die Geliebte von meinem Schwiegervater wurde. Mein Mann musste zu der Zeit eine lange Strecke mit dem Motorrad nach Wünsdorf fahren, wurde dort Leiter der Fleischproduktion, konnte sich aber nicht durchsetzen.

Zum Glück ergab sich 1968 die Möglichkeit, diese Filiale zu übernehmen, wo wir beide dann jahrelang gut gearbeitet haben. Bereits 1969 war dann endgültig Schluss mit dem Laden. Das halbe Haus, in dem der Laden war, wurde verkauft. Meine Schwiegereltern zogen in ihr Haus in den Nachbarort, wo auch noch Großmutter Hedwig in einer kleinen separaten Wohnung lebte.

Unsere Besuche fanden nun ziemlich oft statt, denn offensichtlich war die Schwiegermutter nun total dem Alkohol verfallen. Szenen, die wir da miterleben mussten, waren traurig.

Was war nur aus meiner Schwiegermutter geworden?

Sie war einmal eine tüchtige, umsichtige, sehr beliebte Geschäftsfrau und jetzt sah sie uns aus fast zugequollenen Augen an. Das ganze Gesicht war entstellt, ihr Leib, besonders der Bauch dick und aufgedunsen. Dann fing sie an, wirres Zeug zu erzählen.

Unsere Kinder, zehn und zwölf Jahre, wussten nicht, wie sie sich verhalten sollten. Ihre Oma gab ihnen Rätsel auf und oft mussten sie sich das Lachen verkneifen.

Zum Lachen war das Ganze leider nicht, sondern todernst.
Meine Gefühle schwankten zwischen Mitleid, Frust und Wut.
Wie konnte es soweit kommen?

Meine Schwiegereltern: Erna, schon vom Alkohol gezeichnet, und
Ewald Michaelis

Hätte ihr lieber Gatte nicht schon vorher einschreiten müssen?
Nein, er hatte keine Zeit, denn in dem kleinen Dorf hatte er
auch eine Freundin.
Erstaunlich ist schon, dass er nicht alkoholsüchtig geworden
ist, denn getrunken hat er genauso fleißig.
Einmal hat er alle Räume im Haus durchsucht, sein Gebiss
war weg – zwei Tage.

Dann hat er es gefunden, draußen in der Scheune lag es,
zwischen dem Stroh inmitten seiner Kotze. Überglücklich
nahm er es auf und steckte es in den Mund. Er muss wohl
sinnlos betrunken gewesen sein, hat dabei nicht gemerkt, wie
sein Gebiss beim Kotzen mit aus dem Mund gefallen ist.

Das alltägliche Leben ging weiter. Haus, Kinder, Hunde, Garten, Laden, wenig Freizeit und wenn, dann waren wir oft eingeladen oder Besuch kam zu uns. Selbst an manch einem Neujahrsmorgen war in unserem Wohnzimmer schon Betrieb. Bekannte und Verwandte waren da, es wurde schon wieder angestoßen, diesmal aufs „Neue" und geraucht.

Zwei Aschenbecher reichten nicht, der Qualm hat das ganze Wohnzimmer vernebelt.

Dabei hätte ich so gern das Neujahrskonzert der Wiener Philharmoniker im Fernsehen angeschaut.

Aber leider ging das nicht.

„Es muss ja nicht immer nur nach mir gehen", so meine Gedanken.

Am ersten Weihnachtsfeiertag ging mein Mann auch in die Runde, auf gute Festtage anstoßen. Nicht jedes Jahr, aber wenn er dann erst ein oder zwei Stunden nach dem ausgemachten Essens-Termin wiederkam, ich das Essen bereits abgeräumt hatte, war die Stimmung perfekt.

Warum zog es ihn nur immer wieder zu anderen Leuten? War ich schuld? Fühlte er sich nicht wohl zu Hause? Nein, das kann es nicht gewesen sein.

Er wollte Neues erfahren, darüber weiter berichten, Witze erzählen, manchmal immer dieselben. Wenn die Leute am Schluss gejohlt haben, war das für ihn ein Erfolgserlebnis und er war glücklich und zufrieden.

Alkohol war für mich passé, nachdem ich bei einer früheren Silvester-Fete so betrunken war, dass ich am Neujahrsmorgen in meiner eigenen Kotze im Bett aufgewacht bin.

Am nächsten Tag habe ich wie im Koma den ganzen Tag auf dem Sofa gelegen. Das war ein „Warnschuss", so etwas bitte nicht noch einmal Rosemarie!

Sicher, bei einer Feier wurde mit einem Glas Sekt oder Wein angestoßen, danach noch zwei oder drei Gläser, das war es dann aber schon.

Viele Jahre später, in unserem neu erbauten Restaurant, befanden sich sechs Barhocker vor dem Tresen. Sie waren auch oft besetzt.
Meine Tochter war hinterm Tresen, ich manchmal auch, so blieb es nicht aus, dass nette Gäste mit uns anstoßen wollten. „He, Mädels trinkt mal einen mit.", hieß es so manches Mal. Wir: „Ja, gern, aber nur einen Kleinen". Am liebsten Korn. Der kam dann mit auf die Rechnung, aber in unseren Schnapsgläsern war Wasser. Später mehr über unsere neu erbaute Gaststätte.

Wieder im Nachbarort, diesmal hatte Schwiegermutter ein lila umrandetes Auge. „Sie ist die Treppe heruntergestürzt", so ihr Mann. Na, ob das mal stimmte?

Am Heiligen Abend sind wir immer mit den Kindern zu den Schwiegereltern, haben gemeinsam zu Abend gegessen, kleine Geschenke übergeben und unsere Kinder bekamen immer je 50 Mark.
Großmutter Hedwig musste allein in ihrer kleinen Wohnung nebenan bleiben, Schwiegervater hat es nicht erlaubt, dass sie mit zu uns rüber kam. Warum wurde sie so ausgegrenzt?
Mir ist in Erinnerung, wie diese alte Frau noch im hohen Alter für die Familie gesorgt hat. Da kamen Körbe mit ausgebesserter Wäsche, gehäkelte und gestrickte kleine Topflappen, eingeweckte Obstgläser im Nachbarort an, als da noch der Laden war.
August und Hedwig haben auch den Grundstein für die Fleischerei gelegt. Ich hätte manchmal an die Decke gehen

können vor Wut. Keiner traute sich, dem Schwiegervater
etwas zu sagen.

Großmutter Hedwig ist ja die Oma meines Mannes.
Sie saß im Winter immer in dem kleinen Zimmer, wo auch ihr
Bett stand, auf der Ofenbank direkt vor dem Kachelofen.
Im Sommer auch in der Veranda, da konnte sie in den Garten
schauen. Ihre grauen noch kräftigen Haare hatte sie offen, sie
hingen bis zur Taille herunter. Einmal sagte sie zu mir: „Rosel
ich möchte so gern sterben, aber der Tod kommt nicht!" Ich
war erschrocken.
Doch der Tod ist dann bald gekommen, im Februar 1974.
Auch weil es meiner Schwiegermutter nicht gut ging, war ich
immer wieder da, um zu schauen.
Erst mal sehen, was die Großmutter macht. Durch die winzig
kleine Küche bin ich in das Nebenzimmer, Großmutter lag
schlafend im Bett. Komisch, jetzt um die Mittagszeit schläft
sie? Ja! – Sie war für immer eingeschlafen.

Meine Schwägerin musste mir helfen, ich habe sie sofort
informiert.
Nun, einer alten Tradition folgend, haben wir ihren Körper
mit Seife und Waschlappen abgewaschen.
Dabei kullerten die Tränen. Nicht wegen der Großmutter, sie
war eine hochbetagte alte Frau. Jeder muss in diesem Alter
abtreten. Aber einen toten Menschen berühren, die
Endlichkeit des Lebens spüren, das war sehr emotional.
Meine Schwiegermutter hat das noch begriffen, dass ihre
Mutter gestorben war. Sie konnte dem Sarg nicht mehr folgen,
ist aber fast aus dem Fenster gestürzt, als der Sarg dort
vorbeigetragen wurde.

Eine Woche später, die Männer waren in der Kirche wegen der Aussegnung der Großmutter.

Ich sollte bei meiner Schwiegermutter bleiben, die lag im Bett. Sie hat sich gefreut, als ich an ihr Bett kam, fing gleich an zu erzählen: „Schau mal Rosel, die Katzen, guck mal, sogar da oben auf der Gardinenstange laufen sie."

Nun war es soweit, sie war im Delirium, hatte Wahnvorstellungen.

Was sollte ich machen?

„Mutter, hast du Schmerzen oder möchtest du etwas trinken?"

„Ja, meine liebe Rosel, gib mir bitte einen Wodka."

Eine Flasche davon stand schon auf dem Nachtisch bereit, weil sie ohne nicht mehr sein konnte. Ich habe sie dann ein bisschen angehoben, damit sie aus dem Schnapsglas trinken konnte. Nun konnte ich ihren Rücken sehen, der hatte die Farben Grün, Gelb, Lila und der Wodka kam in dem Moment im hohen Bogen wieder heraus.

Jetzt hatte ich fürchterliche Angst, wollte helfen, aber wie?

Die Gemeindeschwester musste kommen und die hat sofort eine Einweisung ins Krankenhaus veranlasst, noch bevor die Männer aus der Kirche wieder zurück waren.

Zwei Stunden später kam sie ins Krankenhaus und da ist sie nach ein paar Tagen gestorben, nur acht Tage nach ihrer Mutter, sie wurde nur 63 ½ Jahre alt.

Mein Mann war wie so oft im Winter zu seinem geliebten „Hausschlachten", er konnte seiner Mutter nicht einmal Adieu sagen.

Sicher haben wir alle miterlebt, wie der Alkohol das Leben der Schwiegermutter allmählich zerstört hat.

Nur der Schwiegervater hätte rechtzeitig einschreiten können und müssen, warum hat er es nicht gemacht?

***

Ein Ost-Schwein fuhr nach Westberlin

Wieder einmal kam Besuch, diesmal aus Westberlin.
Zwei Männer mittleren Alters, der eine Polizist, natürlich in
Zivil, der andere Tankstellen-Pächter.
Mit einem großen Mercedes kamen sie vorgefahren.
Bei ihren etwa vierstündigen Besuchen, bis 24 Uhr mussten
sie wieder über die Grenze sein, haben sie auch sorglos Bier,
Schnaps und Wein mit getrunken.
Einer der West-Männer hat mich im Bad überrascht. Ich hatte
nicht abgeschlossen, wollte gerade zum Flur heraus, da stand
er vor mir, fing an mich zu begrapschen, lehnte sich mit dem
Rücken an die Tür, sodass ich nicht raus konnte. Immer
wieder wollte er mich küssen. Dieses Gerangel ging etwa fünf
Minuten, dann plötzlich Geschrei und ein Riesenkrach, die
Fensterscheibe vom Bad war am Zerbrechen. Mein Mann war
auf dem Hof und hat von außen in das Fenster reingeschaut.
Nun war das Chaos perfekt.
„Du Drecksau, du Miststück, na warte, das wirst du büßen",
schrie er den Westler an, holte sein Beil und wollte den
Mercedes zertrümmern. Ein Gegröle auf der Straße, ein
sagenhaftes Schauspiel für die Nachbarn, doch so langsam
wurden sie wieder nüchtern. Ich war ja sowieso nüchtern,
habe aber zitternd und halb ohnmächtig alles mit angesehen.
Es war ein Horror.

Bei der Rückfahrt nach Westberlin mussten sie keine
Kontrolle am DDR-Grenzübergang fürchten. Sie hatten von
höchster Stelle der DDR-Behörden eine Genehmigung, die
ihnen die ungestörte Ein- und Ausreise ermöglichte.
Ein anderes Mal wurde darüber beraten, ob mein Mann ein
Schwein besorgen und das zu Wurst verarbeiten könnte. Sie

wollten so gern mal hausgemachte Wurst mit „rüber" nehmen. „Ja, das ging", das hat mein Mann versprochen.

Sämtliche Arbeiten dafür konnten auch im Schlachthaus im Nachbarort durchgeführt werden. Mein Mann hat mit dem Gesellen verschiedene Sorten Wurst zubereitet, einiges wurde in Därme abgefüllt, der andere Teil in Gläser. Mit dem Gesellen, habe ich dann die halbe Nacht die Gläser eingeweckt, zum Teil im großen Kessel.
Am nächsten Tag, es war der Valentinstag, kamen die Westberliner Männer, haben alles hinten im Auto und im Kofferraum eingeladen.
So ging nun dieses Ost-Schwein auf die Reise nach Westberlin.

Ich musste bis zum nächsten Ort hinter diesem Auto her fahren, habe aber bald Lachkrämpfe bekommen, weil der hintere Teil des Autos so weit herabhing, dass es den Schnee von der Straße weggeschoben hat.

Wenn die Männer kamen, hatten sie immer etwas dabei, was für die DDR wichtig und interessant war. Der eine hat das Auto schon mal mit einer anderen Farbe gespritzt, damit auf westlicher Seite niemand Verdacht schöpft.
Was sie mitgebracht haben, darüber wurde nie gesprochen. Wir haben auch nie gefragt. Manchmal, nach dem zweiten Bier, haben sie selbst ein paar Brocken losgelassen.

Nun sind wir schon am Ende der 1970er-Jahre, der alte Trott hat uns wieder.
Mein Mann wurde immer dicker, hatte inzwischen 125 Kilo, mit der berühmten Kuppel am Bauch. Furchtbar, ich muss unbedingt mit ihm reden. Eines abends folgendes Gespräch:

„Mein lieber Mann, schau, du hast auf deiner Schnitte Butter, darauf eine dicke Schicht Gutsleberwurst, dann streust du noch Salz oben drauf. Warum? Es ist doch überall Salz drin, da muss doch nicht zusätzlich noch Salz oben rauf, Salz bindet Wasser im Körper, du wirst immer dicker, hast nur noch mehr Herzbeschwerden."
Er: „Ja meine Gute, du hast ja recht. Ich lass das Salz jetzt mal weg." Das ist aber nur an diesem Abend so gewesen.

Wieder stand eine Inventur in unserem Laden an. Die von der Inventurgruppe haben angerufen und Bescheid gesagt, dass sie in zwei Tagen kommen. Wir haben gleich reagiert und schon mal einen Überschlag gemacht, aber was war nun los?

Nie in den Jahren zuvor hatten wir ein Minus im Geschäft. Es fehlte Geld, was lief schief?
Doch ich hatte es beinahe geahnt.

Meine Mutter, ich und mein Mann 1981

Der Alkohol wurde auch bei meinem Mann immer mehr zum Problem. Oft, wenn ich aus dem Laden mal nach hinten kam, sah ich ihn nicht etwa am Arbeitstisch, sondern im Büro, ein kleines Fenster war da zum Flur hin.

Mit irgendeinem Bekannten saß er da mit einer geöffneten Flasche. Die hatte der Bekannte sicher mitgebracht, damit er etwa Wiener Würstchen im Naturdarm (sonst im Kunstdarm), Lachsschinken oder andere Sachen bekommt, die wir immer nur auf Zuteilung erhalten haben.

Von diesen netten Bekannten, die hinten in den Laden rein kamen, gab es viele. Alle wussten, dass Wolfgang gerne einen trinkt und hatten selbstverständlich eine Flasche dabei.

Mein Wolfgang war immer hilfsbereit und allen gefällig. Das machte ihn auch sehr beliebt.

Doch die Grenzen der Gutmütigkeit waren längst überschritten. Auf seinem Arbeitstisch blieb immer mehr liegen, Fleisch ist vergammelt, Knochen, die er sonst abgeputzt hat, wanderten in die öffentlichen Mülltonnen.

Das gab Ärger mit den Nachbarn, die da auch ihren Müll entsorgen mussten, denn im Sommer haben jede Menge Maden die Deckel der Mülltonnen angehoben. Dazu dieser ekelige Aasgeruch.

Eine ähnliche Geschichte war das Entsorgen von allen möglichen Resten an Kartons und Behältern im Wald. Ich war davon immer mit betroffen, obwohl ich das vorher nie wusste. Nun, die Sache im Wald war so simpel wie lachhaft, denn auf einigen Kartons stand die Adresse. So konnten die Behörden gleich die Strafzettel vorbeibringen und kassieren.

Auch in unserem Garten wurde mal was vergraben. Seltsame Maulwurfshügel waren da zu sehen. Na, was ist das denn? Da haben sich auch Maden selbstständig gemacht.

Dieser Alkohol, diese damit verbundene Gleichgültigkeit. Wir hatten so viele Gespräche, aber die gingen wie gegen eine Wand und nicht weiter.

Das Ruder ließ sich nicht mehr herumreißen.

Mein Mann ist in der Mittagszeit, der Laden war von 12.30 bis 15 Uhr geschlossen, immer in die Klubhaus Gaststätte zum Essen gegangen. Den Koch kannte er sehr gut, sie haben auch einige Geschäfte abgewickelt.

Ich bin in der Zeit schnell mit dem Fahrrad nach Hause, habe die Kinder mit Essen versorgt, oder hatte je nach Schicht nachmittags frei.

Trotz vieler Verordnungen konnte dieser Staat nicht alles kontrollieren. Das war auch gut so und machte das Leben angenehmer in diesem Land.

Wir hatten 1979 noch einmal eine gemeinsame Reise nach Russland gebucht. Diesmal auf die Krim nach Jalta.

Wir haben in dem wunderbaren Hotel „Jalta" gewohnt.

Alles war so wunderschön, nur zwischen uns war eine eisige Kälte. Jeder ging einen anderen Weg.

Mein Mann saß oft unten an der Bar.

Doch bei mir hat sich eine innere Unruhe breit gemacht.

Meine Gedanken waren nur: „Wie geht es weiter mit dem Laden, wie geht es weiter mit unserer Ehe?"

Auch diese Minus-Geschichte im Laden machte mir zu schaffen. Das war sehr unangenehm. Irgendetwas musste geschehen, aber wie und was?

Mein Mann sagte: „Lass mich nur machen, ich finde einen Weg." Und das war der Notschlächter.

Den kannte er schon und nun fing die Geschichte an,
kriminell zu werden.
Der Notschlächter lieferte jede Woche billiges Fleisch,
natürlich abends in der Dunkelheit, es durfte ja keiner sehen.

Auch die Prozedur beim Hausschlachten war mit mehr oder
weniger Alkohol verbunden. Er war meist so „mittig voll,"
wurde ja geholt und gebracht.
Wenn er dann abends noch in mein Bett wollte, habe ich
abgeblockt.
Ich konnte nicht, mein Körper wehrte sich. Dieser Geruch
nach frisch geschlachtetem Schwein, nach Fleisch, Alkohol,
Knoblauch, das ging absolut gar nicht.
Er ist dann verrückt geworden, hat mich einmal aus dem
Schlafzimmer geworfen – sollte das helfen?

Meine Gefühle waren auf der Strecke geblieben, auch Liebe
und Achtung. Ich hatte nur noch Mitleid.
Wenn in Gesellschaft mal Sex das Thema war, dann sagte
mein Mann: „Meine Rosel ist eine alte Frau, mit der ist nichts
mehr los."

Als ich beim Rechtsanwalt im Warteraum saß, um wegen des
Scheidungstermins vorzusprechen, kamen mir kurz die
Tränen.

Im Grunde hatte ich einen guten Mann, der auch für die
Familie gesorgt hat, der sich aber nur in Gesellschaft wohl
fühlte und leider, leider dem Alkohol nicht widerstehen
konnte.
Einmal Gespräche über Gott und die Welt zu führen, so etwas
gab es bei uns nie.
Mein Wolfgang war eher an Klatsch und Tratsch interessiert,

hat immer wieder Neuigkeiten erfahren und darüber berichten können. Nur im angetrunkenen Zustand ist bei ihm schon einiges durcheinander gekommen und vieles entsprach nicht der Wahrheit.

Im Mai 1981 war unsere Scheidung

Auf eine Begründung in den Papieren haben wir verzichtet. Alles ist problemlos abgelaufen, sicher auch weil unsere Kinder mit der Berufsausbildung fertig waren.

Trotzdem habe ich den Kindern ihr Elternhaus genommen. In diesem Alter, wo sie selbst schon auf der Suche nach einem Lebenspartner waren, vielleicht nicht so dramatisch – ich wollte jedenfalls immer für sie da sein.

Nun, frei und ungebunden, habe ich optimistisch in die Zukunft geschaut, hatte mir eigentlich in den zwei letzten Ehejahren auch schon eine gewisse Freiheit genommen, aber alles immer wieder nur mit Beruhigungstabletten (Diazepam) durchgestanden.

Meine Herzrhythmusstörungen waren fast unerträglich. Doch jetzt, nachdem ich nach langer Wartezeit einen Termin bei einem Professor in der Charité hatte, konnte er mir mit der entsprechenden Medizin helfen.

Nach der Scheidung war ich eine arme Frau, denn in der DDR gab es nicht diesen Zugewinnausgleich wie in Westdeutschland üblich.

Mein Mann hat, er stand ja allein im Grundbuch, das Haus behalten, in das wir 20 Jahre so viel investiert hatten.

Selbstverständlich auch des Auto – den „Wartburg", ein Geschenk seiner Eltern. Ich musste mich mit dem kleinen Bungalow am See zufrieden geben – war ich auch.

Auf Grund seiner Beliebtheit und aus Mitleid hat man meinem Mann noch eine Frau vermittelt.
Mein geschiedener Mann ist dann im Alter von 67 Jahren gestorben. Neben anderen Beschwerden war Alkohol wohl auch das Problem, so wie bei seinem Bruder und seiner Mutter.
Nur der Vater, mein Schwiegervater, war resistent gegen die Alkoholsucht. Er hat ein hohes Alter erreicht, obwohl er auch ein fleißiger Trinker war.

Das war das erste Kapitel meines Lebensromans.

Nun in der Folge geschehen Wunder und Schutzengel sind immer an meiner Seite.

Ich, fast 50 Jahre, inzwischen geschieden

Immer noch keine Berufsausbildung, wie wird es weiter gehen in meinem Leben?

Der erste Schritt war zum Wohnungsamt der Stadt, um einen Wohnungsantrag zu stellen.
Nach 1 ½ Jahren Wartezeit habe ich eine schöne Wohnung in einem Wohnblock zugewiesen bekommen, sogar in der Nähe meiner neuen Arbeitsstelle.
Und das war das Café-Restaurant an der Schwimmhalle.
Meine Tochter war Leiterin dieses Komplexes und nun sogar meine Chefin!
Eine komplizierte Geschichte ging dem voraus, denn meine

Tochter sollte und wollte eigentlich eine Lehre bei der DDR-Interflug Gesellschaft in Berlin-Schönefeld machen.
Die Lehrzeit: drei Jahre mit Abitur. Mit der zuständigen Personalabteilung der Interflug hatten wir alles abgeklärt und eine feste Zusage für den Lehrbeginn im September erhalten. Nur eine spezielle Karte für die Delegierung von der Schulleitung war noch nötig für drei Jahre Ausbildung mit Abitur ab der zehnten Klasse. Da war sie wieder, diese Bevormundung durch den Staat. Unsere Tochter hat besagte Karte nicht bekommen, sondern das Kind eines Parteigenossen, der sie nicht einmal benötigt hat.
Eine erneute Anfrage beim Rat des Kreises ergab: Möglich war eine derartige Ausbildung noch bei der Post, oder Kellner bei der Konsum-Genossenschaft. Übrigens, diese spezielle Art der Lehre mit Abitur nach guter schulischer Leistung ließ ein späteres Studium nur für bestimmte Fachrichtungen zu. Medizin wäre nicht möglich gewesen.

Wann lerne ich endlich mal, mich nicht immer gleich aufzuregen? Das Schicksal hat doch wieder einmal den Weg gewiesen. Ja, nun also Kellner!

Die Ausbildung fand in Potsdam in hervorragenden gastronomischen Häusern statt. Unsere Tochter hat auch da im Internat gewohnt. Nach erfolgreichem Abschluss hat sie dann ein Jahr als Kellnerin in diesem Café an der Schwimmhalle, einem Objekt der Konsum-Genossenschaft, gearbeitet. Eine Familie aus dem weiteren Umkreis hatte dieses Objekt schon einige Zeit bewirtschaftet, aber plötzlich aus privaten Gründen ihre Arbeit gekündigt.
Nun stand die Frage: Wie weiter?
Ein neuer Chef und eine neue Besetzung muss her.
Wieder mal war ich am Überlegen: „Unsere Tochter, mit

bester Berufsausbildung, könnte doch . . . aber sie hatte noch wenig Berufserfahrung . . .‟

Viel haben wir in der Familie darüber gesprochen, sind alle Varianten durch und waren uns letztlich einig. Wenn auch der Sohn mit einsteigt, ich die Küchenarbeit sowie das Schriftliche übernehme, dann könnten wir es wagen, diesen Gaststätten-Komplex zu übernehmen.

Zum Schluss gab es noch das entscheidende Gespräch mit den Chefs der Konsum-Verwaltung. Lediglich unser Sohn Frank, der mit der Ausbildung zum Fleischer fertig war, sollte noch die Prüfung als Koch ablegen.

Sonst war alles gut, unser Plan ging auf.

Man hat uns großes Vertrauen entgegengebracht und wir haben versprochen, die übertragene Arbeit gewissenhaft auszuführen. Meine Tochter war dann ab 1980 Leiterin dieses Gastronomie-Objekts. Sie musste nur noch den Befähigungsnachweis für Gaststättenleiter nachholen.

Unser Café an der Schwimmhalle

In der Stadt wurde auch vom „U- Boot‟ gesprochen, denn dieses elend lange, etwa sechs Meter breite, an die Schwimmhalle angelehnte Gebäude hatte Ähnlichkeit mit einem U- Boot. Es hatte auch 19 große Außenfenster, war aufgeteilt in Milch-Bar, Café-Restaurant und Espresso. Für DDR-Verhältnisse sehr gut ausgestattet, hatte dieser gesamte Gaststättenbau eine Besonderheit: Man konnte aus allen Innenräumen durch große Fenster in die Schwimmhalle schauen.

Dementsprechend war auch die höhere Preisklasse III angesagt. In dieser Preisklasse wurden wir auch mit Import- und Exportbier beliefert wie Budweiser, Urquell, Radeberger,

Wernesgrüner.

Aber erst mal war Arbeit ohne Ende angesagt, folglich nur in Schichten abzuleisten. Sohn und Tochter waren hauptsächlich am Tresen für die Zubereitung von Softeis zuständig.

Nebenbei lief am Tresen der Verkauf von Zigaretten, Gebäck, Torten, Schokolade und Getränkeflaschen. Das Eispulver war von ausgezeichneter Qualität, auch mit Kakao oder Frucht abwandelbar. Es wurde, fertig abgepackt, für zehn Liter geliefert. Ich war für die Küche zuständig, die eine Größe, einschließlich der Ausgabe von etwa zwölf Quadratmeter hatte. Sie war mit zwei normalen Elektroherden ausgestattet, außerdem ein großer, zwei kleine Kühlschränke, ein Arbeitstisch, kleine Hängeschränke und eine Spüle.

Wir haben Fleischsoljanka, Schweineschnitzel, Rinderfilet, Leber, Würzfleisch angeboten. Schnitzel mit Letscho überzogen oder mit Würzfleisch überbacken.

Dazu gab es Toast, Kartoffeln oder Pommes wären in dem kleinen Raum nicht möglich gewesen. Nur für besondere Feiern habe ich Kartoffelkroketten mit Mandelkruste selbst gemacht.

Für die Beilage wurde täglich frisch Weißkohl auf der Reibe mit der Hand geraspelt, dazu ein paar Möhren, manchmal nur Rotkohl, an Gewürzen Öl, Essig, Salz, Pfeffer, Zucker ran und mit der Hand durchgeknetet, bis alles mürbe war. Dazu Radieschen, Tomaten, Zwiebeln, Salat, Paprika im Wechsel, je nachdem, was die Kaufhalle gerade im Angebot hatte. Das war bei Obst für die Eisbecher genauso. Manchmal war es Glücksache, wenn man beim Auspacken der Südfrüchte dazu kam oder die nette Verkäuferin noch ein paar unter dem Ladentisch hatte.

Eine eigenartige Situation ist das gewesen, damals in der DDR. Ich hatte so eine Freude, wenn ich etwas kaufen konnte, was knapp war. Der Preis spielte keine Rolle.

Heute ist ein Überangebot da, mit schwankenden Preisen. Es wird oft gefeilscht und getrickst mit Preisen und Sorten.

Doch nun weiter mit unserem Restaurant.

Wir waren ja keine Kneipe, so wurde auch eine gute Flasche Bier nicht solo serviert, die gab es nur als „Herrengedeck" mit einem Glas Sekt, damals 4,80 Ost-Mark. Ganz im Vordergrund stand bei uns die Eisproduktion. Im Sommer wurde auch mit einer zweiten Eismaschine der Straßenverkauf hinten im Abwaschraum durchs Fenster gemacht. Der Andrang war immer groß, denn nur wir hatten in Ludwigsfelde zwei dieser Softeis-Maschinen. Die Sahne für die Eisbecher fest zu bekommen, war schon das nächste Problem. Handarbeit war nötig, doch die Zeit war knapp. Unser Trick: ein kleiner Plastik-Eimer war vorhanden.

Da die Sahne rein, vier kleine Flaschen (ein Liter) Zucker dazu. Nun den Handmixer oben rauf gelegt und nach ein paar Minuten schauen, dass es keine Butter wird.

1988 haben wir dann von der Konsum-Verwaltung einen Sahne-Automaten bekommen. An der Qualität der Sahne war nichts auszusetzen, schon ohne Carrageen. Und wenn die kleinen Sahne-Flaschen in einer lauen Sommernacht, sie wurden nachts geliefert und vor die Tür gestellt, etwas gelitten hatten, dann kam beim Mixen eine Prise Natron mit rein. Ja, mit diesen Eisbecher-Kreationen ließ sich bei einer guten Kalkulation auch etwas machen. Bei nur 0,10 Pfennig pro Eisbecher kam schon etwas zusammen, um verlustfrei zu arbeiten. Es war auch nicht erlaubt, die Restmasse aus der Eismaschine abends aufzuheben. Viele Hygiene-Vorschriften mussten beachtet werden.

Wir hatten bereits drei Monate erfolgreiche Arbeit hinter uns, da meldete sich die Kaderleiterin vom Konsum und bat um ein Gespräch

Wir waren gespannt, was wollte die?
Sie wollte ein persönliches Gespräch und uns überreden, dass wir in die **SED eintreten.** Meine Tochter, mein Sohn und ich – wir haben das abgelehnt mit der Begründung, dass wir der evangelischen Kirchengemeinde angehören und das nicht vereinbaren können.
Der Einzige in der Familie war der Vater meiner Schwiegertochter, Werner K., er war SED-Mitglied.

Frank, Carmen und Mitarbeiter

Carmen im Café an der Schwimmhalle

Von der Konsum-Genossenschaft hatten wir unsere Umsatz-Plan-Vorgaben. Die haben wir immer ganz groß überboten, dafür dann auch einen schönen Zuschlag zum Gehalt bekommen. Zu diesem großzügigen Gehalt kamen dann noch Trinkgelder dazu, die nicht nur die Kellner bekamen.
Auch die Leitung des Restaurants und die Küche bekamen als Anerkennung für ein gutes Buffet oder eine vorzüglich ausgerichtete Familienfeier wie Hochzeit, runder Geburtstag oder Betriebsfeier – alles auch mit Tanz – eine schöne Summe Trinkgeld.

Wir haben vorbildlich gearbeitet, immer unseren Plan erfüllt. So sind wir auch „Brigade der sozialistischen Arbeit" geworden. Wir haben ein Brigadebuch geführt und darin geschrieben, was wir gemeinsam unternommen hatten.
Der eine oder andere von uns ist auch „Aktivist" geworden.

Manchmal war ich am Verzweifeln in dieser kleinen Küche.

Dann, wenn für etwa 50 Personen ein tolles Menü oder Buffet angerichtet werden musste, war das für mich Schwerstarbeit. Und meine Kochkenntnisse? – Keine! Gekocht habe ich nach Hausfrauenart, bin damit auch gut bei den Gästen angekommen.

Die Vorsuppe war immer eine Hühnerbrühe mit Eierstich oder Grießklößchen, Spargel, Suppengrün – sicher für eine Vorsuppe viel zu gehaltvoll, aber die Gäste wollten das bei der Absprache so. Es hatte sich herumgesprochen, dass man bei uns gut feiern kann. So hatten wir schon Monate im Voraus viele Reservierungen. Auch ein Tierarzt aus der Umgebung hatte bei uns für seine Familienfeier ab Mittag reservieren lassen. Für das Mittags-Menü wünschte er sich „Aal in Grün." Nicht ganz einfach für uns. Die Aale gab es nur unter der Hand von privat. Mein Sohn hat sie von Blankensee herangeholt, wunderschöne, mittelgroße, frische Aale.

Die wurden gut vorbereitet und warteten nun auf die Gäste. Was dann geschah, ist in meine Kochgeschichte unrühmlich als Meisterleistung eingegangen.

Die Gäste kamen etwas später, doch dann sollte es schnell gehen. Die Vorsuppe raus und damit es zügig weiter geht, habe ich die Aalstücke schon mal in das siedende Wasser gegeben. Eine Ansprache, bevor die Suppe eingenommen wurde. Es dauerte und dauerte, bis abgeräumt werden konnte. Ich wurde nervös. Beim Blick in den Kochtopf, der war ja ohne Deckel – oh, was ist das denn?

Da schwammen die Gräten der Aalstücke separat in dem siedenden Wasser. Ich bin erstarrt bei dem Anblick, wollte in den Keller türmen.
Das ging nicht, ich musste das alles durchstehen.
Der Aal wurde in einer Petersiliensoße schwimmend serviert.
Ich habe keine Schelte bekommen, aber diese Blamage!

So viele nette Gäste konnten wir im Laufe der Jahre begrüßen.
Einer davon, ein Architekt, war unser allerliebster Gast.
Ohne zu fragen, wurde ihm ein Herrengedeck serviert, wenn er am Stammtisch Platz nahm.
Jeder in unserem Team kannte seine Wünsche.
Mir war er ein guter Freund und Berater geworden. Nur wenn jemand „Rosi" zu mir sagte, hat ihm das nicht gefallen.
Er wollte für meinen Vornamen Rosemarie eine andere Abkürzung. Dabei ist er nach vielen Überlegungen auf „Rose" gekommen. „Rosi" war ihm zu ordinär.

Nach dem zweiten Herrengedeck hat er sich meist wieder verabschiedet. Wenn es mehr geworden sind, dann wurde es sehr gemütlich mit ihm und mit uns. Einmal, es war vielleicht das fünfte Herrengedeck, verteilt auf Stunden, aber er konnte nicht mehr allein gehen, sodass mein Sohn und ein Kellner ihn etwa 200 Meter bis zu seiner Wohnung schleppen mussten. Die Krönung war: Unterwegs hat er sich so in die Hose geschissen, dass es unten am Hosenbein heraus kam.

Darüber zu reden, war für uns ein Tabu.

Dann gab es noch einen Gast, der saß im Tresenraum am dreier Tisch, unterhielt sich mit zwei Männern. Ohne es zu wollen, musste ich das Gespräch mit anhören: „Heute habe ich Bescheid bekommen, dass ich mein Auto den ‚Trabant'

abholen kann. Vor zehn Jahren habe ich den bestellt.
Eine Sauerei, diese lange Wartezeit, aber jetzt will ich den
nicht mehr, habe auch kein Geld, um den zu bezahlen."
Jetzt gab es kein Halten mehr. Als er bezahlt hatte, bin ich
hinterher gelaufen und draußen vor der Tür wurden wir
handelseinig: Für 3.000 Ost-Mark hat er mir seine Anmeldung
überlassen.

Was für ein Glück, ein neues Auto! Für Gebrauchte, wenn es
die überhaupt gab, mussten auch horrende Summen bezahlt
werden.
Es sei denn, jemand hatte West-Verwandte, die großzügig
waren und ein Auto über „Genex" bestellt haben. Das war
dann in kurzer Zeit da.

Eigentlich war ich sehr glücklich in dieser Zeit, habe gut
verdient, Essen und Mietkosten waren minimal, ich konnte
mir schicke Sachen in den Exquisit-Läden kaufen und habe
trotzdem noch gut gespart.
Es wurde Herbst, wieder einmal habe ich mir eine Reise nach
Bulgarien geleistet und die blieb nicht ohne Folgen.
Also, zwei Jahre nach meiner Scheidung schien ein Mann,
den ich dort kennengelernt habe, das Rennen zu machen.
Es war ein Witwer aus Leipzig, gerade mal so groß wie ich,
mit Bauchansatz, dunklen Haaren und Schnurrbart, man sagt
auch „Pornobalken" dazu. Sicher war er auch in meinem
Alter. Am Strand haben wir uns kennengelernt, er wohnte in
einem anderen Hotel.

Ich war in meinem Zimmer mit einer netten Frau zusammen.
Scheinbar gab es keine Einzelzimmer, oder es war Kalkül.
Wie ich später erfahren habe, war sie als IM auf mich
angesetzt.

Sie war gutaussehend, schlank, blond, im Rentenalter.
Wir haben uns gleich gut verstanden. Auf Anhieb war
Sympathie da, auch das „Du" also: Erika.

Gemeinsam waren wir unterwegs und das sehr bald beide mit
einem Mann. Der Begleiter von Erika kam aus Hamburg. Er
war schon recht klapprig, suchte Anschluss. Nur Erika wollte
das Zusammensein mit so einem „Wessi" nicht, sie hatte
Vorbehalte. Warum?
Ich habe ihr zugeredet und gesagt: „Lass uns doch gemeinsam
Spazierengehen, das ist doch keine feste Sache."

Wie konnte ich ihr im Nachhinein böse sein, dass sie mich im
Auftrag der Stasi beobachtet hat? Sie war so eine wunderbare
Frau und von mir konnte sie nichts Negatives berichten.
Ich habe überhaupt nie zu jemanden abfällige Äußerungen
über die DDR gemacht. Ich habe mich wohlgefühlt in diesem
Land, konnte mir vieles leisten, auch Sachen im Intershop
kaufen. Nur das Eingesperrtsein in diesem DDR-Staat war
furchtbar.
Mein Glück, dass ich mich immer neutral verhalten habe,
sonst hätten die DDR-Behörden mir vielleicht nicht den Kauf
des Gaststättengrundstücks sowie den Bau einer Gaststätte
genehmigt.
Nun zurück zum Bulgarien-Urlaub.

Mit meiner neuen Bekanntschaft bin ich auch schon mal allein
spazieren gegangen. Wir waren einmal noch abends am
Strand. Haben uns in den weißen Sand gesetzt, so dicht am
Meer, dass die leichten Wellen unsere Füße berührten.
Schweigend saßen wir da, der noch nicht volle Mond ließ das
Meer eigenartig glitzern. Eine romantische Stimmung war
das. Was es doch für Zufälle gibt. Gleich in den ersten Tagen

lernte ich hier einen Mann kennen, der mir auch gefiel.
Ich war dabei, mich wieder zu verlieben.
Bei ihm, das spürte ich, war es auch so.
Seinen Arm hatte er um meine Schulter gelegt und sicher hat
diese zauberhafte Stimmung dazu beigetragen, dass wir uns
nun immer wieder zärtlich geküsst haben.

Als er plötzlich seine Hand unter meinen Rock schob, habe
ich es geschehen lassen. Wir waren wie wahnsinnig.
Jetzt suchten wir einen anderen Platz.
In der Nähe standen die Wassertretboote aufgereiht. Da sind
wir hin, haben uns dazwischen ein Plätzchen gesucht.
Der weiße Sand war trocken, wir fühlten uns geborgen.
Na, so ein Wahnsinn!
Sex, in einer Mondscheinnacht am Schwarzen Meer zwischen
den Tretbooten, das geht in die Geschichte ein!
Dann ist Erika oft allein zum Strand, damit wir das Zimmer
für zwei Stunden für uns allein hatten.

Das wurde nun Mann Nr. 4

Die Abreise kam heran, für uns beide am gleichen Tag, jeder
bestieg einen anderen Flieger.
Zwei Tage später stand er vor meiner Tür.
Was für eine verrückte Geschichte. Er hatte eine Wohnung im
Leipziger Neubaugebiet und gearbeitet hat er als Rohrisolierer
auf den jeweiligen Baustellen im ganzen Land.
Nun fingen wir an, uns gegenseitig zu besuchen.
Ich fuhr mit meinem kleinen Trabi auch nach Leipzig.

Mit seinem „Lada" sind wir dann durch Leipzig gefahren, die
Kassette von Andy Borg mit diesen drei Worten „... ich liebe
dich" lief immer wieder in voller Lautstärke von vorn.

So glücklich waren wir und es kam wie es kommen musste.
Ich hatte ja inzwischen eine schöne Wohnung, so ist er dann
zu mir gezogen.
Montag bis Freitag war er auf der Baustelle, mittwochs kam
er zwischendurch heim. Wenn ich am Wochenende arbeiten
musste, kam er in unser Restaurant zum Mittagessen oder ich
hatte etwas vorbereitet.

Manchmal fuhr er auch zu seiner Tochter nach Leipzig.
Wieder einmal sind wir nach Ungarn mit dem „Lada" – wir
sind direkt nach Balatonfüred an den Balaton gefahren, im
Jahr darauf wieder nach Bulgarien, diesmal nach Nessebar.
Am Strand immer die gleichen Nachbarn, die ihre Tücher auf
den Liegen ausbreiteten.
Ein Ehepaar war täglich neben uns, der Mann mindestens
1,95 Meter, seine Frau im ganzen Erscheinungsbild wie ich,
etwa 67 Kilo die Haare mit Dauerwelle wie meine nur
dunkelblond.
Wir kamen ins Gespräch, wanderten zusammen am Meer
entlang und hatten auch gleich ein gemeinsames Thema.
Oft gingen die beiden Männer vor uns, zwei so
unterschiedliche Figuren, der eine groß, kräftig aber schlank,
der andere klein, etwas korpulent mit dicker Kuppel am
Bauch. Immer wieder habe ich beim nach vorne schauen
Lachanfälle bekommen: Da liefen doch wirklich Pat und
Patachon.
Schnell waren wir beim „Du", also Ingrid und Gerd. Für den
nächsten Abend haben wir uns in ihrem Hotel zum Tanzen
verabredet.
Beim Bezahlen der Getränke wurde uns klar, das sind
Westdeutsche, denn Trinkgeld haben sie in DM gegeben.
Auch ihre Zimmer waren exklusiver ausgestattet als unsere.

Westliche Reiseveranstalter haben eben andere Standards gefordert.

Die schöne Zeit ging zu Ende, aber wir hatten Adressen getauscht. So gingen Briefe immer wieder hin und her.
In dem einen erwähnte Ingrid, dass sie ja nun im Oktober 50 Jahre alt wird.

Wir waren im Jahr 1987, ich war bereits 50 Jahre. Ab diesem Alter bekam man die Genehmigung, in den Westen zu reisen, natürlich zu Verwandten.
Und Ingrid? Na, sie wurde zu meiner Cousine!

Doch dazu später mehr. Bereits seit 1985 war ich nämlich in einer Grundstückssache unterwegs.

Die alte Gaststätte „Waldfrieden", etwa 1983

Mit meinem Trabi war ich nach Berlin, oft auch nach Großbeeren unterwegs.
Die Straße führte direkt an der Gaststätte „Waldfrieden" vorbei. Wie traurig! „Alles sieht jetzt so verlassen aus", so

meine Gedanken.

In den Nachkriegsjahren bis Ende 1950 war hier der Treffpunkt für Jung und Alt aus der Umgebung.

Es wurde geschwoft, gefeiert und gesoffen.

Der damalige Wirt, Karl Schwanke, hatte wesentlichen Anteil daran, besonders durch seine Veranstaltungen im Biergarten, dass die Lethargie, in der sich viele Menschen nach dem Krieg noch befanden, gewichen ist.

Besonders die Pfingstfeste waren berühmt. Sogar Berliner kamen extra für die Feiern angereist. Die Blaskapelle spielte altbekannte Lieder, Karl hielt eine Ansprache und schon ging der Trubel los.

Die Tanzfläche war etwas tiefer gelegen, denn eigentlich sollte das der Keller für den Neubau seines Hauses mit der Gaststätte werden, wurde aber damals noch im Krieg nicht genehmigt.

Karl Schwanke hatte 1930 vom Rittergutsbesitzer Dr. Gottfried von Badewitz das Grundstück gekauft. Es waren 5.000 Quadratmeter. Fast die gesamte Fläche war mit Kiefern bewachsen. Gleich nach dem Kauf wurde ein kleines massives Häuschen gebaut und provisorisch eine kleine Gaststätte in Holzbauweise davor gesetzt.

Wenn ich mir heute vorstelle, wie das alles so funktioniert hat im Biergarten mit so vielen Menschen, dann komme ich ins Grübeln.

Es gab nur eine Außentoilette auf dem Grundstück. Alle Gäste mussten auf diesen Donnerbalken und draußen, vor dem Eingang, stand eine Schüssel mit Wasser zum Hände waschen.

Frau Kelch, eine Nachbarin, sagte mal: „Besser, wenn man die Hände darin nicht gewaschen hat." Auch innen, im

provisorischen Gaststättenbau, war keine Toilette.
Na, das Grundstück war ja entsprechend groß!
Für das Spülwasser aus der Küche war eine Sickergrube
hinter dem Haus angelegt.

In den 1940er-Jahren wurde noch eine Garage errichtet und
gleich daran ein Wohnhaus in L-Form gemauert, direkt neben
der Kneipe.
Im Dezember wollten sie dort einziehen, doch dazu kam es
nicht mehr.

Es gab ein großes Unglück und das acht Tage vor
Weihnachten. Ida, seine Frau, war beim Essen zubereiten für
die Gäste. Sie zündete die Flamme an der Gasflasche an, die
in diesem Moment explodierte. Sie hatte sehr schwere
Verbrennungen, kam ins Krankenhaus, hat dort geschrien vor
Schmerzen und immer wieder gesagt: „Lieber sterben als
diese Schmerzen ertragen müssen!"
Am 24.12.1944 ist sie verstorben. Eine Tragödie für die
Familie. Da waren ja auch noch die Kinder Irmchen und
Walter, die ein so überaus furchtbares Weihnachten erleben
mussten.

Karl Schwanke hatte im hinteren Bereich des Grundstücks
einen fast bombensicheren Bunker gebaut mit viel Stahl und
Beton. Sogar der Bürgermeister saß bei Luftangriffen da mit
drin.

Karl Schwankes zweite Frau wurde Hildegard Hasert, die bei
Veranstaltungen schon mal mit ausgeholfen hat.

Beide waren sehr gesellig. Oft haben sie mit den Gästen
gefeiert. Doch er war ein ganzes Stück älter als seine Hilde

und ist mit 76 Jahren gestorben.
Das Grundstück hatte er seiner Hilde überschrieben.

Im Frühjahr 1985 fuhr ich wieder mal an diesem Grundstück
vorbei. Hilde stand am Gartenzaun – Trabi stopp!
„Na hallo, wie geht es", frage ich Frau Schwanke, noch ein
kurzer Plausch, dann musste ich weiter. Doch das Interesse,
voneinander mehr zu erfahren, war groß. Wir vereinbarten
einen Termin zum Kaffee.

Nach und nach entwickelte sich eine Freundschaft. Ich habe
die Hilde sehr lieb gewonnen.
Nun entstand sogar ein Pendelverkehr mit meinem Trabi bis
zum Ortsteil Struveshof, wo sich die kleine Kneipe befand.
Ihr Sohn wohnte fast 50 Kilometer entfernt, konnte nicht
immer bei ihr sein. So habe ich sie oft zu Arztterminen, zum
Bahnhof oder zur Bank gefahren.

Auf dem Grundstück mit der alten Kneipe „Waldfrieden" hat
die DEFA auch Filmaufnahmen gemacht für „Die Frau und
der Fremde."

Die Liebesszenen mit Tanz und Kränzchen im Haar wurden
auf der Tanzfläche aufgenommen. Daneben stand ein extra für

diesen Film angefertigter Garten-Pavillon. Regisseur des Films war Rainer Simon.

In Westberlin hat der Film als einziger den „Goldenen Bären" bekommen.

Ab 16 Uhr hatte Hilde ihre kleine Kneipe immer noch geöffnet. Ihre bevorzugten Gäste waren Männer, die oft nach Feierabend eingetrudelt sind.

Den Humor hatte sie von ihrem Mann übernommen, aber ihre Prinzipien hatte sie auch. Wenn einer der Männer reinkam und rief: „Hilde, gib mal een Bier und nen Kurzen."

Rief Hilde: „Nur een, trinkst du immer alleene?"

Oder umgekehrt: Wenn einer ein Bier und ein Korn bestellte, fragte Hilde: „Und was willst du trinken?"

Die Männer wussten längst, was auf sie zukam, wenn sie Hildes Gaststube betraten.

Mit jedem konnte Hilde jedoch nicht anstoßen. Sie musste ja die Übersicht behalten. Trotzdem ist es passiert, dass sie im Zimmer neben der Gaststube auf dem Sofa eingeschlafen ist. Das restliche Häufchen Männer feierte weiter, bediente sich selbst, aber jeder legte angeblich das Geld auf den Tresen, bevor er sich auf den Heimweg machte.

„Machs gut Hilde, bis morgen", aber Hilde hat es nicht mehr gehört.

Speisen oder einen Imbiss für Gäste gab es nicht, wurde auch von der Hygieneaufsicht nicht gestattet wegen der kleinen veralteten Küche.

Trotzdem, eine Bockwurst und Brot, das ging schon. Hilde hat sie taschenweise aus den Kaufhallen herangeschleppt. Als ihr Mann noch lebte, war die Stimmung genauso oft auf dem Höhepunkt, wenn er mit seinem Glasauge provozierte.

Aufgrund einer Kriegsverletzung mit Kugel im Kopf musste er operiert werden. Sein Auge war verloren, nun musste er mit einem Glasauge leben. Wenn er dieses Glasauge herausnahm und auf den Tresen legte, wurde das mit einem Jubelschrei von den Gästen belohnt.

Allerdings wurden die Jubelschreie noch lauter, wenn er das Glasauge in ein Weinglas mit Wasser gleiten ließ: dann wurde es zum U-Boot!

All dies machte die Beliebtheit dieser Kneipe aus. Alles johlte und kreischte, die Stimmung war auf dem Höhepunkt und Karl konnte die Gläser wieder füllen. Das war das Wichtigste. „Die kleine Kneipe in unserer Straße, wo das Leben noch lebenswert ist . . ." – Peter Alexander hat es oft gesungen und hier war es Wirklichkeit.

Der 70. Geburtstag von Hilde im September 1986, es sollte die letzte große Feier sein. Danach wollte sie ihre kleine Kneipe aufgeben. Viele Stammgäste, Nachbarn, auch einige Gastwirtkollegen waren erschienen. Der Tresen wurde zu einem Blumenmeer, meine Hilde stand daneben.

Ach, wie war sie glücklich. Sie hatte sich festlich gekleidet, ihre silbergrauen Locken leuchteten und schmeichelten ihrem Gesicht. Es war eine schöne Feier, alle haben geholfen. Ich hatte Frikassee, auch Kartoffelsalat gemacht, Bockwurst und Aufschnitt besorgt, gefeiert wurde bis 23 Uhr. So steht es in meinem Notizbüchlein von 1986.

Nun wollte Hilde sich zurückziehen. Das Grundstück sollte verkauft werden. Es gab auch schon Kaufinteressenten.

Na Moment mal!

Wieder fing es in meinem Kopf an, zu arbeiten. Dann der Gedanke: „Das wäre doch für uns auch interessant. Ich werde mal mit meinen Kindern reden."

Die Gaststätte, eine alte Bude, die musste sicher abgerissen werden, aber es gehörte ja noch ein schönes, großes Grundstück dazu. Man wird den Gedanken nicht mehr los, es kommen Fantasien hinzu, die mit realistischen Vorstellungen wechseln.

Zur Realität gehörte ja, dass man eingeschlossen war in diesem Staat. Es gab Landesgrenzen, die nicht so ohne Weiteres zu überwinden waren und auch im Jahr 1986/1987 noch kein Hinweis darauf, dass eventuell mal eine Wiedervereinigung von Ost- und Westdeutschland erfolgen würde. Auch meine Kinder Carmen und Frank konnten es sich vorstellen, das Grundstück käuflich zu erwerben, dort die vorhandene Gaststube umzubauen oder etwas Neues, wenn es denn möglich wäre zu errichten.

Ich wurde bei diesem Gedanken euphorisch und unglaubliche Fantasien spielten sich in meine Kopf ab:

Auf dem schönen großen Grundstück sah ich Ponys laufen, Hühner in einem Gehege gackern. Auch mindestens zwei Hunde rannten da herum.

Eine schöne Wiese mit angelegtem Gartenteich könnte entstehen und ein Garten mit Gemüse, Kräutern, auch Beerensträuchern.

Im vorderen Bereich um den Biergarten herum Rhododendren, Hortensien, Rosen und Blütensträucher.

Auch wenn noch einmal ein Krieg kommt oder eine große Naturkatastrophe, auf diesem Grundstück könnte man als Eigenversorger überleben.

„Ob ich mal bei den Behörden nachfrage?" Zuerst muss ja eine Gewerbeerlaubnis vorliegen. Es war ein

Gewerbegrundstück, also Antrag stellen.

Schneller als gedacht, ich konnte es nicht fassen, hatte ich vom Bürgermeister und vom Rat des Kreises die Zusage.

Nun war der Weg frei für den Grundstückskauf, nur ich allein hätte wohl nicht die Genehmigung bekommen. Meine Tochter musste mit einsteigen.

Hilde und ihr Sohn waren einverstanden mit dem Verkauf an uns und angesichts dieser Möglichkeit fingen wir an, das Geld zusammenzuraffen.

Ich hatte ja noch den Bungalow am See. Den in einer Anzeige in der Berliner Zeitung zum Kauf anbieten, war der erste Schritt.

Mehrere Zuschriften, zwei Besichtigungen, der Dritte sagte ja! Man sollte es nicht für möglich halten, aber es war so in dieser verrückten Ost-West-Zeit mit der Mauer.

Der sehr interessierte Käufer hat 70.000 Ost-Mark geboten. Er sagte: „Das ist kein Problem, meine Mutter wohnt in Westdeutschland." Wie war das damals noch? Eins zu Sieben! Das wären für die Mutter 10.000 West-Mark gewesen.

Es kam aber nicht so. Innerhalb der Familie wurde eine andere Lösung gefunden. Dann hat meine Tochter ihre Garage für gutes Geld verkauft und wir hatten Erspartes. Für ein Darlehen auch für die Rekonstruktion forderte die Sparkasse ein Wertgutachten von einem vereidigten Sachverständigen. Die Bewertung hat Herr Quappe vorgenommen.

Es ist nicht so wahnsinnig viel dabei herausgekommen, dennoch, Wohnhaus und Gaststube waren im damals üblichen Preis erfasst und das war eigentlich noch genug für zwei Gebäude, die abgerissen werden müssten. Zumindest davon ging ich aus.

In der Zwischenzeit gab es auch wieder Ereignisse der besonderen Art. Ingrid aus Westdeutschland wurde 50 Jahre. Ich, im nächsten Brief: „Ingrid, schicke mir doch mal eine Einladung zum Geburtstag!" Die kam auch prompt.

Mit dieser Einladung bin ich zum Amt für Reiseanträge in die BRD. Auf meinem Antrag stand: Bitte um Genehmigung für zehn Tage in die BRD reisen zu dürfen zum 50. Geburtstag meiner „Cousine" in Essen i. O. Und ich durfte! Cousine konnte wohl in der DDR nicht nachvollzogen werden. Juchhe, war das ein Glücksgefühl, trotz der lächerlichen Umtauschmöglichkeit von 50 DDR-Mark in West-Mark.

Ein tolles Haus mit Garten fand ich vor. Von hinten hatte man einen herrlichen Blick auf Wiesen und Pferdekoppeln. Dann, wunderschöne Fahrten mit dem Auto, einmal mit Ingrid ein anderes mal mit Gerd hoch an die Nordsee, die Küste entlang bis Greetsil. Von dem Krabbenkutter, der gerade im Hafen einlief, hat Gerd einen großen Beutel von den frisch abgekochten Krabben mitgenommen. Zwei Tage später waren wir mit der Fähre nach Baltrum unterwegs und bei einem späteren Besuch waren wir einen ganzen Tag auf Helgoland. Auch der Mann aus Leipzig war zu Besuch da, gemeinsam durften wir da nicht hin.

So viele neue Eindrücke. Ich war so glücklich, bin aber auch gern wieder zurückgefahren. Die Idee, einfach im Westen zu bleiben, kam mir überhaupt nicht. Aber schön wäre es gewesen, wenn wir auch ohne besonderen Antrag hätten in den Westen reisen können. Leider, da war ja das Problem mit der nicht frei konvertierbaren Währung. Meine Einstellung: Warum in der DDR Geld sparen, es war ja eh nichts wert.

Die Entscheidung, das Geld in ein Grundstück anzulegen, war im Nachhinein genau richtig.
Nun, ich konnte ja auch gewiss sein, dass meine Kinder zu mir stehen. Letztendlich wollte ich all das ja auch nur für meine Kinder machen, damit sie später eine Existenz haben.

Der Mann aus Leipzig, das spürte ich, fing an sich zu verändern. Waren die Pläne mit dem Kauf des Grundstücks schuld?
Nun, auf einmal schien die glückliche Zeit vorbei.
Es stellte sich heraus, dass er zu Frauen aus der früheren Montagezeit wieder Verbindungen aufgenommen hatte. Was ich besonders schäbig fand, dass er mit noch ein oder zwei Kollegen in Berlin ein Zimmer gemietet hatte für „besondere" Anlässe.
Das habe ich erst später erfahren. Zunächst ist er bei mir ausgezogen. Nur in dem halben Zimmer waren noch ein paar Sachen von ihm unter Verschluss.
In Potsdam ist er bei einer Frau vom Theater eingezogen. Für mich eine Enttäuschung diese Geschichte. Dazu fielen jetzt noch Worte wie „Schlampe", na so ein Niveau.
Finanziell waren wir nicht verbandelt. Ich war am Boden zerstört, habe viel geweint. Auch das Gerede der Leute war mir unangenehm.

Wenn ich heute daran denke, dann war diese Trennung der „Glücksfall" meines Lebens! Wäre ich mit diesem Mann zusammen geblieben, dann hätte ich meinen Walter aus Bayern nicht kennengelernt

Auf der Rückreise von einem Besuch bei Cousine Ingrid 1988 hatte ich im Zug Osnabrück – Berlin wieder einen Herrn kennengelernt. Es war Egon Kornblum von der jüdischen Gemeinde Essen. Dieser Herr saß mir im Abteil gegenüber. Erst ein allgemeines Geplapper, dann stellte er fest, dass ich aus Ostdeutschland komme und fing an zu fragen:
„Kennen sie Rathenow?"
„Na klar", sage ich, „das ist auch gar nicht so weit von meinem Wohnort entfernt, aber ich war da noch nicht."
Er wurde immer gesprächiger und schließlich die Frage:
„Ich möchte unbedingt nach Rathenow, zum Friedhof, zum Bürgermeister und diesen Ort mal wiedersehen, wo ich aufgewachsen bin. Können Sie mir da behilflich sein?
„Natürlich, ich denke schon" und warum sollte ich nicht?
Der Mann machte einen seriösen Eindruck, er schien auch schon viel in der Welt herumgekommen zu sein – und so war es dann auch.
Der Zug hat wieder gehalten, viele aus dem Abteil sind ausgestiegen. An der nächsten Station musste auch er aussteigen, so hat er noch schnell von der schlimmsten Zeit in seinem Leben erzählt, der Judenverfolgung in Deutschland.
Er war viele Monate auf der Flucht, erst auf einem Schiff, dann jahrelang im Asyl in Shanghai. Dort hat er unter primitivsten Bedingungen gelebt, aber überlebt.
Seit Kriegsende lebt er nun mit seiner Familie in Essen im Ruhrgebiet.
Eine ergreifende Geschichte, wie konnte ich helfen?
Eine Einladung schreiben und eine Unterkunft besorgen, das habe ich versprochen. Der Zug hielt, wir haben vorher noch schnell die Adressen und Telefonnummern getauscht.
Das Abteil war nun fast leer.
Mit geschlossenen Augen habe ich das Erlebte nochmal vorbeiziehen lassen.

Eigenartig, was ich doch immer für Menschen kennenlerne und jedes Mal war ich überzeugt, dass es auch für mich Vorteile bringt.

Es dauerte gar nicht so lange, da meldete sich Herr Kornblum telefonisch. Bereits im Mai 1988 kam er nach Ludwigsfelde. Seine Ankunft musste er sofort anmelden und sofort Geld umtauschen. Ich habe mir ein paar Tage Urlaub genommen, denn gleich am nächsten Tag sind wir nach Berlin zum Jüdischen Friedhof und anschließend auf den Fernsehturm hoch. Am zweiten Tag, wohl der emotionalste für Herrn Kornblum, sind wir nach Rathenow, seinem ehemaligen Heimatort gefahren, den er 1938 fluchtartig verlassen hat. Dort zum Bürgermeister, sein ehemaliges Haus und den Friedhof ansehen. Die letzten beide Tage waren wir in Potsdam, den Schlössern einen Besuch abstatten.
Ich konnte ihn zum Bahnhof fahren und auch abholen, das war sehr günstig für ihn.
Im Herbst kam er noch einmal, da sind wir mit dem Trabi, er hat ihn als Gefährt auch akzeptiert, bis nach Weimar gefahren, um dort die Gedenkstätte Buchenwald anzusehen.
Am Müggelsee waren wir auch und am nächsten Tag in der Synagoge in der Oranienburger Straße.
Herr Kornblum kannte die Leute und ich durfte mit rein zu dieser Andacht. Eine andere beeindruckende Welt hat sich da aufgetan. Ich war dankbar, dies mal mit erleben zu dürfen. Herr Kornblum war auch so unheimlich dankbar dafür, dass ich ihn überall hingefahren habe. Nun wollte er sich erkenntlich zeigen und für mich eine Fahrt an den Bodensee organisieren.

Ich konnte es nicht fassen, habe gedacht, der spinnt.
Meine Frage: „Na, wie soll das denn gehen?"

Er: „Das lassen sie mal meine Sorge sein. Ich mache alles klar, Fahrkarten, Hotel, Busfahrten. Sie sind herzlich eingeladen." Unbeschreiblich, diese Vorfreude, ich als Ostdeutsche, lebe sonst hinter der Mauer und jetzt habe ich die Möglichkeit, an den Bodensee zu kommen, unfassbar. Als Besuchsadresse habe ich wieder meine „Cousine" angegeben, die in Essen i.O. wohnt.

Meine Fahrt ging dann aber nach Altenessen. Ich wurde vom Bahnhof abgeholt und durfte im Haus der Familie Kornblum wohnen.

Der Sohn fuhr mit uns nach Venlo in Holland. Wieder zurück waren wir in zwei Warenhäusern. Ich war nur zwischen den Regalen und Kleiderständern unterwegs, musste alles anschauen und habe nur darüber gestaunt, was es im Westen alles gibt. Herr Kornblum wurde dann schon ungeduldig: „Kommen Sie wir müssen weiter, wollen doch noch in den Gruga-Park." Am nächsten Tag, rein in den Zug, am Rhein entlang, ein Blick auf die Lorelei, dann endlich nach neun Stunden waren wir in Wasserburg am Bodensee.

Unsere Zimmer waren in einem Hotel in der Nähe des Bahnhofs und von da aus waren wir jeden Tag unterwegs. Ritz-Reisen hat uns tolle Busreisen vermittelt, die erste nach Schaffhausen mit Stein am Rhein, nach St. Gallen in die Stifts Kirche, weiter zur Schwägalp nahe des Säntis Gipfels, dann nach Lichtenstein. Ich war wie in einer Traumwelt, habe viele Fotos gemacht. Die zu Hause sollten sehen, wo ich überall war. Unsere letzte größere Fahrt ging nach Österreich ins Kleinwalsertal über Hirschegg, Fischen, Mittelberg. Dann hat der Bus angehalten und wer wollte, konnte drei Kilometer die Breitachklamm durchwandern. Diese Felsenschlucht, so wird berichtet, ist die schönste in Europa.

Herr Kornblum ist im Bus geblieben. Ich bin etwa eine Stunde da durchgelaufen bis Walserschanz oben, da hat der Bus gewartet. Nun noch eine Schiffsreise von Lindau nach Rohrschach mit der MS Konstanz bei strahlendem Sonnenschein und schon waren die acht Tage herum.

Als wir wieder im Zug saßen, war ich den Tränen nahe. Bisher konnte ich von so einer Reise nur träumen und nun hat mir meine Bekanntschaft aus dem Zug, Herr Kornblum, diesen Traum erfüllt. Sagenhaft.
Er war so ein anständiger, hervorragender Begleiter.
All das habe ich nie vergessen. Ich werde ihn und seine Familie immer in dankbarer Erinnerung behalten.

Herr Egon Kornblum,
Jahrgang 1918,
Informationen
zu seinem Leben findet man
auch im Internet.

Auf dem Grundstück „Waldfrieden" wurde schon gearbeitet, der hintere Garten sah aus wie eine Müllhalde. Alte verrostete Stuhlgestelle, längst ausgediente Geräte und jede Menge Flaschen. Dazu drei vom Umfallen bedrohte Holzbuden. In einer waren gleich nach 1945 Pferde untergebracht.
Ein Rücknahmesystem für Flaschen gab es noch nicht. So landete alles hinten im Garten, dazu die entsprechenden Scherben.

Etwas später, als Sträucher gepflanzt wurden, ist man nach einem Spatenstich auf Schlacke gestoßen, die vom Grillrost gleich in den Garten gestreut wurde.

Das dieses Grundstück so vermüllt war, hatten wir nicht erwartet. Polnische Arbeiter haben dann den Müll mit dem LKW auf die Müllkippe der Gemeinde Ahrensdorf gefahren, bis plötzlich ein Schreiben vom Bürgermeister kam mit der Androhung von 500 Mark Strafe, wenn da nochmal was abgeladen wird.

Hilde hatte jetzt eine schöne Wohnung im Stadtzentrum. Mir war es sehr wichtig, dass sie zufrieden war. Gemeinsam hatten wir in Potsdam fast alles für die Wohnungseinrichtung neu gekauft, sie sollte alles selbst aussuchen.

Karl-Heinz, ihr Sohn, hat beim Einräumen der Wohnung auch geholfen, obwohl in den letzten Jahren hatte er mit verschiedenen Krankheiten zu kämpfen.

Zwei Monate nach dem Umzug ist es dann passiert. Er ist in seinem Haus umgefallen und ganz plötzlich verstorben.

Wieder so ein tragisches Unglück.

Hilde lag nun im Bett, sie musste ärztlich betreut werden.

Und ich?

Na, ich bin bald wahnsinnig geworden, weil wir noch keinen offiziellen notariellen Kaufvertrag hatten.

Jede Menge wurde schon in das Grundstück investiert, auch einen größeren Geldbetrag hatte ich Hilde übergeben.

Was nun?

Hoffen und Bangen, die Nerven lagen blank für die nächsten 14 Tage.

Dann hatte sich Hilde erholt, der Kaufvertrag konnte unterschrieben werden. Das war am 19.11.1987.

Rosemarie und Carmen sind nun stolze Besitzer einer abbruchreifen Kneipe

Und eines ebensolchen Wohnhauses.

Für die Rekonstruktion war Geld nötig. Die Sparkasse hat es auch bewilligt – ein Darlehen für die Rekonstruktion.
Die Baufirma stand bereit – Aber Rekonstruktion?
Das war wohl nichts!
Es gab nichts mehr um- und auszubauen, Maurermeister Schuchardt hat alles platt gemacht. Er hat gesagt: „Keinen Stein auf diese alten maroden Mauern!"

Na toll, nun auch noch ein Projekt vom Architekten anfertigen lassen.

Ein Restaurant sollte es eigentlich nicht werden, mehr ein Eis-Café mit kleinem Essensangebot.
Den Grundriss dafür hatte ich schon selbst ausgetüftelt, dem Architekten übergeben.
So begann das Abenteuer „Waldfrieden". Es gab kein Zurück mehr von diesem durchaus riskanten Unterfangen.
Aber mein Schutzengel war zur Stelle – der Wahnsinn konnte seinen Lauf nehmen.
Ab und zu bekam ich auch Materialfreigaben vom Rat des Kreises, auch die Handwerksbetriebe durften mir eine Rechnung mit dem 1966er Preis geben.
Das hat unheimlich dabei geholfen, immer weiter zu machen.
Und das Gerede der Leute?
Unverständnis, Gelächter, Bewunderung? Jeder hatte seine eigene Meinung, aber der allgemeine Tenor war: „Die muss doch wohl verrückt sein, so eine alte Bude zu kaufen und sich so etwas zu übernehmen, noch dazu in dieser Zeit."

Sogar mein Sohn war skeptisch, hat sich etwas zurückgehalten. Meine Tochter Carmen hat dazu gestanden. Sie war ja nun auch Miteigentümerin der Schulden. Zudem hatte sie das Wohnhaus der Familie Schwanke am Hals, das, wie sich später herausstellte, auf Grund der niedrigen Decken nicht mal für einen Umbau geeignet war.

Erst mal waren die Räume in dem Haus willkommen für die Ablage der Baumaterialien, einen Herd zum Kochen und für provisorische Schlafstellen. Dann gab es in diesem Haus noch einen Dachboden, den konnte man nur über eine Leiter im Innenhof erreichen.
Wir sind da hochgeklettert, meine Kinder haben auch geschaut, mein Sohn sagte: „Alles Unrat, was hier liegt, das kann alles in den Müll."

Der Anblick dieser Sachen war schon gespenstisch. Alles war eingestaubt, Spinnenweben überall zwischen verschiedenen Kartons. Aber irgendwie geheimnisvoll war das schon auf dem Boden, sodass ich immer wieder da hoch bin und in den Kartons gewühlt habe.

Da kamen alte Kaufverträge von der Terraingesellschaft Groß Berlin W 8, vom Rittergutsbesitzer Gottfried von Badewitz, vom Notar Dr. Morell von Le Coq Berlin zum Vorschein, jede Menge Feldpostkarten aus dem Ersten Weltkrieg. Auch ein Trauschein von Karl und Ida Schwanke war dabei. Da stand oben vermerkt: zum Zweck der arischen Abstammung.

Wie magisch zog mich jetzt dieser Hausboden an, manchmal verbrachte ich über eine Stunde da oben.

100 Jahre alte Feldpostkarten von 1914, vom Infanterie Regiment 1917 von Verdun, auch von Bromberg und an Musketier Karl Schwanke waren welche adressiert. Ein Bündel alte Geldscheine mit dem Aufdruck: 5.000 Mark, Scheine von 1923: 100 Millionen Mark oder von 1922 mit Überdruck: eine Milliarde Mark.

Auch Erbschaftsangelegenheiten wurden schriftlich fixiert, sogar zwei frische Eier täglich wurden im Notarvertrag aufgenommen!

Der Bruder von Karl Schwankes erster Frau Ida hatte den Bauernhof übernommen. Seine Mutter Pauline hat nun folgendes Erbteil von ihm verlangt:

Siehe folgend.

Otto Zernick verpflichtete sich seiner Mutter Pauline Zernick, ab dem 1. April 1929 folgendes Altenteil lebenslänglich zu gewähren:

1) freie Wohnung in der auf dem Hof befindlichen Nebenstube mit Küche, sowie freien Durchgang durch den dem Eigentümer verbleibenden Korridor von der Straßen- und Hofseite.

2) Das Recht freier Bewegung in sämtlichen Gebäuden, i. Hofe i. Garten und in den Feldern.

3) Das Recht der Mitbenutzung des Brunnens, des Backofens und des Aborts.

4) Das Recht der Nutzung von ¼ Morgen Gartenland, das mitten im Garten gelegen und den Beteiligten genau bekannt ist – das Gartenland ist zu Düngen und zu bestellen.

5) Freien Arzt und freie Apotheke

6) Freie Pflege und Wartung in schwachen und kranken Tagen

7) Freie Heizung und Feuerung, sowie freies Licht, ferner 12 Fuhren im Umkreise von drei Meilen im Kutschwagen

8) Freie Reinigung der Leib- Tisch- und Bettwäsche, sowie der Altenteilswohnung

9) Jährlich in monatlichen Vorausraten 120,- Goldmark

10) Jährlich 6 Zentner Roggenmehl zu Brot gebacken

11) Jährlich 1 Zentner Weizenmehl auf Abruf

12) Jährlich 15 Zentner gute Esskartoffeln und 25 Pfund Salz auf Abruf

13) Wöchentlich 1 Pfund gute Essbutter und 1 Pfund weißen Käse

14) Täglich in der Legezeit 2 Eier

15) Täglich 1 Liter süße Milch

16) Jährlich zu Weihnachten ein fettes Schwein im Schlachtgewicht von 2 Zentnern

17) Jährlich auf Abruf 2 fette Gänse, 2 fette Enten und 5 schlachtreife Hähne oder Hühner

18) Freie standesgemäße Beerdigung

Altsitzerin ist berechtigt anstelle der Prästitionen zu 10)-15) einschließlich eine Geldrente von täglich 2 Goldmark in monatlichen Vorauszahlungen zu fordern.

Ach, war auf diesem Grundstück immer viel Arbeit. Auch einige Bäume mussten gefällt werden. Sie wurden dann zum Sägewerk gebracht, um davon Bretter zuschneiden zu lassen für den Bau. Diese Bretter reichten bei Weitem nicht, auch auf einen Freigabeschein vom Rat des Kreises waren die nicht zu bekommen.

Irgendwer hat uns dann eine Adresse genannt in Bad Muskau. Dort sollten gut abgetrocknete Bretter liegen bei „Privat". Ein Fuhrbetrieb wurde für den Transport beauftragt und ein saftiger Preis von mehreren Tausend Mark war zu zahlen.

Am 29.7.1988 war „Richtfest", soweit hatten wir es geschafft. Im Garten wurde gefeiert bei Musik, mit Essen und „Anstoßen". Der Innenausbau konnte beginnen und da war die Verbindung zu einem VEB-Betrieb aus dem Nachbarort unser großes Glück. Wir kannten den Chef, er war auch für gutes Bier zu begeistern.

Sämtliche Fliesenarbeiten in den Sanitärräumen, in der Küche und dem Wirtschaftsraum hat diese Firma ausgeführt, auch alle Fenster für das Gebäude angefertigt.

Noch verglasen und nun konnte unabhängig vom Wetter innen weiter gearbeitet werden. Im hinteren Raum kam Estrich auf den Boden, wo dann der Teppich rauf sollte.

Vorn im Tresenraum wurden die Natursteinplatten von VEB – Elbe-Naturstein ausgelegt, die ich in Dresden vor Ort direkt ausgesucht und bezahlt habe. Die Rohrleger hatten bereits alle Heizkörper installiert, aber ein ganz großes Problem war der Zentralheizungsofen für Kohlefeuerung. Den gab es in der ganzen DDR nicht. Auch keine Aussicht auf Lieferung.

So hat sich die Fertigstellung des Objekts immer weiter verzögert. Die Gewerbeerlaubnis musste immer wieder verlängert werden.

Inzwischen gab es nicht mal Nägel zu kaufen. Die DDR Wirtschaft war am Ende.
Doch mein Optimismus blieb und die Hoffnung, dass irgendwann alles fertig sein wird oder ein Wunder geschieht.

Unser Gaststättenbau direkt an der Straße, die nach Berlin führt, war sicher interessant für Fremde. Einige hielten hier an, kamen direkt zu mir, wenn ich im Gelände war.

Wieder einmal: Ein Auto hält, ein gutaussehender, schlanker Mann steigt aus, kommt näher. Er wollte den Bau mal von innen sehen. „Ach, eene Gaststätte soll det mal werden", sagte er in unverkennbarem Berliner Dialekt und weiter erzählt er, dass er auch in der Gastronomie arbeitet und Geschäftsführer in einem großen Objekt in Berlin sei.
Dass er in der Gastronomie Bescheid wusste, habe ich sofort gemerkt. Gefallen hat mir auch seine lockere, humorvolle Art. So hat er sich auch für den Fortschritt des Baus interessiert, auch Ratschläge gegeben. Na, Rose?

Ich habe erzählt, dass wir im Moment noch in dem Cafe-Restaurant an der Schwimmhalle sind.
Mit einem „Kommen Sie doch da mal vorbei" haben wir uns verabschiedet. Er kam auch, nahm am Stammtischplatz.
Bei Kaffee und Kuchen entstand eine nette Unterhaltung. Da sagte er doch so ganz nebenbei, dass da unten bei ihm in der Hose auch noch einiges los sei.
Ich habe die Augen verdreht, wusste nicht, was ich sagen sollte.

Na gut, das war schon ein lockerer Typ. Doch diese Bemerkung mit seiner Hose da unten war fürs Erste schon unpassend. Wir kannten uns ja kaum.

So sind die Männer, oder die Berliner Männer, mal sehen was dieser Olaf sonst noch für Sprüche drauf hat. Seine humorvolle Art hat mir sehr gefallen. Dieser Typ hat mich immer wieder zum Lachen gebracht und nun auch mein Interesse geweckt. Schon wieder ein anderer Mann?

Das wäre ja Mann Nr. 5

Na warum denn nicht? Er war auch unabhängig, konnte oft bei mir sein, aber ebenso gern sind wir zu seinem Wochenendgrundstück gefahren. Das war zwar eine elend lange Fahrt bis nördlich hinter Berlin, ziemlich abgelegen, das letzte Stück ein Feldweg, aber schön in der Natur.

Das Grundstück mit einem Fertigbungalow nach DDR-Bauart, etwa 22 Quadratmeter und durch die einsame Lage konnten wir im Sommer bei schönem Wetter nackt da herum laufen und draußen duschen. Ich habe natürlich immer gleich im Garten herumgemacht, aber das Rasenmähen wurde mir einmal zum Verhängnis. Ich bin mit dem Mäher auch rückwärts gelaufen, dabei in so einen Kellerschacht gestürzt. Ergebnis: Muskelfaserriss am linken Bein und gar nicht so klein. Manchmal sind wir auch direkt über Berlin zurückgefahren, haben noch einen Tag in seiner Wohnung in Berlin-Marzahn zugebracht.
Alles war super, auch das Liebesleben war perfekt.
Er war auch interessiert daran, bei uns in der Gaststätte mitzuarbeiten, was mir nicht einmal so unangenehm war.

Dann fing er plötzlich an, von einem Testament zu sprechen. Da wurde ich hellhörig. Er, mein und meiner Tochter Gaststättengrundstück und ich seine Gartenlaube? Nein, das kann nicht sein, das mache ich nicht.

Nun kam auch noch ein ehemaliger Kollege und erzählte, dass er diesen Olaf als Toilettenmann in der Toilettenanlage am Ostbahnhof bei der Arbeit gesehen hat.

Oh, das war hart, das war zu viel. Im Gespräch kam heraus, dass er seine Arbeit als leitender Fachmann eines großen Gastronomie-Komplexes gekündigt hatte und diese Arbeit nur deshalb macht, weil er so gut verdient, immerhin 1.500 Ost-Mark im Monat. Das war natürlich ganz respektabel. Aber eine angestrebte Verbindung mit einer Lüge zu beginnen, das geht gar nicht. Das war schon eine verflixt komische Situation und ich hörte die Leute schon lästern: Rosemarie hat einen neuen Freund, der ist Toilettenmann!

Inzwischen kam die „Wende", alles veränderte sich, auch diese Verbindung ging nun zu Ende.

Hau ab! Das ist zwar schnell gesagt, doch nicht so einfach – ein wenig Herzblut ist immer dabei.

Abgemildert wurden diese Empfindungen bei mir in der Zeit danach durch das turbulente Geschehen mit dem Mauerfall.

Die Firma Alpina in unserer Nähe erhielt den Auftrag, Gehölze, Heckenpflanzen, Tannen zu liefern und einzusetzen. Vorn im Biergarten kamen die rein, sollten auch dem Namen „Waldfrieden" alle Ehre machen.

Die Blütensträucher habe ich selbst eingepflanzt an der linken Grundstücksseite.

An der rechten Seite sollten Eiben gepflanzt werden, die dann zu einer schönen Hecke heranwachsen und Schutz bieten sollten. Die Firma Alpina hat sie dort eingepflanzt. Doch die Freude darüber, dass der Biergarten nun immer schöner wird, ging bald in Ärger über, denn schon am nächsten Tag waren alle Eiben (Taxus) Heckenpflanzen auf der rechten Seite herausgerissen und geklaut.

Es war eh eine verrückte Zeit. Jeden Abend konnte man die immer größer werdenden Demonstrationen in Leipzig und anderen Orten im Fernsehen verfolgen. Die Menschen wurden immer unzufriedener mit diesem Staat DDR – ich auch.

Anfangs fand ich die Idee der Kommunisten gar nicht so schlecht, ganz große Werke oder Produktionsfirmen in Volkseigentum übergehen zu lassen, damit der Gewinn dem Volk zugute kommt.

Aber das, was Honecker und Genossen gemacht haben, ging nach hinten los. Statt eine realistische Wirtschaftspolitik zu betreiben, haben sie eine Mangelwirtschaft entstehen lassen. Ich konnte mich über eine Monatsmiete von 70 Ost-Mark für 2 ½ Zimmer monatlich freuen. Das war bei meinem Monatsverdienst von über 1.000 Ost-Mark netto Peanuts, auch für andere. Der normale Verdienst lag bei 600 bis 800 Ost-Mark. Oft haben Kunden, als ich noch im Bäckerladen war, Vollkornbrote gekauft zum Füttern der Tiere für 51 Pfennige.

Schwamm darüber, denn 56 Jahre habe ich in der DDR gelebt, nicht alles war schlecht. Die Kameradschaft der Menschen war besser als heute.

Plötzlich war die Mauer offen!
Ach, war das ein Freudentaumel.
Meine Kinder sind gleich am selben Tag mit rübergekommen durch ein Mauerloch nach Westberlin. Dort irrten sie durch die Straßen, die sie vorher noch nie gesehen hatten, kamen abends selig, aber erschöpft zurück.

Und ich? Natürlich war die Freude groß!

***

Am 9.11.1989 hatten wir einen „Wendebau"

Doch wie geht es nun weiter mit unserem Gaststättenbau? Ich war ratlos.

Meine Cousine Irene wohnte nun schon seit 1947 in Westberlin. Sie hatte inzwischen ihre eigene Familie.
Ihre Mutter Gertrud hatte diesen Lebensmittelladen, wo ich immer das Brot hingeschleppt habe.
Dann sind in Westberlin in kurzer Zeit viele Supermärkte neu entstanden, was wiederum das „Aus" für kleinere Läden bedeutete, so auch für den Laden meiner Tante.
Ihr geliebter Laden, der zwar viel Arbeit, aber auch Abwechslung und Kundengespräche mit sich brachte, war nicht mehr.
Meine Tante, die wohl schon immer depressiv veranlagt war, hat das nicht verkraftet und sich das Leben genommen.
Ach, war das schlimm, besonders für meine Cousine Irene – es war ihre Mutter.

Kurze Zeit später rief mich meine Irene wieder an und sagt: „Rosemarie, wir kommen am 4.2.1990 zu euch in das Klubhaus nach Ludwigsfelde."

Dabei ist unser Bezirksstadtrat von Berlin-Tempelhof Klaus Wowereit, sowie zwei andere SDP Genossen. Ich bin auch dabei komm du doch bitte auch dahin."

Nun, die Mauer war schon zwei Monate offen, versuchten einige Politiker aus Westberlin erste Kontakte zu knüpfen mit ostdeutschen Kollegen aus dem Umland.
Natürlich bin ich auch dahin, war pünktlich um 17 Uhr da.

Doch vorher hatte sich einiges abgespielt in und vor meinem Kleiderschrank im Spiegel. Was ziehe ich nur an?
Der Kleiderschrank hängt voll, aber ich habe nichts anzuziehen.
Schließlich wollte ich nicht wie eine alte Dorfschrulle dort im Klubhaus erscheinen, wenn die „Wessies" rüberkommen, im Gegenteil. Ein schickes Jackenkleid aus dem „Ex" war gefunden, nun noch Schminke, Lippen rot und Haare fein.
Gemeinsam saßen wir mit einigen SED-Genossen aus dem Kreis Zossen zusammen an einem Tisch mit SPD-Genossen aus Westberlin, auch zwei Frauen waren dabei.
Alle Tische im großen Saal waren besetzt. Thema dieser Zusammenkunft?
Am Ende der Veranstaltung sind wir mit den Westberlinern noch kurz auf ein Bier in unser Café an der Schwimmhalle, dann ging es weiter. Ja wo geht es denn weiter?
Mir war klar, dass ich die Wessies bis zur Grenze begleiten muss, denn die hatten keine Ahnung, wie sie zurück nach Westberlin kommen sollten. Außerdem hatte das Wetter auf Dunst und Nebel umgestellt.
Also, ich mit meinem Trabi voran, die Wessies mit ihrer großen Limousine hinterher.

Am Mauerloch in Teltow-Seehof haben wir uns dann verabschiedet. Später, als Wowereit Bürgermeister von Berlin war, konnte ich sagen: Den habe ich schon zwei Monate nach dem Mauerfall persönlich kennengelernt

Am Himmelfahrtstag wurde schon mal gefeiert. Viele Männer von der Stammtischrunde im Café waren da, Männer vom Handballverein, auch Leute, die mit dem Fahrrad unterwegs waren, hielten an. Wieder andere ließen ihre Gäule halt machen, stiegen vom Kremser ab. Es gab auch Neugierige, die nur schauen wollten.

Einige Kästen Bier hatten die Männer mitgebracht. Es wurde aus der Flasche getrunken.

Unten in der Tanzgrube war eine Tafel aufgestellt.

Auch in dem hübschen Pavillon war noch Platz für mindestens acht Personen.

Dieser Pavillon, von der DEFA für den Film extra angefertigt, war nicht für die Ewigkeit erbaut, was die Stabilität betraf. Zur Wendezeit war er nun schon recht klapprig und Farbe fehlte. Trotzdem haben viele Berliner den fotografiert, wollten ihn sogar nachbauen.

Na, hallo! Da wurden wir erst mal wach, fingen an, uns intensiver um dieses kleine schmückende Bauwerk zu kümmern. Mein Sohn mit Familie haben ihn wieder hergerichtet. Er hat Betonbeine und ein Dach aus Schiefer bekommen mit einer Pickelhaube.

Hilde war nun ganz allein. Zu besonderen Anlässen war sie immer dabei, auch manchmal bei den Bauarbeiten, saß sie im Pavillon oder im Biergarten. Sie hat auch einen Kleinen mitgetrunken. Einer von uns hat sie geholt und wieder in ihre Wohnung gefahren.

Sie war fast komplett neu eingerichtet, nur den alten Farbfernseher hat sie behalten. Dafür hatte sie der Tochter von Karl Schwanke einen neuen Farbfernseher gekauft. Der hat in der DDR 1988 noch 6.000 Ost-Mark gekostet.

Am Himmelfahrtstag kamen auch immer die „Schotten" aus Teltow angeradelt und das war eine Augenweide, denn sie waren original wie die Schotten gekleidet mit Kilt-Röckchen, alles aus rotkariertem Stoff, dazu original Zubehör.

Das Besondere bei diesen etwa acht Männern: Alle hatten einen Fingerhut dabei, da sollten die Getränke rein.

Unsere Gaststätte war im Rohbau fertig, wie soll es nun weiter gehen? Die Zeit nutzen, umher fahren, nach Waren schauen, die man eventuell noch gebrauchen und für Ost-Mark kaufen konnte.
So war ich dann auch wieder mal in Königs Wusterhausen. Das ist eine Kleinstadt, südöstlich von Berlin, über die Autobahn sehr gut zu erreichen. Die Stadt ist umgeben von viel Wald und besonders vielen Seen. Früher, als unsere Kinder noch klein waren, sind wir oft da gewesen oder durchgefahren nach Neue Mühle, um dort im Lindeneck zu essen.
Es ist ein Naturparadies von besonderem Reiz, das Tor zum Spreewald, die Hauptstraße führt direkt dahin.

Anfang Mai war es, nur ein bestimmtes Geschäft wollte ich in Königs Wusterhausen aufsuchen, ging die Straße entlang an einer Bratwurstbude vorbei.
Oh, dieser Duft! Sofort knurrte der Magen noch mehr, aber hier an der Straße eine Bratwurst rein schlingen?
Nein, ein kleines Stück weiter Richtung Zeesen/Bestensee ist eine schöne Gaststätte, da wollte ich mich hin bewegen, um in Ruhe Mittag zu essen.

Wie vermutet, waren viele Tische schon besetzt. Es war ja Mittagszeit. Außerdem waren in den Gaststätten noch die äußerst günstigen DDR-Preise aktuell.

Ich steuerte einen Tisch an, der gerade noch frei war.
Am Nachbartisch sah ich einen älteren Herrn ganz alleine

sitzen. Ich schätzte ihn so um die 70, er war von hagerer
Gestalt, hatte aber noch volles graues Haar.

Wie kann es anders sein, wir kamen ins Gespräch.
Er wollte etwas über die Gegend erfahren, stellte immer
wieder Fragen, wo denn wer, wie, was ist.
Ich spürte sofort, dass er fremd war in unserer Gegend.
Im weiteren Gespräch erfuhr ich, dass er nach Bestensee
unterwegs war, um sein ehemaliges Haus und Grundstück
anzusehen.
„Schau an", dachte ich, gleich sind die Wessies unterwegs,
um hier alles durcheinanderzubringen.

Hier alles durcheinanderbringen?
Nein!
Aber was dann?

***Mein ganzes Leben hat er durcheinander
gebracht.***

Und was ich da vermutet habe mit dem Grundstück in
Bestensee, war auch nicht richtig. Der Herr war rechtmäßiger
Besitzer. Er stand auch im Grundbuch. Die Gemeinde
Bestensee hatte das Grundstück an zwei Kleingärtner
verpachtet. Die Pacht ging auf ein Nebenkonto, das lief sogar
auf seinen Namen. Nun staunte ich nicht schlecht, denn so
ganz nebenbei sagte der Herr: „Wissen Sie, ich möchte
eigentlich wieder hier in die Nähe von Berlin ziehen. Mein
großes Grundstück in Bayern macht zu viel Mühe, ich möchte
es am liebsten verkaufen."

Dann habe ich von meiner Geschichte erzählt, vom Gaststättenbau, der gerade im Rohbau fertig war.
Das hat ihn auch interessiert.

Draußen auf dem Parkplatz stand ein älterer Sport-Mercedes, mit dem wollte er an diesem Tag noch 600 Kilometer über München bis Weyarn in Obb. zurückfahren.
Ich sagte noch zum Abschied: „Alles Gute, eine angenehme Heimreise, vielleicht sehen wir uns irgendwie, irgendwann einmal wieder." Meine Adresse hat er mitgenommen.

Ich bin dann von Königs Wusterhausen weiter gefahren nach Eichwalde. Dort hatte sich eine GmbH neu gegründet, die eventuell den Innenausbau der Gaststätte übernehmen könnte. Denn nun sollte es mit dem Bau weitergehen. Eigentlich hätte etwas Besseres gar nicht geschehen können als diese Wende. Diese vielen neuen Möglichkeiten.

Die Banken zeigten sich uns gegenüber großzügig. Wir hatten ja ein großes Grundstück, wurden hofiert.
Nun, mit Zuversicht nochmal richtig durchstarten und den Gaststättenbau zu einem guten Ende bringen.
Das alte Darlehen wurde von der Sparkasse halbiert.

Zu angeblich günstigen Bedingungen gab die KfW Bank ein Darlehen mit 7,5 Prozent Zinsen. Günstig?

Also, dann aufs Neue, raus aus der Mangelwirtschaft rein in die Marktwirtschaft, aber auch die hatte ihre Tücken.

Da waren doch gleich nach der Wende jede Menge Gangster und Spekulanten unterwegs, um dem unerfahrenen „Ossie" uneigennützig und beispiellos zu helfen. Oder?

Den Vertrag mit der Eichwalder Innenausbau-Firma habe ich unterschrieben. Die waren übrigens um 100.000 DM günstiger als eine Westberliner Firma.

Natürlich wollten auch die Brauereien bei uns mitmischen, manche haben uns total unseriöse Angebote unterbreitet.
Von einer Brauerei bekamen wir Skizzen für den Innenausbau mit einem großen Teil Stehtische für den schnellen Biertrinker. Sie sahen auch den großen Biergarten, wollten unbedingt einen Vertrag.
„Nee, nee, so etwas kommt nicht in Frage", auch meine Kinder haben gesagt: „Mutter wir wollen doch keine Bier-Stampe daraus machen."
Meine Arbeitsstelle war immer noch die Konsum Genossenschaft. Sie boten mir an, 1989 in den Vorruhestand zu gehen. Das musste ich dann auch und bekam mit 56 Jahren Vorruhestandsgeld.
Wenn ich heute zurückdenke, dann war das ein gravierender Einschnitt, vor allem bei meiner Rentenberechnung.

***

Am 23.6.90 kam ein Telegramm aus Bayern

Da kam ein Telegramm aus Bayern, ich möchte doch mal die Nr. 08020 – 410 anrufen.
Oh, war ich aufgeregt. Das war sicher der Mann, den ich in Königs Wusterhausen getroffen hatte.
Habe die Nummer vom Amt anwählen lassen, anders ging es noch nicht.

Mein Herz klopfte wie wahnsinnig, dann, als dieser Mann sich meldete, habe ich mit zitternder Stimme meinen Namen genannt. Er, ganz ruhig und gelassen, freute sich über meinen Anruf, seine erste Frage war: „Wie geht es Ihnen, was macht der Gaststättenbau?" Ich: „Der Innenausbau muss noch organisiert werden. Im Moment sind wir gerade bei den Gartenarbeiten, eine Hecke soll gepflanzt werden."
Ein stockendes Gespräch.
Wie immer, wenn mir nichts anderes einfällt, die Frage nach dem Wetter.
Zum Schluss sagte er: „Sie müssen unbedingt mal zu mir nach Weyarn kommen, ich lade Sie ein. Sie können bis München-Riem fliegen, von dort hole ich Sie mit dem Auto ab." In mir lief nun wieder alles auf Hochtouren. Ich konnte keinen klaren Gedanken mehr fassen, auch nachts nicht mehr schlafen.

Was sollte ich nur machen? Einerseits Freude und Neugier, andererseits Angst und Hemmungen.
Ich unerfahrene Ostfrau, habe bis vor einem halben Jahr noch hinter der Mauer gelebt. Jetzt sollte ich mich in den Flieger setzen, nach München fliegen, um dort einen Mann zu treffen, von dem ich so gut wie nichts wusste?

Sicher, dieses schöne Bayern, speziell Oberbayern, einmal kennenzulernen, war schon mein Traum. Meine Neugier war groß, aber noch fehlte der Mut, auch das Geld, denn die DM wurde erst im Juli 1990 eingeführt.

Ich musste dem gewachsen sein, meine Kinder konnten mir auch nicht helfen. Also bin ich rein in den Flieger mit Ziel München. Das war Ende Juli 1990. Fast unerträglich war diese Anspannung, als ich auf dem Flughafen-Gelände in München-Riem wartete, bis er plötzlich vor mir stand.

Nun war alles gut.
Dass er ein großes Grundstück hat, wusste ich. Da wird sicher auch eine Schlafgelegenheit für mich sein. Wir sind auf der A8 Richtung Salzburg gefahren, Abfahrt Weyarn runter. Ein idyllisch gelegener Ort dieses Weyarn, schon 650 Meter Höhenlage, mit einem berühmten Kloster und einer wunderschönen Kirche. Wir sind nicht die kleine Straße, die sich vom oberen Ort herunterschlängelt, sondern die Hauptstraße Richtung Miesbach entlang, dort hinter dem Sportplatz rechts, dann wieder rechts bis zu seinem Grundstück. Das verschlossene Eisentor wurde geöffnet und schon standen wir vor einem großen Weiher mit einer kleinen Insel, darauf war ein Pool.

Gleich links war ein Bungalow zirka 80 Quadratmeter mit Terrasse. „Schau mal Mädel", sagte der Herr, „da, wo der Weiher anfängt, plätschert die Quelle hinein. Am Ende des Weihers weit hinten geht der Überlauf direkt in die Mangfall nach unten. Meine Graskarpfen haben immer frisches Wasser, auch genügend Platz. Der Weiher ist 3.500 Quadratmeter groß, aber Algen gibt es trotzdem."

Dieser Weiher war von einem breiten Weg umgeben, der zu einem nächsten Bungalow führte und auf der rechten Seite, etwas höher, stand die Wohnvilla.
Weiter erzählt er, dass er diese Villa und den kleinen Bungalow vermietet hat, dafür eine beachtliche Summe erhält.

Wir gingen diesen Weg am Weiher weiter, dann über einen breiten Damm. Von da schaute man direkt auf einen etwas am Hang gelegenen Wald mit vielen Tannen.
Der Herr sagt: „Der Wald gehört auch noch zu meinem Grundstück, das ist insgesamt etwa 12.000 Quadratmeter groß."

Nein, ich glaubte es nicht. Nur kurze Zeit ist die Mauer offen, da erlebe und sehe ich so etwas Großartiges.
Manchmal dachte ich zu träumen.
Der Mann wohnte in dem großen Bungalow und da war ich genauso überrascht über die luxuriöse Einrichtung.
Biedermeier Möbel, wertvolle Gemälde, Teppiche, Kristall Lüster, Samtvorhänge, alles von Meisterhand arrangiert.
Nach und nach habe ich immer mehr erfahren, wie er zu dem Grundstück kam und von seiner Lebensgeschichte.

Aufgewachsen ist er in Bestensee bei Berlin. Nach dem Krieg ist er nach einer Odyssee in Weyarn gelandet.
Kein Geld, keine Unterkunft, in den ersten Monaten hat er dort in Heuschobern geschlafen.

Das erste Haus von Walter in Weyarn

Sein Glück war die Übernahme der Automaten-Gesellschaft.
So hat er zuerst ein kleines Grundstück gekauft, ein kleines
Haus gebaut und dann hat er immer wieder Flächen dazu
gekauft, eine Villa gebaut und zwei Bungalows.
Er hat inzwischen gut verdient. So kam noch eine
Betonbrücke mit Eisengitter zu der kleinen Insel dazu. Auch
den Rand vom Weiher hat er befestigt.
Er war sehr stolz auf das, was er dort geschaffen hatte.

Ein Naturparadies. Am Wasser gab es auch Unken und
Ringelnattern.
Für die Pflege kam zusätzlich der gute „Edes" aus Miesbach.
Er war geschieden, zu seinen Söhnen hatte er wenig Kontakt
bis auf Michael. Dann war da noch der süße kleine Hund
„Bibi", ein kleiner Yorki-Terrier, der war sein ein und alles.
Beim Frühstück durfte er auf seinem Schoß sitzen.
Ich habe dann mit in seinem Ehebett geschlafen, mit Sex war
nicht viel und so waren wir auch schon beim „Du".

Auch die herrliche Umgebung von Weyarn durfte ich kennenlernen, seine Lieblingskneipe die „Maxl-Mühle" und auch die „Königslinde" in Bad Wiessee.
Zum Einkaufen sind wir nach Miesbach gefahren.

Mein Rückreisetermin war gekommen. Beim Abschied sagte er: „Liebste Rosemarie, ruf mich sofort an, wenn du Probleme mit den Handwerkern hast oder mit dem Bau."

Dann kam eine Einladung von der Erdinger Weißbier Brauerei zur Betriebsbesichtigung.
Auch andere Gastronomen aus dem Potsdamer Raum waren eingeladen.

Ein Bus hat uns abgeholt, eine Stadtrundfahrt in München, ein kaltes Buffet in Bad Wiessee, dann nach Erding in ein reserviertes Zimmer im Hotel.
Am nächsten Tag war dort ein Volksfest mit Umzügen und abends ging es in die für uns reservierte Loge ins Erdinger Bierzelt.

Die zünftige Blasmusik, dazu ein Maßkrug Bier, oh, war das eine Stimmung.
Ich hätte so gern mit Walter getanzt, der wollte auch kommen, warum war er noch nicht da?
Erst nach einigem Suchen hatte er das Zelt gefunden.
Nun bin ich wieder mit dem Auto mitgefahren nach Weyarn, dann ein paar Tage später mit dem Zug zurück.
Die anderen hatten gleich einen Tag später mit dem Bus die Heimreise angetreten.

Der Gaststättenbau ging langsam weiter. Doch ein ganz

großes Problem war nun die Wasserversorgung. Der alte Brunnen von Karl Schwanke gab nur noch minimal Wasser her. Alles war veraltet, verrostet, der Brunnen angeblich versandet. Auch während der Bauphase ging ohne „Angießen" gar nichts. Mit der Elektrik war es ähnlich schwierig.

Im Moment war es auch nicht möglich, an das öffentliche Netz der Stadt zu kommen. Also musste noch ein neuer Brunnen her.

Ich war immer bemüht, den örtlichen Handwerkern den Auftrag zu geben. Das war diesmal ein Fehler, denn schon etwa acht Jahre danach kamen Wasserfontänen aus der Erde. Da wurde also noch alter DDR-Schrott verarbeitet.

Der Brunnen selbst, 27 Meter tief, gab Wasser her.

Ein anderes Problem waren die Fettabscheider.
Auch eine ortsansässige Firma hat das gemacht – alles in Ordnung? Dazu später mehr.

Die Verbindung mit meinem Walter gab mir so viel Sicherheit.

Es ging weiter: Von einem sehr seriösen Geschäftsmann aus Berlin haben wir Einrichtungskataloge bekommen von der Firma Spahn aus Bühren. Meine Carmen und ich haben Stühle, Tische, Barhocker, Sitzbänke mit einem eleganten Stoffmuster ausgesucht. Alles wurde auch in hervorragender Qualität geliefert.

Eine Westberliner Firma hat die Küche komplett eingebaut. Dann war mein Walter wieder da, weil er auch wegen der Rückgabe seines Grundstücks in Bestensee da selbst zu tun hatte. Das Grundstück in Weyarn wollte er nun verkaufen.

Ach, war das alles spannend, auch der Eröffnungstermin für unsere Gaststätte rückte immer näher.

Die Aufregung war schier unerträglich, Speisekarten machen, schnell noch ein „Logo" für die Gaststätte zeichnen.

Meine Kinder Carmen und Frank waren auch unermüdlich im Einsatz, denn viel frische Ware musste noch eingekauft werden. Einkaufen ja, aber wo lagern?

Die Kühlschränke waren übervoll.

Die rettende Idee: Wir hatten ja noch den Bunker gleich hinter der Gaststätte, der war doch ideal für Kartoffeln und Gemüse. Keine Insekten, keine Mäuse oder Ratten, die richtige Luftfeuchtigkeit, keine Stromkosten.

So langsam kamen wir in die Gänge, auch Personal war für Küche und Service eingestellt.

Am Eröffnungstag

***

Das Restaurant „Waldfrieden" wurde am 6.4.1991 neu eröffnet

Mein Walter aus Weyarn war die lange Strecke mit dem Auto angereist. Alle am Bau beteiligten Firmen, Architekten, Vertragspartner, Lieferanten waren ebenfalls da.
Auch Bürgermeister Scholl schaute mit seiner Frau vorbei.
Vom Hotel- und Gaststättenverband war Frau Kussmann erschienen.
Orgel Rieke mit Schieber Maxe, das damals bekannte Duo mit der Drehorgel, sorgte für Unterhaltung.
Alles konnte draußen im Biergarten stattfinden. Das Wetter war mild und frühlingshaft, nur die Sonne fehlte.
So konnten auch in der wieder hergerichteten Baugrube Tische stehen und es konnte getanzt werden da unten.
Tanzmusik hat mein damaliger Schwiegersohn Bernd-Dieter Hennig gemacht.
Der Leierkasten blieb indes oben stehen, einige von den Gästen durften den mal drehen.
An der anderen Seite der Grube stand oben der inzwischen ziemlich schäbige Garten-Pavillon

Danach ging es richtig los. Jeden Tag ein volles Haus und jeden Tag andere Probleme. Da war zuerst die Küche, die diesem Ansturm nicht gewachsen war, auch bedingt durch die Größe. Wir hatten ja eine kleine Küche für DDR-Verhältnisse geplant, auch gebaut und diese Mauern standen nun mal. Es ist auch heute noch so, dass höchstens zwei bis drei Köche dort arbeiten können, trotz modernster Einrichtung.

Es gab anfangs Wartezeiten auf das Essen bis zu 50 Minuten, ich bin bald verrückt geworden.

Habe versucht, die nervös werdenden Gäste zu beruhigen, Desserts angeboten, Getränke servieren lassen. Ach, war das eine blamable Situation. Da stellt man so ein nobles Restaurant auf die Beine und nichts klappt.
Ab Mai saßen die Gäste dann auch noch im Biergarten.
Es wurden in Etappen noch zwei weitere Köche eingestellt.
Unser erster Koch war hochqualifiziert und sehr stilbewusst.
Jeder angerichtete Teller war ein kleines Kunstwerk.

Tomaten wurden zu kleinen Rosen geschnitten, Gurken zu gestreiften Fächern, Radieschen bekamen Gesichter. Es wurden Meisterwerke bei der Tellerverzierung geschaffen, aber die Zeit lief, die Gäste warteten. Wenn ich gesagt habe: „Bitte die Verzierungen reduzieren", bekam man sich deswegen in die Wolle. Einige Zeit später lief der Laden.

Unsere anspruchsvollen Gäste waren Mitarbeiter und Chefs der großen Werke in unserer Stadt wie Mercedes Benz, Thyssen, MTU – München, der Spar-Großhandel und andere Persönlichkeiten aus Berlin.
Sie kamen auch mit ihren Delegationen, Plätze wurden reserviert, Menüvorschläge für die Vorauswahl per Fax zugesendet.
Einmal, bei einer Reservierung für Mercedes im separaten Raum, war auch Friedhelm Ost (Wirtschaftsminister?) Dabei.
Er stand Pfeife oder Zigarre rauchend vor meinem Bürofenster.

Unser Steuerberater aus Berlin, der gerade da war, hat ihn erkannt. Ein Wahnsinn, was da auf uns zukam. Viele Berliner, die nun ihr Umland erkunden wollten, haben uns bald zugeparkt. Der damalige Wirtschaftsminister von Berlin, Elmar Pieroth, leitende Mitarbeiter der Bezirksämter kamen schauen, haben uns beglückwünscht.

Die Gaststätte „Waldfrieden" 1991

Mein Walter aus Bayern und Mitarbeiter Bogdan
Unten: Ich und Hildegard Schwanke

Wir waren sehr stolz auf unser Restaurant, hatten wir doch ein entsprechend geschmackvolles Ambiente geschaffen, wo sich die Gäste wohl fühlen.

Daran war auch die „Kipra" aus Eichwalde mit ihrer Innenarchitektin beteiligt, die beim Innenausbau den entsprechenden Rahmen geschaffen haben mit dunklem Holz und getäfelter Decke.

Die Inneneinrichtung mit den entsprechenden Möbeln haben meine Tochter Carmen und ich gestaltet.

Auch Hilmar Thate und Angelika Domröse haben immer mal angehalten, wenn sie von ihrem Wochenendgrundstück in Siethen zurück nach Berlin sind. Herr Wowereit, damals Bezirksstadtrat von Berlin-Tempelhof, hat sein Rennrad auch öfter in den Fahrradständer geschoben.

Bei aller Freude über gute Geschäfte, kam eine Zeit, die an Peinlichkeit nicht zu überbieten war. Denn immer wieder machte sich in unserem Biergarten ein bestialischer Gestank breit, besonders wenn der Wind aus West oder Südwest kam. Längst waren wir dem Übel auf der Spur und standen doch hilflos daneben.

Das war also das große Fiasko, was wir erleben mussten. Der Gestank kam aus den Fettabscheidern, die diese neue Baugesellschaft eingesetzt hatte.

Sehr oft war die Entsorgungsfirma da, alles zwecklos. Nach Rücksprache mit der Firma sagten die: „Metallhauben anfertigen lassen und zusätzlich darüber setzen."

Es hat auch nicht geholfen. Nur, leider, immer wieder neue Ausgaben.

Gern haben sich die Gäste draußen im Schatten unter die große Linde im Biergarten gesetzt. Da hatte auch der Chef der MTU-Niederlassung München ein ganz besonderes Erlebnis. Denn während er beim Essen war, landete plötzlich ein großer Haufen Vogelkacke auf seinem Teller.

Das Tauben da oben im Baum ihr Nest hatten, wussten wir, also ein Naturereignis.

Es ist sagenhaft, wie viele internationale Gäste in den ersten Jahren nach der Eröffnung in unser kleines, von außen unscheinbares Restaurant eingekehrt sind.

Da war eine Delegation aus China, eine aus Finnland, Gäste aus der Schweiz, auch die Firma Widmer, dann aus den USA, New York, Texas, der Präsident von RANA, Kanada, Gäste aus England – sie alle stehen in unserem Gästebuch.

Inzwischen war ich so fertig und gestresst, dass ich mir selber eine Kur auf der Insel Ischia verordnet habe.

Dieser Kur-Urlaub über Ostern 1992 im Hotel „Royal Palm" war der schönste, den ich je erlebt habe. Massage und Natur-Fango waren so angenehm, aber die Entspannung gelang nicht so gut. Walter aus Bayern wollte nicht mit.

An einem Tag war ich mit einer Frau aus München mit dem Boot zur Insel Capri unterwegs, dann, drei Tage später machte ich eine Fahrt mit dem Bus die zauberhafte Amalfi-Küstenstraße entlang. Neben mir saß eine Frau, die in Lacco Ameno im Hotel wohnte. Wir haben uns zum Tanzen bei mir im Hotel verabredet. Unten im Saal spielte eine Originalkapelle.
Ich hatte mir das schon mal angesehen, wollte mich aber nicht setzen. Doch schon umkreiste mich ein Italiener, wollte mit mir tanzen. Ich: „No, vorrei, no – ich möchte nicht."
Zwei Tage später haben wir getanzt, er sprach etwas deutsch. Wieder zwei Tage später: „Senorita, du auch anderes Lokal tanzen? Oder ich mache schenes italienisch Essen in mein Casa, kommst du mit?" „No, esto vorrei – niemals würde ich mit dem in seine Casa gehen", was sich diese frechen Italiener einbilden! Nun kam meine Freundin aus dem Nachbarort. Wir waren guter Dinge und wenn es denn sein muss, werden wir es diesen frechen Italienern schon zeigen. Zu zweit sind wir stark.
Im Tanzsaal, wie erwartet, einige Italiener, auch mein Tänzer und er konnte wirklich gut tanzen. Auch meine Freundin hatte einen flotten Tänzer. Sicher, die beiden Italiener waren Freunde, kannten sich und nun wieder die Frage: „Senoritas, por fafour: tengo euch zeigen Casa con Jardin, oben am Berg.

Wir möchten für euch original italienische Pasta zubereiten, fahren mit dem Auto dahin und wieder zurück."

Wir schauten uns beide an, etwas hilflos, aber neugierig.
Sollten wir uns darauf einlassen?
Wir waren ja zu zweit, also?
Sieben Tage vor meiner Rückreise sind wir dann mitgefahren.
Es ging immer bergan bis zu seinem Haus.
Beim Rundgang im Garten habe ich das erste Mal in meinem Leben einen Zitronenbaum gesehen mit Früchten.
Und wie versprochen haben die beiden Männer ein vorzügliches Essen für uns gemacht. Dazu ein Gläschen Vino, eine nette Unterhaltung auf Deutsch und Italienisch.
Die Männer haben uns behandelt wie Königinnen.

Die Rückfahrt zum Hotel, der Blick über die abendlich erleuchtete Insel Ischia, das, überhaupt alles, war ein Traumerlebnis. Um Mitternacht waren wir wieder im Hotel, zum Nachbarort gingen Busse. Mein Tänzer war geschieden, der Tänzer von meiner Freundin war Verkehrspolizist.
Am nächsten Tag stand der auf der Kreuzung, mit den Händen hoch und runter, um den Verkehr zu regeln. Da kam seine Frau oder Freundin auf die Kreuzung gelaufen, ist ihn angegangen, hat getobt. Der ganze Verkehr kam zum Erliegen für eine Zeit. Sie hatte wohl erfahren, dass er mit uns und dem Freund zu dessen Haus gefahren war.
Mein Tänzer hat mich die letzten Tage nach den Kur-Terminen mit dem Auto abgeholt, in seine Lieblingslokale geführt und die schönsten Stellen und Orte auf der Insel gezeigt, wo Touristen gar nicht hinkommen.
„Warum kann ich nicht hier bleiben? Alles ist so schön."
Ein paar hübsche Ansichtskarten von Ischia haben heute noch Platz in meinem Album.

Nein, das Schicksal hatte anderes mit mir vor.

Daheim ging der Stress wieder los. Die langen anstrengenden Tage gingen manchmal, wenn die inzwischen guten Stammgäste kamen, bis in die Nacht.
Einer dieser Stammgäste war Helmut M.
Ein Mann aus der Nähe von Bonn, gestandener Gastronom, der, nachdem seine Frau an Krebs verstorben war, sein Restaurant aufgegeben hatte.

Seine Kinder waren im erwachsenen Alter und er hatte sich bei einer Gesellschaft vorgestellt, um bei Bedarf in den neuen Bundesländern irgendeine Aufgabe in der Gastronomie zu übernehmen.
Er landete in Ludwigsfelde. Dort sollte er in dem großen Klubhaus den Um- und Ausbau der Gastronomieräume leiten, gleichzeitig die Bestände von Waren und Inventar erfassen.

Das Klubhaus, ein großes zweistöckiges Gebäude, wo im Seitenflügel auch noch viele Vereine ihre Räume hatten und die berufliche Weiterbildung für Köche und Kellner stattfand, gehörte vor der Wende der staatlichen HO.
Die Chefs der Gesellschaft aus A. waren zwischenzeitlich auch in Ludwigsfelde. Helmut M. hat selbstverständlich seine Lieblingskneipe, nämlich unseren „Waldfrieden", den Leuten vorgestellt. So habe ich einen dieser Chefs persönlich kennengelernt.
Helmut M. sollte dann das völlig neu gestaltete Restaurant „Harlekin" und das ebenfalls neue Bistro „Bajazzo" im Klubhaus als Pächter übernehmen.
Ein Pachtvertrag kam von dieser Gesellschaft aus A.
Für mich unfassbar, auch ich stand als Pächter neben Helmut M. in diesem Vertrag. Das kann doch wohl nicht wahr sein,

niemand hatte mit mir darüber gesprochen.

Ich hatte ein gut gehendes Restaurant und meinen Walter, der noch in Weyarn wohnte.

Noch heute habe ich diesen Mustervertrag da, kann inzwischen beurteilen, was das für mich bedeutet hätte – damals konnte ich das noch nicht.

Der Pachtzins sollte in den ersten neun Monaten 9.000 DM, ab dem zwölften Monat 12.000 DM betragen und das in dem gerade die Wende überstandenen Ort im Osten, in dem noch keine Kaufkraft vorhanden war. Dann waren Klauseln in dem Vertrag, dass nur das Bitburger Bier angeboten werden darf. So ein Knebelvertrag, Helmut M. hatte eine Wut: „Diese Schweine, keine Minute länger arbeite ich für diesen Verein." Er hat sofort gekündigt.

Schade, irgendwann in den nächsten Wochen würde er nun Ludwigsfelde verlassen und uns wieder ein großartiger Stammgast fehlen.

Ach, wie haben wir uns immer gefreut, wenn er sein Auto bei uns eingeparkt hat. Wenn er zur Tür rein ist, hatte meine Tochter schon die Sektflasche mit der roten Kappe zum Öffnen in der Hand. Zu meiner Tochter hatte er sowieso ein sehr herzliches Verhältnis. Er hat sie gelobt, bewundert, Komplimente gemacht. Mich hat er weniger beachtet.

Ich habe oft nur mit einem Glas Sekt angestoßen, bin dann im Büro verschwunden.

Immer saß er auf dem Barhocker vor dem Tresen. Dort hatte er sofort eine interessierte Runde um sich, hat mit angestoßen und wenn einige nach dem fünften Bier „voll" waren, stand Helmut noch wie eine Eiche.

Herr Meier, Herr Finkbeiner, Herr Hülsewick am Tresen

Stets war es mit ihm ein überaus lustiger, unterhaltsamer Abend. Einmal haben wir bis nachts um Vier am Stammtisch neben dem Tresen gesessen.

Die Gasträume im Klubhaus waren fertig. Ich wollte und sollte sie mir vor der Eröffnung schon mal ansehen.
So bin ich zu diesem Klubhaus, das sich mitten in der Stadt befindet. Oh, wie herrlich und geschmackvoll waren diese Räume geworden. Ich habe gestaunt – toll. Helmut M. hat mich überall herumgeführt, dann sagte er: „Komm noch mal mit in mein Büro."

Kaum war die Tür zu, hat er mich gepackt, immer wieder geküsst, wollte mich umreißen.

„Na was ist denn das jetzt?"
Ich war so erschrocken und verwirrt, fand keine Worte. Ohne Verabschiedung bin ich zu meinem Auto gelaufen und habe

erst mal durchgeatmet. Einen klaren Gedanken konnte ich nicht fassen. Für mich war er ein knallharter Geschäftsmann und eine Respektperson. Doch nun gibt mir dieser Helmut Rätsel auf. War das eine Strategie, die er verfolgte?
Bei uns im Lokal war er stets neutral, nie hatte ich das Gefühl, dass er mit mir was anfangen wollte.
Nun diese neue Situation. Natürlich fand ich ihn sehr sympathisch, habe begeistert wahrgenommen, wie er andere Gäste bei Unterhaltungen magisch in den Bann zog.
Ja, ich mochte ihn als guten Freund, aber als Liebhaber?
Nein, das konnte ich mir nicht vorstellen.
Trotzdem hat es sehr weh getan, als er sich verabschiedet hat.
Ich habe danach geheult, ein lieber Gast hat uns verlassen.
Er ist mit in die tunesische Botschaft gezogen, denn seine Tochter war mit einem Mann verheiratet, der in Tunis zu dieser Zeit Botschafter der BRD geworden ist.
Später, von Tunis hat er mal geschrieben, dass diese Zeit bei uns die schönste Zeit seines Lebens war.

Ich habe mir manchmal so sehr einen Mann gewünscht, der mir zur Seite steht, der mich unterstützt, clever und vertrauenswürdig ist.
Gern hätte ich mich zurückgenommen und einem Mann mit Verstand den Vortritt gelassen.
So habe ich auch immer wieder auf meinen Walter aus Weyarn gewartet, der schon längst mal wieder in Ludwigsfelde sein wollte.
Am Telefon hatte er immer andere Ausreden. Außerdem war er auch ein paar Tage im Krankenhaus in München-Harlaching. Wir haben täglich telefoniert.
Einmal fragte ich: „Soll ich kommen?" Er: „Ja!"
So bin ich mit meinem inzwischen gebraucht gekauften 230er Mercedes nach Weyarn gefahren.

Mein Walter und der kleine Bibi, ich sah sofort, dass sie Hilfe brauchten.

Wir kamen überein, dass ich eine Regelung für das Restaurant finden muss und zu Walter nach Weyarn gehe.

Meine Tochter, nun allein im Restaurant, das konnte auf Dauer nicht gut gehen. Es musste eine schnelle Regelung her, eventuell verkaufen oder verpachten?

Alle Varianten wurden durchgespielt, auch eine Maklerin war da, die sogar einen eventuellen Käufer für uns gehabt hätte.

Der Preis lag bei 1,8 Millionen, herunter gehandelt bei 1,7 Millionen DM.

Heute denke ich oft: „Ach, hätten wir es doch bloß gemacht."

Dass sich im Nachhinein mit dem „Waldfrieden" alles so schwierig gestalten würde, hätte ich, auch meine Tochter nicht, gedacht.

Eine Entscheidung ist uns nicht leicht gefallen. Schließlich kam mein Sohn ins Spiel.

Der hatte sich im ehemaligen Café-Restaurant an der Schwimmhalle einen Raum als „Bistro" ausgebaut und den mit seiner Frau Barbara bewirtschaftet.

Für das Darlehen zum Ausbau haben wir mit dem Grundstück „Waldfrieden" gebürgt.

Mein Sohn und Schwiegertochter waren eh nicht so glücklich und zufrieden dort in diesem Bistro.

So habe ich kurz entschlossen meinem Sohn das Vertrauen geschenkt, ihm mein Lebenswerk übergeben, auch in der Hoffnung, dass er alles gemeinsam mit meiner Tochter und seiner Familie im Guten richten wird.

Einige Arbeiten waren in der Gaststätte auch noch nötig. So musste die Elektroanlage vergrößert werden, auf dem Hof im hinteren Bereich war ein neues Tor notwendig und die Einfahrt musste befestigt werden.

Die Darlehnszinsen mussten bezahlt werden. Daher habe ich auf eine Pacht in den nächsten Jahren verzichtet.

Ein ganz neues Leben begann

Um ehrlich zu sein, war ich froh, dass mich das Schicksal wieder in eine andere Richtung lenkte. Denn dem Stress in dem Restaurant war ich nicht mehr gewachsen.

So wäre es auch nur die halbe Wahrheit, wenn ich sagen würde, dass ich nur aus Sorge um Walter und dem kleinen Bibi nach Bayern gegangen bin.

Ein neuer Lebensabschnitt mit Mann Nr. 6
Nicht so stressig, aber auch nicht ganz einfach.
Der Bungalow sehr gemütlich, mit Ausgang direkt in die Natur, im Blickfeld immer die Kirche und das Kloster. Direkt vor der Tür standen die Enten, einmal sogar mit Nachwuchs. Neben der Toreinfahrt im unteren Bereich war ein Wald mit riesig hohen Bäumen, wo entsprechend viele Vögel ihr zu Hause hatten, zum Glück keine Fischreiher. Wenn ich den schmalen Feldweg, unseren Privatweg, etwas höher kam, sah ich die Bergkulisse der Alpen, davor das Mangfall Gebirge mit dem Wendelstein. Saftig grüne Wiesen so weit man sehen konnte mit vereinzelt kleinen Gehöften – eine Traumlandschaft.
Meine neue Heimat, auch vom Bürgermeister bekam ich ein Begrüßungsschreiben.

Walter blieb in der Wohnung. Ich sollte mit dem kleinen Bibi immer mal spazieren gehen.
Toll, in der Umgebung durfte er auch ohne Leine alles beschnuppern und erkunden.
Diese Spaziergänge hatten etwas Magisches. Immer wieder bin ich, entweder den Berghang rechts herunter bis zur Mangfall, dann wieder in die obere Absatzhöhe zu den

Bänken gelaufen, wo in der Mitte eine kleine Quelle sprudelte.

Dort die riesengroßen Baumkronen über mir und ich kleines lächerliches Lebewesen darunter. Angesichts dieser gewaltigen Natur habe ich oft die Hände gefaltet und gebetet. Den Weg links kam man zur Hauptstraße, die nach Miesbach führt. In der näheren Umgebung waren Schliersee und Tegernsee.

Mein Walter musste alle paar Wochen zur Blutübernahme für eine Nacht ins Krankenhaus.
Er hatte eine Krankheit, die das blutbildende System betraf, aber für noch einige Jahre behandelbar war, durch eben diese Blutübertragungen.
, dass seine einseitige Ernährung, oft nur Fertignahrung aus Büchsen und Tüten, ihm nicht gut getan hat. Von mir bekam er Äpfel, Orangen, Birnen, Nüsse, vor allem auch frisch zubereitetes Gemüse als Beilage zum Mittagessen. Obwohl ein kleiner Edeka-Laden im Ort war, sind wir zum Einkaufen immer nach Miesbach gefahren. Zwischendurch kam nach einiger Zeit auch immer sein Hausarzt Dr. Donhauser aus Miesbach zum Blutabnehmen. Wenn die „Roten" sehr weit unten waren, dann hieß es: „Ab zur Blutübernahme ins Krankenhaus nach Hausham/Schliersee." Ich habe ihn immer hin gefahren und am nächsten Morgen pünktlich um 9.30 Uhr wieder abgeholt.
Später durfte es nicht werden, sonst hätte er für zwei Tage bezahlen müssen.
Abends haben wir oft vorbereitete Schnitten im Bett gegessen, dabei Fernsehen geschaut.
Einmal lief ein trauriger Tierfilm, da sagte er: „Mädel, wenn mit mir mal was ist, gib bitte auf den kleinen Bibi Acht. Auf

keinen Fall gibst du ihn ins Tierheim. Das musst du mir versprechen."
Ich war so erschrocken, was waren das für Gedanken von meinem Walter?

Ich: „Aber Walter, wie kannst du diese Gedanken haben. Ich habe den kleinen Bibi so lieb, nie, für kein Geld in der Welt würde ich diesen kleinen Hund hergeben."
Wenn er neues Blut hatte, war er wie ausgewechselt, sogar unternehmungslustig.
Er setzte sich gleich vor dem Krankenhaus ans Steuer, fuhr durch bis München. Diesmal wollte er mir zu Weihnachten einen Skianzug kaufen, 900 DM hat er dafür ausgegeben. Ein anderes Mal sind wir vom Krankenhaus zum Mittagessen nach Westerham gefahren oder in die Maxl-Mühle.
Weihnachten kam meine Tochter mit Enkel Max zu einem Kurz-Besuch. Sie haben in der Nähe in einer Pension gewohnt. Gemeinsam sind wir wegen der weihnachtlichen Stimmung mit Schnee zum Spitzingsee gefahren.
Der Besuch war wieder weg, danach musste mein Walter wieder zur Blutübernahme. Ich habe ihn hin gefahren.
Als wir in seinem Krankenzimmer waren, sagte er: „Sei so gut und besorge etwas Schreibpapier."
Vorn bei der Anmeldung haben sie mir ein paar Seiten gegeben.

Nun, im Krankenzimmer, setzte sich mein Walter an den Tisch und fing an, ein Testament zu schreiben. Es sind zwei geworden.
Im ersten Testament schrieb er, dass seine Söhne sich nicht um ihn gekümmert hätten und ich, Rosemarie Michaelis, seine Haupterbin sein sollte.
Er war unheimlich korrekt.

Weil er das mit den Söhnen so mit einem V eingefügt hatte, war ihm das nicht gut genug. Also folgte noch ein handgeschriebenes Testament, ohne den Hinweis mit den Kindern und wie schon im ersten Testament, dass ich sein Haupterbe sein soll.
Ich konnte es nicht fassen, dachte, bald verrückt zu werden!

Was mir in diesem Moment durch den Kopf ging, ich weiß es nicht mehr, aber ein wahnsinniges Glücksgefühl war da.
Dass sich dann Jahre danach alles so dramatisch entwickeln würde, daran habe ich nicht gedacht, konnte es auch nicht ahnen.
Was war los mit meinem Walter, fühlte er sich nicht gut, dachte er ans Sterben?
Es ging ihm doch immer so gut nach der Blutübernahme.
Doch jetzt fing ich an, mir Gedanken zu machen.
Auf der Rückfahrt habe ich beim Gerichtsgebäude angehalten, das war gleich links in einer Nebenstraße, und habe da beim Nachlassgericht beide Testamente hinterlegen lassen.
Walter war immer so glücklich, wenn er aus dem Krankenhaus raus ist und dann bei mir, dem Bibi und auf seinem Grundstück sein konnte. Er hat sogar noch defekte Automaten repariert. Manchmal waren wir auch bei seinem Rechtsanwalt in Holzkirchen, da hatte er noch Sachen abzusprechen, die seine ehemaligen Mieter betrafen.

Einige Zeit war vergangen, er musste wieder ins Krankenhaus zur Blutübernahme. Als ich ihn am nächsten Tag abholen wollte, stand er nicht wie sonst schon immer vorn bei der Aufnahme. Mir wurde gesagt, dass er noch im Krankenhaus bleiben muss.
Ich bin gleich zu ihm aufs Zimmer. Am nächsten Tag war ich auch schon vormittags da.

Im Krankenzimmer saß Walter auf dem Bett, er hat geweint. Angeblich hat sein Blut das fremde Blut nicht angenommen. Das wird ja vorher immer getestet.

Jetzt wurde ich bald wahnsinnig vor Angst, dass Walter etwas passieren könnte. Was sollte ich ohne ihn nur machen?
Habe mit dem Rechtsanwalt aus Holzkirchen telefoniert, er wusste über alle Angelegenheiten, die Walter betrafen, Bescheid, auch über das Testament.
Er sagte: „Vielleicht kann die Blutbank in München helfen."

Ich habe da sofort angerufen, geholfen hat es nicht, im Gegenteil, später gab es noch Ärger mit dem Chefarzt dieser Klinik. Er sagte zu mir: „Halten Sie sich gefälligst da heraus. In meinem Haus wird alles getan, um das passende Blut heranzuschaffen."
Walter war nun schon acht Tage im Krankenhaus, wieder bat mich der Chefarzt in sein Büro.
Diesmal teilte er mir mit, dass mein Walter nicht mehr nach Hause kommt.
Ach, war das schlimm, so viel Tragisches in so kurzer Zeit zu erleben.
Stundenlang saß ich bei Walter am Bett. Der kleine Bibi wartete im Auto. Er wollte ihn nicht mehr sehen.
Nun war ich auf das Schlimmste vorbereitet.

Habe den Schwestern Geld gegeben, damit sie ihn gut betreuen, wenn ich nicht da sein konnte.
Einmal hat er mir gesagt, dass er pinkeln muss.
Ich zu den Schwestern, die haben ihm eine Flasche rangehangen.
Am nächsten Tag habe ich seinen Bauch befühlt. Er war hart, wie vorm Platzen, habe wieder die Schwester gerufen.

Nun hat man ihm einen Katheder gelegt. Der Urin konnte abfließen. Es sind Unmengen da in diesen Auffangbeutel gelaufen.

Walter hat viel geschlafen, ich habe trotzdem mit ihm gesprochen. Doch im Inneren war ich so enttäuscht, dass man sich um einen Sterbenden im Krankenhaus nicht mehr bemüht hat.

Am 14.3.1993 ist Walter verstorben. Der Chefarzt hatte mich früh angerufen.

Teilansicht mit Weiher in Weyarn, Villa rechts oben.

Meine freundlichen Nachbarn Athes haben mich bei den Vorbereitungen zur Beerdigung sehr unterstützt. Eine kleine Beerdigung, der evangelische Pfarrer aus Miesbach hat das gemacht. Anschließend waren alle beim „Alten Wirt" zum Essen.

Es war furchtbar. Wie sollte es denn nun weitergehen?

Es musste weiter gehen!

Walter hat auf dem großen Grundstück wie ein Einsiedler gelebt. Zu den zum Teil weiter entfernten Nachbarn hatte er wenig Kontakt.

Nur Edes ist immer gekommen, hat auf dem Grundstück für Ordnung gesorgt, denn Arbeit gab es ohne Ende.

Walter war schon jahrelang geschieden. Doch einige Frauen hatte er danach schon noch ausprobiert. Darüber gaben Briefchen, die fein in einem kleinen Kästchen abgelegt waren, Auskunft. Zwei seiner Söhne kannte ich nicht. Nur der Michael kam ab und zu vorbei, hat seinen Vater besucht.

Nun die Geschichte mit meiner Erbschaft:

Ein Aufschrei ging nicht nur durch Weyarn, sondern auch in allen umliegenden Orten war das ein Thema.

Da kommt doch so eine Ostdeutsche daher, die mit dem Besitzer noch gar nicht so lange bekannt sein konnte, und die erbt so ein Grundstück. Unglaublich, unfassbar! Sogar die Münchener Zeitungen haben darüber berichtet.

Die Söhne wollten natürlich alles erst mal prüfen und Gutachten anfertigen lassen. Auch ein Schriftsachverständiger wurde hinzugezogen.

Mein Rechtsanwalt aus Holzkirchen gab mir den Rat, einen gerichtlich vereidigten Sachverständigen zu bestellen, der den Wert des Nachlasses schätzt.

Das ist geschehen: Jeder Aschenbecher, jede Kuchengabel, jeder Teppich wurde bewertet.

Letztendlich kam noch ein vom Gericht bevollmächtigter Sachverständiger, der den Wert des Grundstücks einzuschätzen hatte. Der Quadratmeterpreis für den Weiher und den bewaldeten Hang war natürlich dementsprechend niedriger, es war ja kein Bauland.

Eine Besonderheit gab es noch. Der Bungalow war ein „Schwarzbau". Nur Walter hatte dort ein lebenslanges Wohnrecht. Nach seinem Tod musste er nun geräumt werden.

Die Mieter von Walters Villa hatten noch von ihm die Kündigung erhalten, sind nach seinem Tod dann ausgezogen.

Drei kräftige Männer haben die meisten Möbel und Sachen vom Bungalow rüber in die Villa geschleppt. Nur die Einbauwand mit vielen Büchern blieb stehen. So richtig begreifen konnte ich das alles noch nicht, nun allein mit meinem kleinen Bibi in der großen Villa.
Was kommt denn nun als Nächstes?
Natürlich eine Verhandlung vor dem Landgericht II in München. Das erste Mal in meinem Leben, dass ich ein Gerichtsgebäude, außer bei der Scheidung, betreten musste und angeklagt war. Einer der Söhne hatte einen Anwalt beauftragt, wollte das Testament anfechten.

Wieder so eine Aufregung: Mir stand der Promianwalt Lutz Libbertz gegenüber.
Dann die Erleichterung. Es wurde festgestellt, dass ich Haupterbe bin und die Söhne, wie vorgesehen, ihren Pflichtteil bekommen.
Mein Blick ging zu meinem Rechtsanwalt, der war auch erleichtert. So sind wir dann in seinem Auto frohgemut wieder nach Weyarn zurückgefahren.

Einer der Söhne, der Michael, hatte seinen Vater wenigstens immer mal besucht, so habe ich ihn auch bei der Auszahlung des Pflichtteils bevorzugt behandelt. Seiner Mutter Helga, die ja mal mit Walter verheiratet war, habe ich zum Teil sehr wertvolle Gegenstände aus dem Nachlass gegeben, ohne etwas dafür zu verlangen.

Seine letzte Ruhestätte hat Walter auf dem Friedhof in Weyarn. Fast jeden Tag war ich mit dem kleinen Bibi an

Walters Grab. Er hat artig hinter dem Grab an der Hecke gewartet, bis ich mit Gießen fertig war. Ob er sein Herrchen vermisste?

Wenn ich geweint habe, muss er das gespürt haben. Er hat mich dann auch ganz traurig angesehen, die Ohren steif nach oben, ein Pfötchen auf meinem Fuß.

Warum hatte Walter uns so schnell allein gelassen?

Er wollte so gern wieder in der Nähe von Berlin sein, aber das Schicksal hatte anders entschieden.

Über uns, über gemeinsame Pläne, auch über meine Zukunft und mein weiteres Leben.

Was sollte ich nun machen? Alles lief darauf hinaus, dass ich das Grundstück verkaufen muss, oder?

Plötzlich bekam ich so viele Ratschläge von Leuten, die ich vorher noch nie gesehen hatte. Es meldeten sich Immobilien-Makler aus der Umgebung, die das Grundstück verkaufen wollten, natürlich nur im Alleingang. Andere wollten schriftlich haben, dass sie eine gewisse Summe Geld erhalten, wenn sie einen Käufer vermitteln. Es gab sogar Leute, die den Mantel von Walter gleich noch im Krankenhaus haben wollten, der war innen mit Nerz gefüttert.

Das alles hat mir nicht weiter geholfen.

Plötzlich, nach vielem Überlegen, hatte ich wieder eine Idee. Mal sehen, ob die gut ist oder ob sich dahinter vielleicht wieder ein neues Chaos verbirgt. Oh, ja – alles ist möglich! Wenn ich doch bloß einen Mann kennenlernen würde, der zu mir auf das schöne Grundstück kommt. Wiederum, wollte ich in Weyarn bleiben?

Bedingt durch die leichte Höhenlage, rieselte beizeiten der Schnee herunter und das nicht wenig. Auch im Frühling lag er noch länger als anderswo. Ich hasse den Schnee, weil er im täglichen Leben alles so kompliziert macht. Und Skilaufen lernen – ich mit 58 Jahren? „Nee, nee . . .", dachte ich. Walter zog es im Winter nach Teneriffa und nach dem Verkauf des Grundstücks hätte er dort für uns etwas gesucht.

Oft habe ich jetzt die Süddeutsche Zeitung gekauft. Da waren im hinteren Teil die sehr gut formulierten Bekanntschaftsanzeigen. Jede Woche habe ich sie mit großem Interesse gelesen. Doch irgendwann im Herbst bin ich selbst aktiv geworden. Hier meine Original-Anzeige in der SZ:

***

Nur ein Traum?

Gemeinsam das Schöne genießen, füreinander da sein, Reisen, auch mal mit dem Wohnmobil, ein naturverbundenes Leben führen, –vielleicht ein Domizil in der Sonne finden. Das wünscht sich eine junggebl., einfühlsame Schütze-Dame, Ende 50, 168 cm, verw. NR, dkl., schlk., gutaussehend u. trotz versch. Grundbesitz nicht unbedingt ortsgebunden. Evt. fühlt sich ein Unternehmer, Gastronom, Handwerker (n. Bed.) angesprochen. Ehrlichkeit und Niveau werden gewünscht und geboten. Geben sie dem Traum und uns eine Chance, noch ist alles möglich! Bitte Ihre Zuschrift, mögl. m. Bild (zur.) an Chiffre... (meine Originalanzeige in der SZ)

Ohne viele Worte, ein Wahnsinn, was nun passierte, denn diese vielen Zuschriften von so vielen tollen Männern machten mich ratlos.
Immer wieder habe ich sortiert, die Briefe gelesen, jeden Tag aufs Neue.
Ach, ist mir das schwergefallen, da eine Entscheidung zu treffen. Nach zehn Tagen hatte ich alles bis auf fünf Briefe reduziert, die in die engere Wahl kamen.

Auf alle Fälle habe ich jeden Brief beantwortet, ein Bild
beigelegt. Auch zwei, auf kariertem Papier Geschriebene
bekamen eine Antwort. Das gehört sich so.
Ich wollte mich auch nicht lächerlich machen bei Männern,
die Doktor-Titel vorweisen konnten, in Amerika studiert
hatten oder Inhaber großer Firmen waren. Sie passten sicher
nicht zu mir.
Vielleicht vermuteten einige Herren wegen „Grundbesitz" in
meiner Anzeige eine reiche Witwe.
Das viele Überlegen hat nicht wirklich weitergeholfen. Also
Rose, entscheide dich, wer A sagt, muss auch B sagen!
Ein Brief, zwei Seiten lang, handgeschrieben mit großen
Buchstaben aus Schweden, hat mein Interesse geweckt.
Daraus nur mal kurze Ausschnitte:

Hallo Sie, ja Sie!
Möchte beim Träumen nicht stören, doch los geht's
Aufwachen. Der Krebs aus dem hohen Norden antwortet in
den grünen Süden. Mitte der 50er habe ich in Schweden
geankert, habe seit Jahresbeginn meinen selbstständigen Beruf
Maschinenbau an den vielzitierten . . . gehängt.
Bin alt lastenfrei, geschieden, kinderlos, 1,75 m 90 kg, ohne
Hund und Katz, warte auf den richtigen Schatz.
Was sie, meine Liebe, als niveauvoll erwarten, wäre zu
klären, was „Voll" ist weiss ich, es geht also nur ums Niveau.
Meine Lieblingspose, Barfuß mit nur einem Handtuch
umwickelt auf einer Klippe sitzend den Sonnenuntergang
erleben. Übrigens finde ich den Sommer in Schweden
herrlich, den Winter würde ich lieber im Süden
verbringen. Vorzugsweise im Schatten mit einem lieben
Mitmenschen. Auf eine Antwort würde ich mich freuen -
Söderköping – Finerstadt – Anschrift und Telefonnummer.

Eine eigenartige, ungewöhnliche Ausdrucksweise, gerade deshalb habe ich da angerufen.

Ein sehr freundlicher, deutschsprechender Herr meldete sich. Näheres war nicht zu erfahren, er wollte persönlich mal vorbeikommen. „Bayern kenne er schon", sagte er so nebenbei. „Na gut", dachte ich, sagte, dass wir uns ja mal treffen könnten.

Den Bauunternehmer aus der Nähe von München hätte ich auch gern kennengelernt. Am nächsten Tag war ich dabei, seinen Brief zu beantworten, da klingelt das Telefon: „Hier Hotel zur Post: ‚Ich soll ihnen ausrichten, dass Sie bitte nach Holzkirchen kommen möchten, ein Herr wartet auf dem Parkplatz bei uns auf sie.'"

„Warum, wieso, weshalb?" Wohl eine blöde Frage, sie hatte einfach aufgelegt.

Die Katastrophe schien wieder ihren Lauf zu nehmen.

Mit gemischten Gefühlen bin ich doch noch dahin, es wurde schon Abend. Da, auf dem Parkplatz, stand ein Mann neben einem Saab-Auto mit Florida-Kennzeichen.

War das der Mann, der mich sprechen wollte?

Ich war irritiert.

Er winkte zu mir herüber, ich war ratlos, aber auch neugierig.

„Was wollte dieser Kerl von mir?"

Als ich vor ihm stand, sagte er: „Ich bin der Mann aus Schweden." Was sollte ich da sagen? Ich konnte nichts sagen, so perplex war ich lange nicht.

Da ist dieser Mann nach dem Telefonat gleich losgefahren.

Bis Bayern waren das 1.800 Kilometer. Wir haben im Hotel noch gemeinsam gegessen, dann bin ich zurück nach Weyarn. Er hatte im Hotel eingecheckt.

Am nächsten Tag kam er nach Weyarn. Ich hatte eines meiner schicken Dirndlkleider angezogen, auch die passende Kette dazu umgehangen mit einem etwas größeren Herz und mit einem roten Glitzerstein in der Mitte.

Den Busen habe ich mit dem BH nicht mit Gewalt nach oben gedrückt, doch irgendwie war er beeindruckt.
Sein Blick ging immer wieder vom engen Taillengürtel bis zur Kette.
Meine dunkelbraunen Augen haben ihn wohl auch fasziniert.
Seine Augenfarbe: undefinierbar, ein Gemisch aus den Farben Grau, Blau, Grün, seine Figur ein Zwischending aus korpulent bis dickbäuchig.
Er langte auch bei fettem Schweinebraten, Eisbein und ähnlichen Gerichten kräftig zu. Das habe ich schon nach zwei Tagen bemerkt. Abnehmen wollte er schon, aber nur beim Autofahren klappte das wohl nicht.
Ich sagte so ganz nebenbei: „Lass gut sein, mir gefällst du auch so, nur nicht noch dicker werden."
Nein, das wollte er auf keinen Fall, da waren wir uns einig.
In den nächsten Tagen waren wir mit seinem Auto in der schönen Gegend am Tegernsee unterwegs und irgendwann hat er mir erzählt, dass dieser rote Glitzerstein in meiner Kette ihn magisch angeschaut hätte. Oder er wie magisch diesen Stein? Nach ein paar Tagen machte er sich wieder auf Spur nach Schweden. Er liebte dieses Land, vor allem die Weite und Stille dort. Auch die absolute Ruhe und Einsamkeit ganz oben im Norden des Landes, wo die Elche zu Hause sind, fand er traumhaft schön. Er konnte sich auch vorstellen, da oben im Norden zu leben, weit ab der Zivilisation.

Ich sollte ihn unbedingt in Schweden besuchen. Habe mich sehr über seine Einladung gefreut.
Dieses Schweden kennenzulernen, war auch mein Traum.

Noch bin ich in Weyarn, alles musste organisiert und abgesprochen werden, mein kleiner Bibi konnte bei den Nachbarn bleiben.
Mein Rechtsanwalt musste auch Bescheid wissen, wann ich zurückkomme.

Die Reise nach Schweden, eine lange Strecke mit dem Zug.
Bei Ankunft in Norköpping ließ mich Herbert ausrufen.
Dann sind wir zu seinem Anwesen, an der Haustür in Finerstadt ein Schild: Välkommen Hem Igen!

Haus und Nebengebäude waren wie überall in Schweden in dunkelroter Farbe. Direkte Nachbarn gab es nicht, nur einige Gehöfte etwas weiter entfernt.
Alle hatten kleine Lichter in den Fenstern.
Unten im Haus waren Wohnbereich und Küche, oben die Schlafzimmer mit Bad, alles offen und barrierefrei.
Es war schon Spätherbst, Heizen war nötig, der Heizofen war angefeuert. Aber die Hitze strömte hauptsächlich nach oben auch in unseren Schlafraum.
Bei dieser Affenhitze sollte ich schlafen? Das Lüften hatte auch nicht viel geholfen, so würde ich mich wohl die halbe Nacht hin und her wälzen.

Na, ich war überhaupt gespannt, wie das so weiter geht mit diesem Herbert. Er gab sich locker, lief barfuß im Haus herum, ein Naturbursche.

In Schweden – Herbert macht den Aal gefügig

„Wie mag er sich im Bett verhalten? Werden wir gleich in der ersten Nacht hier in Schweden Sex haben?" War das wieder eine Spannung.
Erste zärtliche Berührungen hatten wir schon in Weyarn. Da saßen wir oft auf einem Hügel mit Blick auf den Schliersee, eng umschlungen. Dabei haben wir uns immer wieder geküsst und mit den Fingerspitzen zart an Hals und Armen berührt. Das war ein tolles Gefühl und brachte eine Gänsehaut.
Nun hier in Schweden lagen wir wie Mann und Frau im Ehebett.
Mein Herz klopfte wie immer in solchen Situationen.
Dann der Gute-Nacht-Kuss, der wurde einige Male wiederholt.

Wir tasteten uns immer näher heran und beim Berühren der intimen Stellen war ich nicht schlecht erstaunt, ja geschockt.

Er hatte einen riesengroßen Penis.

Das konnte einem ja Angst machen, er war auch in Position.

„Ja, aber was denn nun?" Jeglicher Versuch, das Ding zum Einsatz zu bringen, scheiterte. Dieser große Penis sackte sofort wieder zusammen, auch nach dem zweiten und dritten Versuch!

„Na, dann lassen wir es beim Anfassen", kein Problem, für mich jedenfalls nicht, andere Sachen, wie sein liebevolles Verhalten zu mir waren wichtiger. Und er?

Sicher hatte er ein Problem damit, er hat darüber aber nicht gesprochen.

Wenn das Gespräch auf vergangene Zeiten kam, war er sehr zurückhaltend. Während ich darauf los geplappert habe, hat er nur wenig, vielleicht nur das allernotwendigste erzählt wie, dass er in Frankfurt am Main geboren wurde, dann als Findelkind im Heim und bei Pflegeeltern groß geworden ist.

„Ach, du liebe Güte, wie schlimm", dachte ich. Da ist er ohne Mutterliebe aufgewachsen, dann noch im Sternzeichen Krebs auf die Welt gekommen. Krebse sollen ja äußerst empfindlich und sensibel sein, was eigentlich gar nicht zu seinem sonst so robusten Erscheinungsbild passen wollte.

Trotzdem hat er es in seinem Arbeitsleben zu etwas gebracht, ist mehrfacher Millionär geworden. Das wusste ich zu diesem Zeitpunkt aber noch nicht.

Er war mit einer Schwedin verheiratet, sie hatten gemeinsam eine Maschinenbau-Firma, die Ehe war kinderlos, die Firma aus Altersgründen verkauft.

Nun suchte er nach einigen gescheiterten Versuchen wieder eine liebe Frau. Mal sehen . . .

Er war ein wunderbarer privater Reiseführer, hatte spontane Ideen. Einmal, nach dem Frühstück: „Mach dich fertig, heute fahren wir mit dem Auto nach Stockholm."

Schön, die auf vielen Inseln erbaute Stadt auch einmal ansehen zu können, dabei nicht mit der Reisegruppe durch die Straßen eilen, sondern zu den schönsten, individuellsten Stellen geführt zu werden.

Dabei natürlich das königliche Schloss, der Hafen und in ein historisches Restaurant, wo originales schwedisches Essen serviert wurde. Zurück nach Finerstadt, jeder hing seinen Gedanken nach, eine unheimliche Stille umgab uns.

Ich blickte aus dem Fenster, über die weiten Felder bewegten sich Nebelschwaden. Wir waren auf fast leeren Straßen unterwegs. Er bog in eine Nebenstraße ein, hielt an und sagte: „Ich muss mal eben zu meiner geschiedenen Frau." Verschwand im Halbdunkeln, nach einer Stunde kam er wieder. Ich wartete im Auto. Am nächsten Tag eine Fahrt zur schwedischen Ostsee, er immer in rustikaler Kleidung mit Latschen. Einen Tag waren wir auch in Linköping, bei Ikea hat er etwas gekauft, dann zum Vättern See.
Wenn ich mal Bilder machen wollte, auf denen er mit drauf ist, ist er losgerannt. „Das ist schon ein komischer Typ", dachte ich so manches Mal. Einiges von Schweden habe ich gesehen, habe auch gelernt, dass man in Schweden nie vergessen sollte, Danke zu sagen, zum Beispiel nach dem Essen: „Tack för maten," aber sonst immer und für jede Kleinigkeit: „Tack!"

Für die Fahrt zurück nach Bayern hatte Herbert schon das Auto vorbereitet. Ich ging noch mal am Göta-Kanal spazieren. „Morgen müssen wir früh raus", sagte er beim Abendessen. Ich habe gemault: „Müssen wir schon um 5 Uhr aufstehen?" „Geht nicht anders, wir haben eine große Tour vor uns", sagte er. Dann war es soweit:

Abfahrt mit dem Saab in Richtung Helsingborg, dort auf die Fähre, die uns nach Dänemark brachte. Dann immer „Gas" und quer durch Dänemark, am Ende auf die Fehmarnsundbrücke und rüber nach Deutschland.

Wieder einmal tanken, etwas vom Proviant essen, dann weiter Richtung Berlin, speziell nach Ludwigsfelde.
Er sollte doch unser Restaurant „Waldfrieden", mein Lebenswerk, einmal sehen.
Die hatten mit einem neu angeschafften großen Hund zu kämpfen. Er fand das mit dem Hund unmöglich.
Kein langer Aufenthalt dort. Es sollte schnell weiter gehen, denn 600 Kilometer bis Weyarn lagen noch vor uns.

In Weyarn sind wir gut angekommen. Doch nach drei Tagen ist Herbert weiter gefahren, diesmal Richtung Spanien bis Cadiz. Dort wollte er mit dem Auto auf die Fähre und in drei Tagen auf Teneriffa sein.
Ich sollte nachkommen!
Das schien nun Mann Nr. 7 zu werden!

Zu meinem Grundstück gab es noch keine neuen Erkenntnisse. Ich hatte keine Verpflichtungen, keine Termine. Der Winter stand vor der Tür, die Nachbarn wussten Bescheid, auch, wie immer, mein Rechtsanwalt.
„Also nur weg hier. Was, wenn Weyarn im Schnee versinkt? Kein Problem, der Schneepflug geht direkt am Grundstück vorbei. Und im Haus? Die Heizung auf ‚nicht einfrieren' stellen." Dann fing ich an, meine Sachen für den Koffer zurechtzulegen. Dabei ging mein Blick immer wieder aus dem Fenster.

War das ein fantastischer Anblick auf den Weiher und den dahinter ansteigenden Wald. Auf der rechten Seite im Weiher schaukelte der kleine Kahn hin und her, ich sah meinen Walter darin sitzen, auch wie er versucht, die Algen abzufischen. Ich träume!

Ja, Glück und Leid liegen oft so dicht beieinander.

„Werde ich Glück haben beim Verkauf des Grundstücks?"
Ein wenig Sorgen bereitete mir das schon, denn ich musste ja die Hälfte des Schätzpreises an die Kinder auszahlen.
„Ob ich Herbert mal frage, ob der mich unterstützt?
Nein, das mache ich nicht."

Nun rückte mein Reisetermin auf unbestimmte Zeit nach Teneriffa immer näher. Gerade erst vor zwei Monaten war ich da. Wegen Erbschaftsangelegenheiten sollte ich im Grundbuchamt in Granadilla vorsprechen. Ein Dolmetscher war dabei. Seine Adresse hatte ich noch. Also, ein Anruf bei ihm mit der Bitte, für mich in Los Christianos eine Wohnung anzumieten. Von Herbert wusste ich nur, dass er nicht in den Touristenhochburgen wohnte, aber schon im sonnigen, trockenen Süden der Insel.
Im November bin ich mit meinem kleinen Bibi auf dem Südflughafen von Teneriffa gelandet. Ich wurde schon erwartet. Die Fahrt ging durch eine fast kahle Landschaft, nur einige Kakteen, die mit den großen Ohren, standen wie kleine Soldaten bis nahe der Straße.

Wir fuhren in Richtung Los Christianos, dann aber den Berg aufwärts. Schließlich sind wir in Chayofa angekommen, wo viele Ausländer ihre Villen haben. Auch Herbert hatte hier ein schönes zweistöckiges Haus.

Er öffnete das Tor. Ich war wieder sprachlos.
Ein wunderschön angelegter Garten war da, auch ein
geschlossenes Schwimmbad. Mein Bibi ist da gleich
herumgesaust und hat schon mal das Bein gehoben.

Das Haus, zum Teil im Ikea-Stil eingerichtet, von der oberen
Terrasse hatte man einen schönen Blick auf den Atlantik.
Gleich am nächsten Morgen, kurz nach dem Frühstück, hat
Herbert seine Runden im Schwimmbecken gedreht und ich
war in dieser Zeit mit meinem Bibi „Gassi" gehen.
Er sollte seine Pinkelrunde draußen machen, nicht etwa auf
der gepflegten Rasenfläche auf Herberts Hof.
So konnte ich gleichzeitig bei strahlendem Sonnenschein die
schöne Umgebung entdecken.

„Mittag kochen dort im Haus?" Das musste nicht unbedingt
sein. Nur Vollkornbrötchen habe ich für uns öfter gebacken,
denn da stand eine Schrotmühle in der Küche, auch Körner
waren vorhanden.
Jeden Tag waren wir unterwegs, sind mitunter weite Strecken
mit dem Auto gefahren; entweder die Küstenstraße entlang
Richtung Norden oder über die Berge und bei La Orotava
wieder herunter, um in einem richtigen spanischen Restaurant
Mittag zu essen, weit weg von den Touristenzentren.
Er fühlte sich besonders wohl in „en el Restaurante". Die
spanische, manchmal einfache Lebensart, alles gefiel ihm und
mir nun auch.
Wir waren immer mittendrin bei den Spaniern.
Einige Restaurants haben Papiertischdecken aufgelegt. Das
war für Familien mit Kindern besonders günstig.
Wenn mehrere Spanier kamen, fragte der Kellner: „Para
compartir?" Eigentlich hätte er das nicht fragen müssen. Die
Spanier essen gerne zusammen, teilen und genießen

gemeinsam. „Para compartir" bedeutet, dass alles in der Mitte des Tisches platziert wird – „en el centro de la mesa", zwischendurch temperamentvolle und ausdrucksstarke Gespräche, so richtig nach südländischer Art. Das ist Spanien. Mein Herbert hatte bei allen Unternehmungen das Sagen. Er kannte sich aus auf der Insel. Das habe ich schon gleich am ersten Tag gemerkt.

Vilaflor, der höchstgelegene Ort auf Teneriffa, mit dem einzigartigen Restaurant „Los Molinos" war oft unser Ziel. Herbert kannte die Besitzer. Er wusste auch, dass sie das Restaurant erst vor Kurzem gekauft hatten. Zu mir sagte er dann: „Schau, die Leute haben sich nur Arbeit gekauft."
„Ja, wie jeder das nun so sieht."
Sicher haben sie auch gute Geschäfte gemacht, denn oft mussten wir nach einem Platz suchen.
Abends waren wir fast immer im Haus. Unsere leichten Sessel standen nebeneinander, nur ein kleines Tischchen für die Getränke war dazwischen und das waren obligatorisch zwei Schoppen Rotwein jeden Abend.
Den Rotwein haben wir aus einer großen Bodega in Santa Cruz geholt. Dort lagerten viele Weinfässer, wo Herbert die entsprechende Sorte in seinen Kanister abfüllen konnte. Eigentlich sehr praktisch, keine leeren Flaschen und nicht so teuer. Der Fernseher war in einer Regalwand eingelassen, die bis unter die Decke reichte. Auch eine Leder Sitzgruppe war da und ein Esstisch mit sechs Stühlen.
Unser Schlafzimmer befand sich direkt neben dem Wohnzimmer. Wenn wir im Bett lagen, gab es natürlich nur noch einige Gute-Nacht-Küsschen, auch beim Aufwachen morgens. Um jeder Peinlichkeit zu entgehen, haben wir es dabei belassen.

Ein neuer Tag, neue Ideen.

Diesmal wollte er mit mir nach Las Calletas zum Essen fahren. Das liegt ganz im Süden, direkt am Meer und da gab es die „Papas arrugadas" mit der Mojo-Sauce. Eine Spezialität auf Teneriffa.

Die kleinen Kartoffeln werden nur auf Teneriffa angebaut und mit einer Salzkruste serviert.

Ein anderes Mal sind wir die Straße hinter Vilaflor weitergefahren. Da hält Herbert plötzlich mit dem Auto an, steigt aus und sagt: „Komm mal mit!"

Immer treu und brav bin ich hinter ihm her: „Aber wo wollte er denn jetzt hin?"

Er steuerte das schwarze Lavagestein an, fängt an, da hineinzukriechen, zwängt sich durch schmale Spalten, klettert immer tiefer hinein.

„Nun komm schon!", ruft er mir zu.

In dieser gruseligen, gespenstischen Umgebung haben wir uns dann mindestens eine Stunde aufgehalten. Er hatte sogar unsere Vesperbrote mitgenommen.

Ein weiterer Ort, den mein Herbert immer sehr gern ansteuerte, war St. Ursula. Ich wusste bald warum. Da gab es das original „Puchero" Essen, ein spezielles kanarisches Gericht mit Erbsen, verschiedenen Gemüsesorten, Safran, Bauchspeck und oben drauf große Stücke Fleisch und Chorizo-Wurst.

Ein riesengroßer Teller wurde serviert. Herbert hat das in sich hineingeschlungen und ich habe es nie geschafft.

Auf der Rückfahrt wieder so eine spontane Idee. Er ist rechts abgebogen und zur Costa Adeje

„Hier hat vor Kurzem das Luxus-Hotel ‚Bahia del Duque' eröffnet. Das sehen wir uns einmal an", sagte er.

Oh, wir waren überrascht, viele Häuser architektonisch wundervoll zu einem Ganzen in Szene gesetzt, auch innen wunderschön. Wir waren am Staunen, sind noch zur Uferpromenade gegangen. Ich habe Bilder gemacht.

Da sagte er so ganz nebenbei: „Schau mal, das unbebaute Grundstück neben dem Hotel auf der linken Seite gehört mir."

Ich schaute hinüber, ein großes Gelände. Mir hatte es die Sprache verschlagen.
In San Juan, an der Westküste, war auch ein tolles Restaurant direkt am Meer. Auch da waren wir ab und zu zum Essen und einmal, ich will gerade ins Auto einsteigen, sagte er: „Da drüben, über die Straße, wo es etwas bergan geht, siehst du die große Bougainvillea da stehen?"
„Ja", sagte ich, „wollen wir dahin wandern?"
„Nein, auf keinen Fall", er zeigte in die andere Richtung und sagte: „Da steht ein kleines eingefallenes Haus, bis dahin geht mein Grundstück."
Ich glaubte es jetzt nicht. Das waren doch mindestens 30.000 Quadratmeter.
Ich kam aus dem Staunen nicht mehr heraus. Nie hatte er darüber gesprochen, dass er so viel Land auf Teneriffa besaß und das war ja noch nicht alles.
Hatte ich es mit einem Verrückten zu tun oder wurde ich nun langsam verrückt?
Mein Geburtstag näherte sich und ich dachte: „Ich werde schon 59 Jahre. Hoffentlich kann ich bald ein normales Leben führen. Das wünsche ich mir so sehr."
Selbstverständlich, wünschen kann man sich viel, aber das Schicksal hatte wieder einmal einen anderen Plan mit mir.
Ein großer Geburtstagsstrauß mit roten Rosen stand auf dem Tisch im Wohnzimmer in Chayofa.

Dann, beim Frühstück die Ankündigung: „Schatz, wir fahren heute mal zu dem wunderschönen Ort ‚Masca.'"
Schon die Fahrt dahin war ein Erlebnis, über Tamaimo, die kurvenreiche Straße hinunter nach Masca. Dort haben wir auch eine Kleinigkeit gegessen. Hätten auch den Barranco de Masca bis ans Wasser herunterklettern können. Es soll die schönste, aber schwierigste Wanderrute auf Teneriffa sein.
„Das machen wir mal lieber nicht."
Dafür waren wir abends tanzen in Las Americas/Adeje.
Tanzen? – Na das war wohl nichts dieses nebeneinander umher Getrampel. Trotzdem ein Erlebnis und ich konnte nur staunen über den sonst so menschenscheuen Herbert, der die Touristengegenden immer gemieden hat, jetzt aber mittendrin war und auch noch bei bester Laune.

Zu Weihnachten kam Norbert aus Amerika zu Besuch. Er ist auf dem Nordflughafen am Abend gelandet. Wir haben ihn abgeholt.
So fuhren wir um Mitternacht die obere Straße durch die Berge, bei Vollmond und dann durch diese Lava-Landschaft: ein unvergessliches Erlebnis.
Nun war ich auf allen Touren mit zwei Männern unterwegs!
Die Männer hatten sich in Florida kennengelernt. Norbert war 50 Jahre, hatte noch keine Familie.
Gerade deshalb hatte Herbert ihn wohl eingeladen, damit er an den Feiertagen nicht allein ist. Die Zeit verging, schon bald war der Januar auch herum.
In Weyarn war alles okay, ich konnte noch in Chayofa bleiben. Habe dann bemerkt, dass Herbert sich oft zurückzog und sich an irgendwelchen Plänen zu schaffen machte.
„Herbert, was ist los, was sind das für Pläne? Sag es mir!"
„Ja, das wollte ich jetzt sowieso, denn ich habe noch eine Baustelle auf meinem 10.000 Quadratmeter Grundstück oben

bei Vilaflor. Hier in Chayofa fühle ich mich nicht mehr wohl, alles ist so eng, so viele Nachbarn. Da oben bei einer Höhenlage von 1584 Metern vertrage ich auch die Temperaturen besser. Die Pläne sind fertig, die Vorbereitungen auf dem Grundstück haben schon begonnen. Das liegt ja am Hang."

„Wahnsinn!", was dieser Mann für Ideen hatte und die auch umsetzen konnte, weil er das Geld dafür hatte.
Er ist mit mir da hoch gefahren. Ich war gespannt. Das letzte Stück immer am Hang entlang, dann eine eingezäunte Steinwüste.

Ein großes gemauertes Wasser-Depot-Becken war schon vorhanden, denn es gab da oben keine Wasserleitungen. Für Wasser mussten Wasser-Aktien gekauft werden. Danach wurde durch bestimmte Kanäle Wasser in das Becken eingelassen.

Dann war da eine Maschine mit einem Pickel, um das Gestein vom Berghang aufzubohren und abzubrechen, damit eine gerade Fläche für den Bau entstand.

Teneriffa, hier links oben sollte das Haus gebaut werden

Das große Wasser-Deposito-Becken

Inzwischen haben wir gemeinsam den Plan mit den Grundrissen angesehen. Er sah zwei Wohnbereiche vor: die linke für den Mann, die rechte für die Frau, in der Mitte ein Hof mit Pool, hinten und seitlich umfasst von einer Mauer. Mir war nicht ganz wohl und mit Respekt habe ich die Nähe zum Teide gesehen. Der war zuletzt im Jahr 1909 aktiv, hatte viel Lava rausgebracht.

„Vielleicht legt er bald wieder einmal los? Könnte ja sein.", machte ich mir so meine Gedanken.

Mir hat auch die Anfahrt dahin Angst gemacht, besonders das letzte Stück von 800 Metern, wo sich der schmale unbefestigte Weg am Berg ohne Abgrenzung entlang schlängelte.

Für Herbert ging wohl ein Traum in Erfüllung. Hier oben wollte er leben.

Das wurde nun auch für mich eine entscheidende Frage: „Möchte ich da oben in dieser Einöde mit einem reichen, aber impotenten Mann leben? Nein!"

Das Kapitel Herbert ging wohl bald dem Ende zu, leider. Ich habe auch bemerkt, dass er auf meinen kleinen Bibi eifersüchtig war.

So habe ich alles noch mal Revue passieren lassen: „Was war mit den Gefühlen, was mit der Sympathie, war es meine große Liebe?"

Es fing in Weyarn so romantisch an. Besonders an einen Abend erinnere ich mich, wo wir beide eng umschlungen im Wohnzimmer getanzt haben. Unsere Seelen waren da ganz nah. Doch dieses Gefühl der inneren Verbundenheit hat sich später nicht mehr eingestellt.

So hatte ich auch noch das Problem mit meinem Grundstück und der Verkaufsabwicklung, wo ich vor Ort sein musste.

Also, im Februar nach vier aufregenden Monaten auf Teneriffa, bin ich wieder zurück nach Weyarn.

Schon vorher war ich mit meinen Gedanken in Deutschland, wo gerade mieses Winterwetter herrschte.
Was war ich doch für ein Glückspilz, dass ich jetzt so etwas erleben durfte, besonders als Ostdeutsche. Die Mauer war gerade zwei Jahre weg.

Schon im April war ich wieder auf Teneriffa. Herberts Bau hatte Fortschritte gemacht. Aber nein, nochmals nein, da oben wohnen wollte ich nicht. Trotzdem bin ich froh und dem

Herbert dankbar, dass ich Teneriffa auf diese Art und Weise
kennenlernen durfte. Ende April war Herbert wieder in
Weyarn – ach, was waren wir doch für verschiedene Wesen.
Um die Geschichte mit Herbert zu Ende zu bringen,
überspringe ich mal zehn Jahre. Es war 2004, da war ich
wieder auf Teneriffa.
Gemeinsam mit Carla, der ehemaligen Nachbarin von
Herbert, auch eine Schwedin, wollten wir einmal das
Anwesen von Herbert aufsuchen.
Ein Spanier hat uns da bis in die Nähe hochgefahren.
Das war wieder spannend. Ich hatte, wie immer in
ungewöhnlichen Situationen, Herzklopfen. Warum?
Der war doch gar nicht da. Doch das konnte ich ja nicht
wissen.

Das Grundstück war verwüstet, das Haus verlassen, der etwas
angelegte Garten verwildert.
„Vielleicht lebte er gar nicht mehr?", so meine Gedanken.
Wir waren in Arona mal bei einem Naturheilarzt, der hatte bei
Herbert einen Nierenstau festgestellt. Vielleicht war er auch in
Amerika, da hatte er wohl auch Besitz. Die Florida-
Autonummer ließ das vermuten. Auf einer Südseeinsel hatte
er auch noch ein Grundstück . . .   ***was soll's, Adieu!***

***

Dieser Helmut, der jetzt mit seiner Familie in der Tunesischen
Botschaft lebte, schrieb mittlerweile Briefe nach
Ludwigsfelde, weil ich telefonisch nicht zu erreichen war.
Er konnte ja nicht wissen, dass ich Ludwigsfelde für eine
lange, unbestimmte Zeit verlassen hatte. Meine Tochter hat
ihn aufgeklärt, auch was meine Anschrift und die
Telefonnummer betraf.

So folgten mitunter Anrufe von ihm sogar in der Nacht. Das fand ich nun gar nicht so lustig.

Schließlich kamen auch immer wieder Einladungen zu den schönsten Festen, dort in der Botschaft. Ich musste immer absagen, andere Sachen waren wichtiger.

Sicher hat ihn die Einsamkeit trotz Familie dort verrückt gemacht. Er war eben noch nicht im Ruhestand, sondern im Unruhe-Zustand.

Es kamen Briefe. Meine, es waren vielleicht drei in den Jahren, sollte ich über das Auswärtige Amt schicken.

Nach einigen Jahren, als die Zeit in Tunesien vorbei war, hatte Helmut in Deutschland noch mal eine Tätigkeit angenommen. Seine Tochter hatte ihm wieder ein zu Hause gegeben.

Wir, meine Tochter und ich, hatten nur noch telefonisch Kontakt, gesehen haben wir uns bis zu seinem Tode 2009 nicht mehr.

***

Ich lebte nun wie eine Fürstin allein in einer großen Villa auf diesem wunderschönen Grundstück in Weyarn – nur der Fürst fehlte.

Die Suche? Leider vergebens. Wiederum habe ich gar nicht krampfhaft gesucht.

Nur, wenn die Möglichkeit bestanden hätte, einen dieser Herren, die sich auf meine Anzeige gemeldet hatten, doch noch kennenzulernen, hätte ich mich gefreut.

Das war natürlich nach so langer Zeit nicht mehr möglich.

Nur auf eine Zuschrift aus Kelowna Kanada B.C. hatte ich damals noch geantwortet.

Auch eine Antwort von einem Dr. Karl Sch. bekommen, verbunden mit einer Einladung, ihn und seine Mutter dort zu

174

besuchen.

Er würde sich sehr freuen, wenn ich komme – nur ich konnte mich nicht freuen: „Allein, so eine lange Reise? Ich bin doch nicht verrückt."

Außerdem hatte ich jetzt wieder meine Aufgabe auf dem Grundstück. Wie sah der Weiher nur aus. Da trieben die Algen, der Rasen war nach dem großen Regen enorm in die Höhe geschossen.

Ich ans Telefon: „Hallo Edes, du musst unbedingt kommen, viel Arbeit, auch die Hecke muss geschnitten werden."

Immer treu und zuverlässig kam er mit dem Bus von Miesbach. Abends habe ich ihn dann mit dem Auto zurückgefahren. Er kannte sich auf dem Grundstück bestens aus und einen Stundenlohn von 18 DM hat Walter damals schon gezahlt. Von mir bekam er das selbstverständlich auch. Auch andere Kosten für das Grundstück fielen laufend an, so hat mir die Sparkasse ein Darlehen gegeben.

Auch im Haus musste alles immer tipp, topp sein, falls ein potenzieller Kaufinteressent plötzlich auftaucht.

Trotzdem, der Grundstücksverkauf ging nur schleppend voran. Nun wollte auch noch das Finanzamt etwas von mir. Also, zu meiner Steuerberaterin. Sie hatte ihr Büro in Gmund am Tegernsee. „Hallo Frau H., das Finanzamt hat Fragen, bitte helfen Sie mir."

Sie fragt: „Was ist mit dem Grundstück, schon verkauft?"

Ich: „Nein."

Sie wieder: „Mein Mann macht mit Immobilien, vielleicht kann er helfen, es zu verkaufen."

„Ja, sehr gern", freute ich mich über das Angebot.

Es dauerte gar nicht so lange, da kam er mit einem Makler-Vertrag herunter. Er hatte sein Büro oben im Haus. Und? Auch er wollte die alleinigen Verkaufsrechte haben.

Ich habe solche Verträge nicht unterschrieben. Dieses Gebundensein an einen Makler, Laufzeit, Preis und allen möglichen Vertragsklauseln war mir suspekt.

Vielleicht wäre eine Verkaufsanzeige in der Süddeutschen Zeitung erfolgreich? Ich probierte es einmal.
Ein Mann aus Freilassing meldete sich telefonisch und kam dann ein paar Tage später nach Weyarn.
Seine Visitenkarte: Vorstandsberater Ing. Franz F.
Er, ein kleiner schmächtiger Mann, Mitte bis Ende 70, dünnes graues Haar, im feinen dunklen Anzug stellte er sich vor.
Ich fand seine Erzählungen glaubhaft, dass er für Firmeninhaber, Schauspieler finanzielle Geschäfte regelt, Verbindungen zu deutschen sowie Schweizer Banken hat.
Er versprach, mein Grundstück zu verkaufen.
„Kein Problem", sagte er.
Ich sollte ihn auch in Freilassing besuchen.
Mit seiner mittelgroßen Terrierhündin und der Zugehfrau Theres lebte er dort allein in einem schönen Haus mit Wintergarten, seine Frau war verstorben.

***

Was ist Osmium?

„Fühlen Sie sich wie zu Hause bei mir", sagte er und hat mir mein Zimmer gezeigt, wo ich mit Bibi schlafen konnte.

Auch die Hunde haben sich gut vertragen, alles super!
Schön, dass ich abends nicht zurückfahren musste nach Weyarn. Das war zwar alles Autobahn, doch immerhin 100 Kilometer zu fahren.
Er hat mir das „Du" angeboten: Ich war die Rosa Maria für ihn. Er wurde Ferdi genannt.
Sogar ein Fachmann für Computer wurde bestellt, um mir die Bedienung an seinem Gerät mit dem separaten Bildschirm zu erklären.
So habe ich ihm auch gestattet, bei mir zu übernachten, wenn er Termine in München hatte und die hatte er jede Woche, denn er war Bruder in einer Freimaurer Loge.
Die Satzung hat er mir gezeigt, aber über Themen dort haben wir nie gesprochen.
Es war eben ein Geheimbund von Männern, wo jeder zur Diskretion verpflichtet war.
Es gab da Rituale, einen Meister vom Stuhl und verschiedene Rangordnungen unter den Logenbrüdern.
Auch der verstorbener Karl-Heinz Böhm (Sissi Film) war 40 Jahre Mitglied in einer Freimaurer Loge in München.
Nach der üblichen großen Trauerfeier wurde er von dem Freimaurer „Meister vom Stuhl" mit drei bedeutungsvollen Rosen verabschiedet.
Ferdi aus Freilassing brachte schon einige kaufinteressierte Leute auf das Grundstück – ich war guter Dinge.
Er sagte auch, dass der Österreicher B. angeblich mit dem Hubschrauber unterwegs sei, um sich das Grundstück von oben anzuschauen.

So hat sich allmählich wieder eine Freundschaft entwickelt, wo ich sagen konnte: **Das ist nun Mann Nr. 8.**

Allerdings standen nur geschäftliche Interessen im Vordergrund. Gemeinsame Bettgeschichten gab es nicht. Habe es auch von vornherein so eingeschätzt.
Also, in dieser Hinsicht keine Gefahr, selbst wenn, dann hätte ich gestreikt Nein, so einen alten Mann wollte ich nicht auf mir liegen haben. Auch geküsst haben wir uns nicht, wenn dann nur auf die Wange.
Ich bin mit ihm in seinem großen Audi nach Zürich mitgefahren. Dort hatte er auf der Bank zu tun. Auch waren wir nach Sopron in Ungarn unterwegs, da war auch Dorothe mit, die Sprechstundenhilfe seines Arztes aus Bad Reichenhall.
Wenn ich ein Problem hatte mit meinem Fernseher, kam er sofort mit zwei Männern, hat alles in Ordnung bringen lassen. Oh, war mir das angenehm, wenn jemand für mich da war.

Einmal waren wir in Österreich bei Bekannten in Straßwalchen, der Ort liegt etwas höher, da sagt Ferdi: „Hier ganz in der Nähe, in Sommerholz, ist Barbara Rütting ihr Grundstück."
Ich: „Ach, das ist ja interessant, woher weißt du das, kennst du sie?"
„Nein, ich habe nur von ihren Plänen hier in Österreich gehört, die sie aber nicht verwirklichen konnte."

Ein „Schmäh", die Österreicher haben gelacht, so etwas spricht sich herum. Freilassing ist ja nur wenige Kilometer von Salzburg und Umgebung entfernt.

Doch nun war er erstaunt, als ich ihm erzählte, dass **Barbara Rütting (Goltz) genau in dem kleinen Dorf Wietstock aufgewachsen ist wie ich.**
Bei ihrer Mutter Frau Goltz hatte ich Religionsunterricht.

Ja, ich war wieder in einer ganz anderen Welt, wo auch andere Interessen im Vordergrund standen.
Bei Ferdi ist mir aufgefallen, dass er am Telefon oder mit Bekannten **immer von „Osmium" sprach.**
Ich war am Grübeln.
„Sollte das eventuell etwas für die männliche Potenz sein, um den erliegenden Geschlechtstrieb wieder anzukurbeln, etwa ein Aphrodisiakum? Sicher würden alte Herren, die es brauchen, dann wieder entzückt und selig sein." Egal, wohin die Fantasie meine Gedanken trieb, etwas verwirrt hat mich das schon. Schuld war meine Zurückhaltung.
Ich habe mich nie in Gespräche eingemischt, die mich nichts angingen und neugierige Fragen gestellt.
Bei Ferdi war „Haus der offenen Tür". Viele Bekannte, Geschäftsleute und Freunde kamen und gingen.
Einem Bekannten hatte er erzählt, dass er sogar in Russland war wegen **„Osmium"**, aber erfolglos wieder gekommen sei.
Bei München gab es eine Adresse, wo es in kleiner Menge angeboten wurde, war aber wohl nicht rein.
Jetzt wollte ich mehr über dieses „OS" erfahren:
Also, dieses **Osmium** ist das seltenste Edelmetall der Welt, nur für wenige Gramm wird ein horrender Betrag gezahlt.
Als Pulver ist es unter bestimmten Bedingungen sogar hochgiftig.
„Warum wollte Ferdi das unbedingt haben? Wollte er daran verdienen, gab es Hintermänner?" Viele Fragen schossen mir durch den Kopf. Doch eigentlich war es mir egal, doch kann ich mir vorstellen, dass so etwas heute noch aktuell ist.

Ein halbes Jahr war schon wieder vergangen. Es war Sommer.
Die wunderschöne Landschaft hier im Raum Schliersee mit
schneebedeckten Bergen im Hintergrund, davor saftige grüne
Wiesen, beindruckte mich immer wieder.
Wenn ich den schmalen Privatweg am Hang herunterfuhr,
waren links die Kühe von Bauer Gröbmeier. Manchmal habe
ich angehalten. Dann sind sie bis zur Einzäunung gekommen,
sodass ich sie streicheln konnte.
Im Winter hat mir dieser Weg manchmal arge Probleme
bereitet, besonders wenn in der Nacht viel Schnee
heruntergekommen war.
Ich musste ja diesen Weg zu Terminen oder zum Einkaufen
hochfahren.
Da ist es passiert: Ich hatte mich auf halber Strecke
festgefahren.
Der Besitzer vom „Alten Wirt" hat mich mit dem Trecker
rausgezogen und dann noch den gesamten Weg bis unten mit
dem Schneepflug freigemacht. Danke.

Dann kam aus Ludwigsfelde ein Anruf von meiner Tochter.
Dieter Lobenstein hatte sie angerufen und gesagt: „Hilde
meldet sich nicht, sie öffnet nicht die Tür." Dieter und Christa
wohnten in demselben Haus, direkt eine Etage über Hilde. Sie
haben sich immer liebevoll um Hilde gekümmert. Doch was
war nun?
Wir haben sofort die Polizei eingeschaltet, die hat die Tür
aufgebrochen und Hilde schlafend im Bett vorgefunden.
Sie war für immer eingeschlafen.
„Ob das ein schöner Tod ist, einschlafen und nicht mehr
aufwachen?", fragte ich mich. Eine traurige Nachricht, ich
war am Boden zerstört, machte mir Vorwürfe, führte
Selbstgespräche: „Rose, warum hast du dich nicht noch mehr
um Hilde gekümmert?"

Ich wollte sie nach Weyarn mitnehmen. Jedes Mal, wenn ich bei ihr war, habe ich auf sie eingeredet, dass sie wenigsten probeweise einmal mitkommt, aber das wollte sie nicht. Sie hatte Herzprobleme und die leichte Höhenlage von Weyarn machte ihr Angst, dass sie da keine Luft bekäme.
Ach, wie hat sie immer geweint, wenn ich mich verabschiedet habe und zurück bin.

Eine Nichte aus Berlin und ihre Schwester aus Stuttgart haben die Beerdigung organisiert.
Besonders ihre Schwester aus Stuttgart hatte Hilde, als die Mauer weg war, immer wieder beschimpft, weil sie das Grundstück verkauft hatte.
Wir sind einen Tag vor der Beerdigung mit Ferdis Audi nach Ludwigsfelde gefahren, um von Hilde Abschied zu nehmen. Dabei waren noch zwei Herren, die sich das Gaststättengrundstück ansehen wollten wegen des Baus eines Seniorenhauses. Nach zwei Tagen die Rückfahrt, die beiden Herren sind in Berlin geblieben.

***

Ich soll in Kanada B.C. ein Café eröffnen

Dr. Karl Sch. aus Kanada meldete sich immer wieder, inzwischen auch telefonisch, immer mit der gleichen Bitte, dass ich ihn besuche.

Ich war schon mutig, habe mir einiges zugetraut, doch hier hieß meine Antwort: „Nein, ich komme nicht."

Nun hat er geschrieben, dass er ein Medical-Center dort in Kelowna bauen möchte.

Einige deutsche Fachärzte zeigen bereits Interesse. Sie wollen besonders für ältere Menschen medizinische Abteilungen einrichten. Ich sollte mit einem Café dieses Center bereichern. Er würde sämtliche Genehmigungen für Aufenthalt und Einbürgerung besorgen. „Das ist kein Problem", sagte er.

Dann erwähnte er, dass schien ihm sehr wichtig, den äußerst günstigen Quadratmeterpreis von 2.000 DM für ein Geschäftslokal. Verlockend?

Ein gewisses Misstrauen ist immer angebracht. Das hätte sich erst vor Ort ausräumen lassen.

Ja, wenn ich zehn Jahre jünger gewesen wäre, auch dann nur gemeinsam mit einem zuverlässigen Geschäftspartner, hätte ich mir das eventuell vorstellen können, aber mit 60 Jahren noch einmal so etwas anfangen?

Ich war doch nicht verrückt. 1995 ist er nach Deutschland gekommen. Er war auch im Mangfallweg, wollte das mit mir besprechen, nur ich konnte nicht da sein. Ein anderer dringender Termin war wichtiger. Leider, ich bedauerte es unheimlich, ihn nicht persönlich kennengelernt zu haben. Wir waren noch lange in Kontakt. Er schickte mir Schriften, wo der Anschlag in New York vorausgesagt wurde: ab 1998 sollte das Geschehen.

Meine Gedanken: „Ist das ein Spinner, glaubt der an so etwas?" Als das 2001 dann wirklich passierte, war ich erschrocken, habe alle Schriften, die waren 1993 erschienen, nochmal gelesen.

Da stand auch viel von Unruhen in Europa und Deutschland mit Skizzen, wie die Menschenmassen aufeinander zuströmten, nicht in friedlicher Absicht.

Könnte es sein, dass jemand so etwas voraussieht?

Es muss wohl so sein, denn alles ist bis heute eingetroffen.

Seine so geliebte Mutter ist verstorben, er schickte mir den Nachruf:

„In Remembrance"

Es war eine Selbstverständlichkeit, dass Emily an der Seite ihres Sohnes mit 92 Jahren noch auswanderte nach Kanada zuerst Hamilton, Ontario, dann Vancouver und Kelowna.

Noch bis zuletzt schwärmte sie, „mitzuhelfen" bei der Erstellung eines Medical-Centers absolut einmaliger Art, um den leidenden Mitmenschen durch seelischen Beistand ihr Schicksal zu erleichtern. Sie hatte die Fotographie, des Mitte nächsten Jahres fertigzustellenden Gebäudes in Kelowna noch sehen dürfen, dank Gottes Willen. Eine wahre Lady hat diese Welt verlassen, um rein den ihr gebührenden Platz in einer anderen Welt zum ewigen Leben einzunehmen. Gedankt sei dem ewigen Gott für seine Güte und für seine leitende Hand über Emily. Sie ist im Alter von 102 Jahren von uns gegangen.

In seinem letzten Brief vom 27.3.1996 schrieb er: „Mein Ziel mit dem Medical-Center ist auch noch nicht erreicht, da sich durch Um Zonung das Projekt noch bis 1998 verschiebt, das ist mir zu lange."

Weiter schreibt er: „Die Flucht Deutscher ins Ausland, sei es

nur vorerst mit Geld, ist enorm, zumal hier in Kanada die
Staatsbürgerschaft winkt."
Weiter: „Korrekter Weise sende ich ihnen die netten Fotos
zurück, vielleicht sehen wir uns im Restleben noch einmal.
Bitte trauen Sie keinen Worten mehr den Politikern, die Zeche
müssen Sie und Ihre Kinder zahlen in der BRD – ja in ganz
Europa und das sehr bald."

Wir telefonierten noch einige Male, da hatte ich schon meine
Spanienpläne im Kopf.

***

Mein 60. Geburtstag – es sollte eine schöne Nachfeier für die
gesamte Familie auf dem **Kreuzfahrtschiff „Arkona"**
werden.
Alle waren dabei, auch die Enkelkinder Felix, Max und
Thekla und ich war so stolz darauf, meinen Kindern so eine
Reise bieten zu können, bezahlte einen beachtlichen Preis
dafür.
Abfahrt in Genua, dann zur Mahlzeit in den Essenssaal, da
bekam ich den ersten Schock.
An dem Tisch, an dem mein Sohn mit Familie saß, durfte eine
fremde Frau sitzen. Ich bekam einen Platz weit entfernt
zugewiesen. Sofortige Reklamation: Kein Erfolg, man
schaltete auf stur. Wahrscheinlich sollte ich mit einem fetten
Trinkgeld diesen Platz dort am Tisch meiner Familie
erkaufen! Unverschämt. Ich tauschte dann persönlich mit der
Frau am Tisch meines Sohnes.
Meine Tochter hatte mit Mann einen dreier Tisch.

Das Kreuzen im Mittelmeer ging über Taormina, Rhodos,
Antalya, Limassol, dann zwei Tage, über Ostern 1995 nach

Jerusalem, rein in den Felsendom auf Strümpfen, an die Klagemauer, nach Nazareth und Bethlehem.
Alles Orte, über die wir schon im Konfirmandenunterricht von unserem Pfarrer Dr. Risch so viel erfahren hatten.
Beim Rundgang mit den Teller am letzten Tag wurde nicht etwa um Trinkgeld gebeten, sondern gefordert.
Nie wieder das „Arkona", es war das ehemalige „Traumschiff" der DDR. Jetzt hat es sicher einen anderen Namen und eine Besatzung mit Niveau.
Mit dem Rückflug von Venedig aus endete diese eindrucksvolle Mittelmeer-Kreuzfahrt.

Nun blieb ich noch einige Tage in Ludwigsfelde mit der Absicht, unbedingt einmal nach Bestensee zu fahren, um den Ort anzusehen, wo mein Walter groß geworden ist.
Ein kleines Haus aus Holz, ohne Isolierung, war das. Vom Küchenraum kam man durch eine Klappe in einen ganz kleinen Keller, wo sich die Wasserpumpe befand.
Ein wunderschöner Garten umrundete alles und hinter einer Hecke stand noch ein Fertigbungalow.
Das Grundstück war insgesamt 1.400 Quadratmeter groß.
Eine sehr schöne Gegend war das mit dem Pätzer See in der Nähe und viele Kiefern in verschiedenen Formen gab es, dazwischen immer wieder Wochenendhäuschen, auch Wohnhäuser. Dass Walter nach dem Krieg nicht mehr in dieses einfache Holzhaus zurück wollte, kann ich gut verstehen.
Dieses Grundstück gehörte mir nun auch.

Wieder in Weyarn.
Da kamen immer wieder Kaufinteressenten, vielleicht auch nur Neugierige, die schauen wollten. Dann meldete sich ein Ehepaar aus München. Sie erzählten, dass sie im Auftrag

eines Herren kamen, der das Anwesen unbedingt haben wollte. Ich sollte das Grundstück auf keinen Fall verkaufen, er würde sich demnächst bei mir melden. Eigenartig!
Ich versprach es, doch der sogenannte Interessent meldete sich nicht.
Mal sehen, wie das so weiter geht mit mir, besonders gesundheitlich, denn meine immer wiederkehrenden Herzrhythmus-Störungen machten mir zu schaffen. Die kamen ganz plötzlich, gingen manchmal erst nach drei bis vier Stunden wieder weg. Meprobamat-Tabletten halfen damals.

Vielleicht würde eine Kur Besserung bringen.
„Ja, warum eigentlich nicht mal eine Kur ins Visier nehmen? Und warum nicht mal im nahe gelegenen Italien in Abano oder Montegrotto, da könnte ich sogar mit dem Auto hinfahren. Rose, überlege nicht lange, das ist doch eine tolle Idee. Erst mal diesem tristen Novemberwetter entfliehen, dann mit einer wohltuenden Ganzkörper-Massage am 60. Geburtstag verwöhnen lassen.", waren so meine Gedanken. Ein Hotel in Montegrotto war gefunden, sogar die Kasse übernahm die Kosten und meine Freude war riesengroß, vor allem weil ich auch meinen kleinen Bibi mitbringen durfte.

Auch das Autofahren bis dahin dürfte kein Problem sein, ist ja fast alles Autobahn. Die Fahrt durch die Alpenregion war schon herrlich, sogar die Sonne lugte hervor. So konnte ich vom Brenner bis ins Tal schauen, vorbei an Bozen und Verona bis Padua. Aber nun war es doch da, das Problem. Man sollte sich nicht zu früh freuen, denn in Padua war das Chaos perfekt.
Ich fuhr dreimal durch die Stadt. Da war doch wirklich kein

Hinweisschild nach Montegrotto, oder hatte ich das in meiner blinden Wut übersehen? Eine Straße musste ich rückwärts wieder zurückfahren. Ich war mit den Nerven am Ende: „Scheiße, Mist, zum Kotzen alles in dieser beschissenen Stadt." Noch einige Versuche, bis ich endlich da heraus war aus dieser, meiner Meinung nach, ekeligen Stadt.

Meine gute Laune war erst wieder da, als ich das schöne Hotel „ Olympia Therme" in Montegrotto sah und mein Zimmer. Nun war ich wirklich kurreif und die wohltuenden Behandlungen brachten mir wieder Ruhe und Gelassenheit.

Selbst das „Buon Giorno", wenn ich morgens die Treppe herunterkam, gefiel mir viel besser als das Deutsche „Guten Tag".
Eine Frau, auch Kurgast, sagte mir: „Probieren Sie doch mal die Shiatsu-Massage, die dauert über 60 Minuten, muss aber zusätzlich gebucht und bezahlt werden."
Ja, das habe ich gemacht. Es war wirklich ein Erlebnis der besonderen Art und heute kann ich sagen, einmalig, denn nie wieder konnte ich in Deutschland diese Massage in gleicher Qualität bekommen.
Mindestens einmal am Tag war ich in dem großen Schwimmbecken. Da konnte man von innen durch einen großen Bogen nach außen schwimmen.

Und ich konnte es kaum fassen. Gleich nach zwei Tagen bemerkte ich einen Mann, der beim Schwimmen meine Nähe suchte.

Ein Kurgast war es schon, er saß auch im Speiseraum fast immer allein am Tisch.
Ob das auch ein Deutscher war? Eigentlich egal. Ich wollte

keinen Mann kennenlernen, sondern meine Kur intensiv genießen.

Am nächsten Tag war er auch wieder im Schwimmbad – komisch, immer zur gleichen Zeit wie ich.

Diesmal sprach er mich an, erst auf Italienisch. Doch er konnte auch Deutsch sprechen, weil er in Südtirol aufgewachsen war. In den nächsten Tagen waren wir oft gemeinsam im Wasser, haben dort herumgetollt. Er machte Sprünge vom Beckenrand, verlor dabei seine Badehose. Ach, war das zum Schreien. Irgendwie tat mir die Gesellschaft dieses Mannes gut und ich fing an, ihn genauer zu betrachten: Er war mittelgroß, von normaler Figur mit dunklen, schon etwas weiß durchzogenen, leicht gewellten Haaren. Seine dunklen Augen leuchteten und er musste so in meinem Alter sein. Wenn ich mit Bibi „Gassi" ging, war er dabei, blieb an meiner Seite, war aufmerksam, höflich und galant.

Dann seine Frage: „Kommst du heute Abend zu Tanzen mit? Per favore! (Bitte)"

„Ja", habe ich gesagt, obwohl ich an mir gezweifelt habe. Es kann doch wohl nicht wahr sein: Warum verfällt man immer wieder dem Charme dieser italienischen Männer?

Er hielt mich fest umschlungen beim Tanzen, seine Lippen berührten meinen Hals, ein unheimliches Wonnegefühl. Ich war meinen Gefühlen total ausgeliefert, Widerstand zwecklos und warum eigentlich? Ich war doch frei und ungebunden.

In den letzten Jahren hatte ich es mit dem todkranken Walter zu tun, mit dem impotenten Herbert und Ferdi war ein alter Mann, jenseits des Möglichen. Nun hatte diese Kur noch einen besonderen Höhepunkt.

Lust und Leidenschaft für uns beide, unbeschreiblich, noch
nie im Leben hatte ich das erlebt.

Kann Sex auch süchtig machen?

„Ja!" Immer wieder waren wir, auch am Tag, in meinem oder
seinem Zimmer verschwunden.

Dieser Costa da Roit war ein großartiger Liebhaber.

Die restlichen 14 Tage vergingen wie im Traum, die Abreise
näherte sich.

Er fuhr mit seinem Auto vor, Ziel war Verona, da wohnte er.

Ich blieb noch drei Tage bei ihm. Er wollte mir noch die
Sehenswürdigkeiten und interessante Gebäude in Verona
zeigen.

Die große Arena haben wir nur von außen betrachtet, dann
sind wir zu dem weltbekannten Haus mit Balkon der Julia
gelaufen (Romeo und Julia). Auch die Statue der Julia stand
in der Nähe, unbedingt sollte ich sie an den Brüsten berühren.
Er bestand darauf. Das hatte wohl irgendeine Bedeutung.

Dann der Bummel durch die Geschäfte.

Auch das typische Leben beim Bummeln durch die Straßen
durfte ich kennenlernen. Dazu gehörte das Geknatter der
kleinen Motorräder. Die jungen Männer gaben ordentlich Gas
und fuhren blitzschnell und dicht an uns vorbei.

Mein Rückreisetag war gekommen. Der Abschied ist uns
nicht schwer gefallen, denn er war ja nicht für immer. Costa
ist dann mit dem Zug bis Rosenheim nach Bayern gekommen.
Dort habe ich ihn vom Bahnhof abgeholt.

Wir waren auch in München, da hat er mich in so einen
Sexshop reingezogen. Das war mir fast peinlich. Gekauft
haben wir nichts, er wollte mir den bloß zeigen.

Das war nun Mann Nr. 9

Im Sommer 1995

Ferdi hat angerufen und den Besuch mit Kaufinteressenten angekündigt. Ich, in freudiger Erwartung, vielleicht klappte es ja diesmal, dass ein Kaufvertrag zustande kommt.

Mit Ferdi hatte ich vorher auch über einen Betrag gesprochen, von der untersten bis höchsten Summe.

Nun standen wir alle in dem großen Wohnsalon. Die Leute schienen von dem tollen Ausblick auf Weiher und Wald beeindruckt.

Eine Spannung lag in der Luft, denn nun kam die Sprache auf den Preis. Ferdi nannte einen Betrag, der unseren abgesprochenen Höchstpreis weit überschritten hat.

Ich zuckte zusammen, war fassungslos, Wut kam auf.

Verdammt!

Wieder so eine wahnsinnige Enttäuschung, nun wollte Ferdi daran auch noch verdienen. Ich wollte das Grundstück nicht etwa zum Schätzpreis verkaufen, aber auch nicht zum Wucherpreis. Wann hat man es endlich mal mit ehrlichen Menschen zu tun?

Meine Absprache mit Ferdi: „Bitte halte dich in Zukunft raus aus dem Verkaufsgeschäft."

Mir schien alles wieder so trostlos, auch anonyme Anrufe hatte ich auf dem Band, die mir nicht gerade alles Gute wünschten. Es musste etwas geschehen, ich musste wieder einmal selbst aktiv werden. Auch beim Bürgermeister von Weyarn war ich, weil ich wusste, dass eine Straße auf der Hangseite gebaut werden sollte. Daher habe ich der Gemeinde das Grundstück zum Kauf angeboten. Die Gemeindevertreter wollten das wohl nicht.

Mir war längst klar, was hier gespielt wurde. Alle warteten auf eine Versteigerung.
Den Eindruck konnte man haben, aber diese Ostdeutsche hat den Bayerischen „Löwen" ausgetrickst.

Ich habe mit niemanden mehr über meine Pläne gesprochen, auch nicht mit meinem Rechtsanwalt.
Im „Gmoablatt" hatte ich eine Anzeige gelesen von einem Bauunternehmer aus Gmund.
Da bin ich hin. Er kam, das Grundstück ansehen und ein paar Tage später stellte er mir seinen Plan vor: Liebe Frau M: „Ich würde vorschlagen, dass wir auf dem großen Grundstück einige Häuser bauen, auch unten auf dem Trockenweiher, und die dann vermarkten."
Nach seiner Rechnung wäre eine schöne Summe dabei rübergekommen, erst nach dem Verkauf fällig. Eine Anzahlung wäre jedoch möglich gewesen. Im Dezember 1995 unterschrieb ich den Vertrag, auch die entsprechende Provision für den Unternehmer. Ach, war ich froh, endlich, nach vier Jahren bewegte sich etwas auf dem Grundstück. Mit den Bauvorbereitungen konnte begonnen werden.
Einige Bäume am Hang sollten entfernt werden, damit die Sonne besser durchkommt.
Der Bauunternehmer hatte alles organisiert. Eine Firma aus Holzkirchen kam mit Sägen, der entsprechenden Technik und begannen, am Hang einige Bäume zu fällen.

Was dann geschah, kann man kaum beschreiben.
Es brachte alle, die im Ort etwas zu sagen hatten, auf die Beine, auch Nachbarn und den Landrat. Alle standen auf meinem Grundstück herum, sahen, was da passierte, doch stoppen konnte das niemand.
Ich war Besitzerin des Grundstücks, hatte einen rechtmäßigen

Vertrag mit dem Bauunternehmer und der hatte die Planung fertig.

Am nächsten Tag kam ein Rechtsanwalt aus München, stellte sich als Kaufinteressent vor.

Nun war ich wieder in einer ganz neuen Situation.

„Was mache ich bloß?" Eine schlaflose Nacht folgte und die Erkenntnis, dass es besser wäre, wenn ich gleich verkaufen könnte.

„Mal hören, was der Bauunternehmer dazu sagt."

Die Ereignisse überschlugen sich.

Von den Kaufinteressenten Herrn und Frau E. wurde ich am nächsten Tag zum Essen eingeladen. Wir fuhren zur Maxl-Mühle. Dort wurde festgelegt, wie es weitergehen sollte.

Der Herr wollte erst einen Vorvertrag machen.

So führen wir zwei Tage danach nach München zu dem Notar v. Wulffen. Der riet ihm wahrscheinlich, gleich einen richtigen Kaufvertrag zu machen, wegen der doppelten Kosten.

Mir sollte es recht sein. Ich wies nur den Notar darauf hin, dass der Bauunternehmer eine Provision erhält. Der Kaufvertrag wurde noch am gleichen Tag unterschrieben. Ich war unheimlich erleichtert und froh, dass nun alles so schnell gegangen ist.

Mein Schutzengel war in allerletzter Sekunde wieder zur Stelle. daran, denn es ist ein Wunder geschehen.

Gerade zu diesem Zeitpunkt stand das „Aus" für unser Restaurant „Waldfrieden" in Ludwigsfelde kurz bevor.

Es war das Jahr 1996. Die ersten fünf Jahre seit der Eröffnung waren vorbei. Jetzt mussten nicht nur die Darlehnszinsen,

sondern auch die monatlichen Darlehnsraten zurückgezahlt werden.
Das war so ein Hammer und für das kleine Restaurant nicht tragbar.

Leider, das Restaurant sollte ja zum Laufen gebracht werden. Dabei wurde der Schuldenberg immer höher und die Darlehnszinsen von 9,5 Prozent bei der Sparkasse und 7,5 Prozent für das KfW-Darlehen waren nicht mehr zu verkraften.
Mir taten meine Kinder leid, die da so vor sich hin kämpften, mit Mahnungen und unbezahlten Rechnungen.
Doch nun dieses Glück für uns alle. Ich konnte sämtliche Darlehen zurückzahlen und den ausverschämten Banken den dicken Daumen zeigen.

Nun ging die „Grüß Gott"-Ära nach fast fünf Jahren zu Ende. Jetzt hieß es Koffer packen, der Umzug war für Anfang Mai bestellt. Die herrliche Landschaft mit den Gipfelkreuzen, Keramiktrögen und Trachtenhüten werde ich immer in sehnsuchtsvoller Erinnerung behalten.
Nun hieß es, die noch verbleibende Zeit zu nutzen und die liebgewordenen Orte noch mal zu besuchen, nur auf dem Oktoberfest war ich noch nie.
Doch Zufälle gibt es immer wieder: ein junger Mann, ein kurzes Gespräch an der Kasse bei Edeka.
Er sagte: „Ich will heute noch zum Oktoberfest nach München."
Ich: „Schön, dann viel Spaß und Grüß Gott. Ich hätte das auch gern mal gesehen, aber allein gehe ich da nicht hin."
Schon drehe ich mich um, will gehen, da sagt er: „Moment mal, ich will mich da mit meinen Eltern treffen, die sind direkt von Frankfurt/M. gekommen, wollen das auch einmal

sehen. Da können wir doch gemeinsam nach München fahren. Ich mache Sie mit meinen Eltern bekannt, da könnt ihr dann alles ansehen."

Mit dieser Idee konnte ich mich anfreunden. Schnell eines der schicken Dirndls angezogen und los ging es. Zuerst mit dem Auto in die Tiefgarage beim Pelzhaus und da auf den Frauen P-Platz. Hin zur Wiesn, mit dem Junior einen Topp Kaffee im ersten Zelt, dann dank Handy haben wir seine Eltern schnell gefunden und sind gemeinsam in das nächst größere Zelt. War das eine Stimmung da drin. Ich war wie elektrisiert, so etwas muss man einmal erlebt haben.

Wir haben mit gefressen, mit gesoffen, mit gegrölt.

Nach etwa vier Stunden wollte ich wieder heim, mein kleiner Bibi würde schon warten.

In Gedanken versunken bin ich wieder zum Auto. Die Straßen waren Menschenleer. Das war günstig. Nun sollte es schnell gehen, in meinem Magen rumorte es. Kann sein, das Händl will wieder raus.

„Hoffentlich schaffe ich es noch bis zur Toilette oder ich muss unterwegs anhalten, nur nicht ins Auto kotzen."

Das nächste Problem: Es gibt die Rosenheimer Straße nicht mehr in München. Oder?

Ehe ich weiter herum irrte, wollte ich lieber fragen.

Ach, da stand ja ein voll besetztes Polizeiauto am Straßenrand, die müssten das bestimmt wissen.

Ich hielt an, rannte über die Straße. Der Fahrer drehte die Scheibe runter, ich bückte mich, fragte: „Können sie mir sagen, wo die Rosenheimer Straße ist?" Meine Bierfahne musste direkt bis an seine Nase vorgedrungen sein, doch diese Polizisten waren einfach klasse und sooo tolerant.

Sie fuhren vor, leiteten mich bis dahin und von da kommt man ja direkt auf die A8. Zu Hause stürzte ich sofort auf die

Toilette und danach wurde mir erst mal bewusst, was ich doch für ein Glück hatte, denn beim Fahren unter Alkohol hätte die Fahrerlaubnis weg sein können.

Es scheint, als ob ich manchmal von allen guten Geistern verlassen bin.

Eine Abschiedsrunde in dem schönen Oberbayern musste sein, noch einmal alle interessanten, liebgewonnenen Orte aufsuchen. Dazu gehörte auch das Herzogliche Brauhaus am Tegernsee, die Atmosphäre, das Stimmengewirr dort, alles rustikal typisch bayerisch, dann die „Königslinde" in Bad Wiessee mit dem köstlichen Kuchenbüffet, in Miesbach die tolle Bäckerei am oberen Markt und die Fleischerei unten am Markt mit dem tollen Obazda. Mit Walter war ich das letzte Mal in Bruckmühl zum Essen. Da musste ich auch noch hin. Aber die Lieblingsgaststätte zu dieser Zeit war die Maxl-Mühle in Weyarn. Nur ein schmaler Weg führte dahin, immer an der Mangfall entlang und es gab ein hervorragendes Essen dort.

„Rose, warum trauerst du der Vergangenheit nach? Schau in die Zukunft, aus und vorbei die Zeit mit manchmal auch dramatischen Ereignissen."

Der Umzug stand am 9.5.1996 an.

Die schönen Biedermeier Möbel sollten bei den Kindern bleiben, der andere große Teil, Leuchter, Bilder, Sachen, ging nach Bestensee. Zum Glück war der Bungalow und das Haus dort frei, die Pächter waren ausgezogen. Ich habe sie dafür ausbezahlt, dass sie alles gepflegt und in Ordnung gehalten hatten. So allmählich kam ich mit der neuen Situation klar und Bestensee wurde erst mal mein zu Hause. Es sollte ja nicht für immer sein. Eigentlich hätte mir Spanien als

Altersruhesitz sehr gut gefallen, aber nur nichts überstürzen, alles in Ruhe überlegen.

Auf dem Ludwigsfelder Gaststättengrundstück fielen auch noch Arbeiten an. Da musste das Haus der Familie Schwanke abgerissen werden und auch der Bunker musste weg.
Das waren Kraftakte und immer wieder neue Geldausgaben.
Auch zwei große Gewerbekühlschränke mussten sein und Eismaschinen. Eine im Wert von 22.000 DM steht heute ungenutzt da.
Mein Sohn, der mit seiner Frau und meiner Tochter die Geschäfte im Waldfrieden führte, kam immer mit dem Auto, sie wohnten in einer Mietwohnung.

Die Enkelkinder Felix und Thekla waren gerade elf und neun Jahre. Eine verzwickte Situation, denn mein Sohn wollte nun auf dem Gaststättengrundstück ein Haus bauen.
Das Grundstück gehörte aber mir und meiner Tochter, wir waren eine GbR.
Wir waren aber auch eine Familie, da mussten wir eine akzeptable Lösung für alle finden.
So schenkten meine Tochter und ich meinem Sohn den hinteren Teil des Grundstücks von 994 Quadratmetern.

Gearbeitet haben nach wie vor alle in dem Restaurant, aber plötzlich war meine Tochter nicht mehr erwünscht, irgendetwas schien nicht zu passen.

Sie hat sich dann beruflich ganz neu orientiert, Brigitte Scholl, die Frau des Bürgermeisters, hat sie gut beraten, ihr wertvolle Tipps gegeben. Ich habe sie noch etwas unterstützt, aber eine neue Existenz hat sie sich selbst aufgebaut.

Die Zeit verging, schon wieder zog der Winter ein. Er kam diesmal mit ungewöhnlicher Kälte und viel Schnee daher, wie lange nicht. Ich war in dem kleinen Haus in Bestensee und dachte sogar im Bett noch zu erfrieren, nur mein kleiner Bibi hat mich gewärmt oder wir uns gegenseitig.
Die provisorische Heizung reichte nicht, in der kleinen Küche war alles eingefroren.
Das ging kurz nach Weihnachten los und endete mit meiner Flucht noch einen Tag vor Silvester.

Ja, so ist das Leben, so schnell vergeht das Leben. War es bisher ein glückliches: „Mein Leben?"
Es gibt immer Höhen und Tiefen, vergleichbar mit der Natur, Sonne, Regen, Sturm und beim Meer: Auf der Welle oben bist du glücklich und zufrieden, wenn sie abstürzt fällst du mit herunter.
Noch bin ich eine getriebene, habe Verpflichtungen, aber auch Träume und Visionen, wie es weiter gehen könnte.
Mein Costa da Roit schrieb Liebesbriefe, aber die Fahrt nach Berlin war zu lang. Auch den Ferdi aus Freilassing habe ich in guter Erinnerung, was auch immer geschehen war, er war eine wichtige Persönlichkeit in meinem Leben.

Nun, nachdem dieser eisige Winter mich aus Bestensee vergrault hatte, musste etwas geschehen, aber was?

Ich, Mitte 60. Wie konnte ich mein verrücktes Leben wieder in ein ruhiges Fahrwasser bringen und vielleicht noch finanziell etwas gut machen?
Ich hatte zwar noch restliches Geld, aber eine sehr kleine Rente.

Im März eine Anzeige einer Immobilien-Firma, die einen Drei-Tages-Trip nach Malaga an der Costa del Sol in Spanien anbietet, um dort Wohnungen vorzustellen.
Das machte ich mit. Ein junger Mann aus Berlin war mein Begleiter. Übernachtung im Hotel „Palacio" in Malaga, direkt am Meer und nächsten Tag zur Besichtigung einer noch im Bau befindlichen Wohnanlage in Torrox.
Zwei Wohnblöcke standen, für die anderen waren Skizzen vorhanden, wo noch Wohnungen frei waren, die wir nun anzahlen sollten. Das Gelände, etwas höher, auch eine Gaststätte war da geplant. Wir waren insgesamt etwa 20 Personen aus der gesamten BRD mit jeweils einem Vermittler, viele haben gekauft, wollten sicher auch ihr Schwarzgeld los werden – ich habe nicht gekauft.
Erst mal eine lange, ungewisse Wartezeit, der teure Preis und die Entfernung zum Meer.

Strand und Promenade waren nicht so besonders reizvoll, dazu der schwarze Lava-Sand, wie überall dort an der Costa del Sol.
Nein, überhaupt: Was sollte ich mit einer Wohnung, ich wollte auch einen Zitronenbaum.
Wieder um eine Erfahrung reicher, nur der junge Mann, mein Vermittler, hat mir leid getan, weil er nun keine Provision bekommen hat.

Eine Neuorientierung war nötig, auch was den Hausarzt betraf. Dr. Donhauser aus Miesbach war weit entfernt, doch nun hatte ich Frau Dr. Dietrich aus Königs Wusterhausen gefunden. Von ihr hatte ich eine Überweisung zum Röntgen-Arzt, auch in dem Ort, mit Straße und Hausnummer. Doch wo war das genau?
In der Straße war ich schon unterwegs, ich musste fragen.

Da schlenderte ein großer schlanker Mann auf dem Bürgersteig, der könnte das wissen.

„Hallo! Können Sie mir sagen, wo hier die Röntgenpraxis ist in dieser Straße?"

Er überlegt kurz und sagte: „Ich komme mal eben mit, da vorn müsste es sein."

Ein kurzes Gespräche, wo ich mich als mal eben aus Bayern Zurückgekehrte vorgestellt habe.

„Es ist ja ein Wahnsinn, wie sich hier alles verändert hat, auch so viel Neues ist entstanden.", sagte ich zum Schluss.

„Meine Kinder wohnen in Ludwigsfelde und ich im Moment in Bestensee in der Siedlung Ecke Seeweg."

Die Praxis war gefunden, ich bedankte mich herzlich und verabschiedete mich. Als ich fertig war, die Lunge wurde geröntgt, sicher waren 45 Minuten vergangen, da stand dieser Mann noch draußen vor der Praxis.

„Na so was", ich war vielleicht überrascht. Irgendetwas schien ihn zu interessieren, so gingen wir gemeinsam zu meinem Auto. Da erzählte er, dass er jeden Tag in der Mittagspause am Nottekanal spazieren geht, raus aus der stickigen Büroluft, denn er arbeitete im Landratsamt.

„Mein Zuhause ist aber dicht an der polnischen Grenze", sagte er, ich fahre jeden Tag ungefähr 150 Kilometer mit dem Auto. Aber es schien ihm nichts auszumachen, hatte ich den Eindruck.

Im weiteren Gespräch sagte er, dass er auch zur Jagd gehe und in den großen Wäldern um Königs Wusterhausen nach Pilzen unterwegs sei.

„Aha, zur Jagd gehen sie? Ich habe auch zwei Waffen, ein Gewehr und eine Pistole Browning 7,65, von meinem verstorbenen Walter übernommen. Die sind auch registriert.", sage ich darauf. Angekommen an meinem Auto reichten wir uns die Hände, wünschten uns alles Gute.

Am nächsten Abend kam jemand mit einem Renault „Espasce" um die Ecke und hielt am Seeweg an. Zufällig beobachtete ich das und da stieg doch dieser Mann aus, mit dem ich mich in Königs Wusterhausen unterhalten hatte. Ich war platt und genervt, denn so etwas mag ich überhaupt nicht, wenn jemand plötzlich unangemeldet kommt. Scheinbar hatte er sich „Ecke Seeweg" gemerkt, kam auch zum Nebeneingang dort herein – er wollte die Waffen sehen.
Gewehr und Pistole hatte er angesehen, für das Gewehr waren keine Patronen dabei.
Nun setzte er sich in der kleinen Küche auf die Bank, scheinbar hatte er es nicht eilig. Ich servierte ein Wasser, er wollte sich unterhalten. Nach etwa einer Stunde fuhr er wieder los, mit Küsschen hat er sich verabschiedet.
Na, das war ja ein Überfall.
Ich hatte ihn als sehr ruhig und überlegt in Erinnerung.

Jetzt kam er öfter vorbei, mit immer einem anderen Vorwand und schließlich entpuppte er sich als Draufgänger!
Er wollte küssen und intim werden.
Komisch, trotzdem war ich auch wieder etwas angetan.
Und ich kann jetzt schon im Voraus sagen: Es wurde Mann Nr. 10.

***

Mann Nr. 10

Neue Liebe, neues Glück?
Da bahnte sich eine Geschichte an, die auch mit viel Dramatik
verbunden war.
Immer mehr haben wir voneinander erfahren. Das war mir
auch wichtig, denn so allmählich fing ich Feuer.
Bei so einem gutaussehenden Mann musste doch auch Frauen
mäßig etwas laufen oder gelaufen sein.

So wie ich es vermutet hatte, war es dann auch: Er, viele Jahre
bereits geschieden, erwachsene Kinder, danach viele
„Bekanntschaften", war er letztendlich vor zwei Jahren
nördlich von Berlin hängengeblieben bei einer Frau, die ein
schönes Anwesen hatte am Rande der Stadt nahe am Wald.

Ein Bächlein plätscherte dort auch, alles passte wunderbar,
auch die Frau schien ihm zu gefallen, sodass er schon die
Vorstellung hatte, als Rentner dort hinzuziehen.
Ja, was wollte er dann von mir?
Wie halte ich so eine Situation aus? Eigentlich hätte ich diese
Geschichte beenden müssen, hatte aber im Moment nicht die
Kraft.
Und er? Was hatte er für Vorstellungen, warum tat er das
seiner festen Freundin an, so eine zweigleisige Geschichte zu
fahren?
Ich fand keine Antwort, nur meine Einschätzung: nicht
charakterfest!

Ein gemeinsamer Urlaub mit seiner Freundin war schon lange
geplant, er wollte unbedingt mit dem Auto nach Island, die
fauchenden Geysire sehen und in eigener Regie die Insel
erkunden. Im Spätsommer ging es los, mit dem Auto mussten

sie ja erst mit der Fähre übersetzen.

Die 14 Tage „Island-Reise" mit seiner Freundin waren bald vorbei und schon wieder stand er vor meiner Tür.

So viel Frechheit machte mich sprachlos, doch ein paar Worte, um die Sache zu beenden, fand ich noch: „Mein lieber Kurt, dein Verhalten gibt mir Rätsel auf. Ich kann es weder begreifen noch ertragen, bitte lass mich in Ruhe und verschwinde!"

Ganz kurz wollte er mir noch von seiner Reise erzählen.

Also, auf der Insel war es zu einem Krach gekommen mit seiner Freundin. Was war passiert?

Nach seiner Schilderung hielten sie mit dem Auto an, seine Freundin blieb im Auto. Er wollte irgendetwas Interessantes ansehen. Nur er kam erst nach zwei oder drei Stunden wieder zurück. Vielleicht hatte er sich verlaufen? Inzwischen war es dunkel geworden, überall zischte und grummelte es auf dieser unheimlichen Insel, seine Freundin hatte Ängste ausgestanden, da allein im Auto.

Nach dieser Geschichte, vielleicht war noch mehr passiert, war das „Aus" gekommen, sie wollte nicht mehr.

„Ach, du liebe Güte, jetzt ist dieses Ereignis auch für unsere Beziehung bedeutsam geworden, mal sehen wie das so weiter geht."

Ich war nach, wie vor am Pendeln zwischen Bestensee und Ludwigsfelde, immerhin 36 Kilometer und inzwischen auf der Suche nach einem neuen Zuhause.

Bei meinem Walter stand Teneriffa an erster Stelle. Das wäre mir zu weit für ein Domizil in der Sonne.

So war die Costa Blanca im Moment mein Favorit, weil man da auch gut mit dem Auto hinfahren konnte.

Auch die Geschichte mit diesem Kurt schien nun interessant zu werden. Wir starteten die erste gemeinsame Tour mit seinem Renault Espasce und da gab es auch gleich eine Besonderheit, denn in diesem Auto wurde auch geschlafen. Im hinteren Teil war genug Platz für Matratzen und Betten und ich, wie immer abenteuerlustig, wollte das mal ausprobieren.

Unser Schlafmobil und Transportwagen

Das Auto hat Kurt zum Schlafen immer in ein Waldgebiet gefahren, Wassertanks für die Katzenwäsche waren dabei, bei längerer Tour wurde eine Hotelübernachtung eingeplant.
Kurt fragte oft: „Wann fahren wir denn mal nach Weyarn? Ich möchte das gern einmal sehen, wo du da warst."
Ein paar Tage später: „Du, Liebes, ich habe eine Idee. Wir könnten Donnerstag abfahren nach Weyarn, dann weiter nach Frankfurt/Main zur Buchmesse und dann nächsten Tag zur Caravan-Ausstellung nach Düsseldorf."

203

„Na gut, einverstanden." Ich hatte keine Termine und mein Bibi konnte ja auch mit.
Die erste Nacht haben wir bei Sauerlach im Wald Station gemacht. Er war ein begnadeter „Stellplatzsucher", als Förster kannte er sich im Wald sowieso gut aus. Von da ging es nach Frankfurt/M. und da in die Römerhalle.

Wir konnten eine Vorlesung verfolgen und dabei die Halle mit den großen wunderschönen Sandsteinbögen betrachten. Sehr eindrucksvoll, auch der Römerplatz und die nahe gelegene Paulskirche.
Nach dem Durchwandern der Buchmesse, abends, bei noch schönstem Sonnenschein ein Spaziergang am Mainkai und über die alte Brücke. Von da aus ein schöner, aber eigenartiger Anblick von Hochhäusern und dazwischen die Kirchtürme. Nur 20 Kilometer waren es bis Bad Homburg.
Wir haben in der „Traube" übernachtet, sind am nächsten Tag gleich früh zur Caravan-Ausstellung nach Düsseldorf.
Ich fand es auch interessant, so etwas zu sehen. Aber mein Kurt war ja nun außer sich, ob exklusives Wohnmobil oder kleiner Wohnanhänger, alles musste genau inspiziert werden, außen und innen.
Ich hatte ja Verständnis, trotzdem wurde mir das nach drei Stunden schon zu viel.

Die stickige Luft, gewürzt mit Chemie, dieses Stimmengewirr, gern hätte ich irgendwo gemütlich gesessen und etwas gegessen, mein Magen knurrte. Aber mein Kurt irrte wie hypnotisiert zwischen den Wohnmobilen herum.
„Welchen willst du denn nun kaufen?", fragte ich.
Er: „Na, so eine blöde Frage."
Mit so einem Wohnmobil konnte er ja nicht den Wald ansteuern und bezahlen konnte er den auch nicht.

Nun, also noch am späten Abend, die Rückfahrt. Wir waren total fertig und jetzt lagen noch 600 Kilometer vor uns.

An den Wochenenden waren wir oft bei Kurt. Sein Zuhause war am Rande einer größeren Stadt, direkt an der polnischen Grenze. Das kleine Häuschen, ruhig gelegen, am Ende einer Straße, im Garten viele Obstbäume, auf dem Hof einige Holzschuppen.
Kurt hat immer wieder etwas gebastelt am Haus. Eine Garage sollte auch noch entstehen. Doch lange blieb er nicht bei solchen Vorhaben, dann überfiel ihn wieder dieses Reisefieber.
Spontane Ideen, irgendwo hinzufahren, überkamen ihn ganz plötzlich. In Slubice, gleich hinter der ehemaligen Grenze, waren wir oft, dort auf dem Polen-Basar, auch getankt wurde selbstverständlich in Polen, denn alles war dort entschieden billiger als in Deutschland, damals noch.

Schon wieder ein Reise-Spleen: „Komm, wollen wir nicht ein paar Tage nach Hamburg fahren? Da ist zur Zeit die Hausboot Messe."
„Ja, gern", wieder mal nach Hamburg, in Blankenese war ich schon mal, eine tolle Idee. Natürlich hatte Kurt jedes Boot wieder im Geist auseinandergenommen, hat jedes Türchen geöffnet, ist hineingeklettert. Warum machte er immer so einen Aufriss, wenn er doch nichts kaufen wollte. Rätselhaft, diese Männer.

Wir sind die Reeperbahn entlang, haben das Erotik-Museum angesehen, sind immer wieder durch andere Straßen gelaufen, bis ich nicht mehr konnte.
Kurt hat mich fast geschleppt bis zur „Königstein", die lag im Hafen und darauf konnten wir auch schlafen.

Toll, wie eine Baby-Wiege hat uns dieses kleine Schiff in den Schlaf geschaukelt, auch mein kleiner Bibi war dabei.
War das eine verrückte Zeit.
Überhaupt, wenn Kurt wieder mit neuen Reise-Ideen kam, war das immer mit Stress verbunden.
So, im Dezember 1996, da machte er doch den Vorschlag, dass wir beide eine Spanien-Tour machen sollten. Ein besonderes Ziel gab es nicht. Also, eine Fahrt ins Ungewisse und dann noch im Dezember – aber warum eigentlich nicht? Ich hatte mir das schöngeredet, auch die Vorstellung, dass da in Spanien kein Winter ist, beflügelte mich und die Costa Blanca wollte ich unbedingt gern sehen.
„Wir drei, mein kleiner Bibi, Kurt und ich, verbringen diesmal den Heiligen Abend irgendwo in einem Hotel, das von Palmen umgeben ist", immer positiv denken.
Die Erlebnisse während dieser Reise habe ich täglich aufgeschrieben. Das, was dort steht, und was wir da erlebt haben, war nun gar nicht so lustig.
Erst mal habe ich bis Leipzig im Auto geheult, weil ich den Bibi nicht mitnehmen konnte. Als wir uns in Ludwigsfelde von den Kindern verabschiedet hatten, hat Kurt meinen kleinen Hund genommen und ihn zu meinem Sohn gegeben.
Er wollte nicht, dass er mitkommt.

Kurt hatte Urlaub genommen und so sind wir am 15.12.96 abgefahren, bei leichtem Nieselregen erst mal bis Nürnberg. Dort haben wir den berühmten Christkindlmarkt angesehen, uns durch die Reihen treiben lassen, ein paar gebrannte Mandeln gekauft, sonst weiter kein Bedarf.
Etwa von einem Karussell durchschütteln lassen oder ein paar Büchsen treffen mit dem Ball, mit einem Teddy durch die Gegend laufen. Nein, das ganze Markttreiben war für uns über 60-Jährige nicht mehr so erlebenswert, eher anstrengend.

Nur die schönen Weihnachtslieder brachten eine seltsam wehmütige Stimmung. War das eine Vorahnung?
Wir waren noch oben auf der Burg, haben heruntergeschaut auf das zauberhafte Lichtermeer der Stadt Nürnberg. Noch die schönen Weihnachtslieder im Ohr fuhren wir schon wieder Richtung Heilbronn, eine kurze Strecke, dann runter von der Autobahn, runter von der Straße, ab in den Wald.
In Saarbrücken mussten wir tanken, dann weiter über Lyon bis Avignon. Das war eine Wahnsinnstour von 750 Kilometern. Im „Le Relais D'Avignon" haben wir geschlafen. Ach, tat das gut, diesen Komfort zu genießen von fließendem Wasser, heißem Kaffee und Croissants am Morgen.
In Avignon gibt es eine Mauer, die die gesamte Stadt umfasst. Wir kletterten auch auf den Berg zu der Festung und hatten von dort den herrlichen Blick genau wie die Päpste von ihrem Palast vor vielen Jahren.
Wir waren nun also in Südfrankreich in der Provence. Den betörenden Duft der Lavendelfelder konnten wir nicht mehr einatmen, aber der besondere Duft des Südens war allgegenwärtig und die typische Landschaft mit Zypressen und Korkeichen. Die Fahrt mit dem Auto erforderte viel Aufmerksamkeit. Aber die wunderschöne Landschaft sehen und an besonders schönen Stellen anhalten können, das ist nun wieder der Vorteil bei so einer Reise mit dem Auto.
Diesmal, es war der 17.12.1996, hatte Kurt eine Schlafstelle am Kanal hinter den Weinfeldern angesteuert. Wir waren über Nimes, Montpellier bis Sète gefahren. Eine lichte Stelle, nur der Kanal neben uns. Diesmal konnte ich nicht so gut schlafen, ganz in der Nähe hatte eine Eule geschrien, das war gespenstisch. Ich nannte diese Schlafstelle „Hotel zum Regenbogen".
Weiterfahrt in Richtung Figueres, das ist schon Spanien und die 350 Kilometer bis Cadaques waren erträglich. Davor

wieder runter von der Autobahn und bis ans Meer.
Unterwegs hat Kurt angehalten, diese Kakteenfrüchte gekostet
und schwarze Oliven probiert.
„Gallebitter", sagte er plötzlich, hat sie wieder ausgespuckt.
Der nächste Ort war Roses. Da haben wir wieder eine
Schlafstelle gefunden, tief im Wald.
Diesmal habe ich richtig gut geschlafen, nur die Vögel fingen
beizeiten an, sich zu melden.
So habe ich im Dämmerschlaf den schönsten mehrstimmigen
Vogelgesang gehört. Das war unser schönster Platz bisher. Ich
nannte ihn „Hotel zur Pinie".

Leider kamen am nächsten Morgen ein paar Regentropfen
herunter. Unsere Katzenwäsche musste schneller gehen und
leider ging es meinem Kurt nicht gut, er hatte
Magenschmerzen.
Mit dem Fahren wechselten wir uns nun ab, also weiter bis
Agaro, dort auf den Markt und weiter nach Sant Feliu, Tossa
de Mar, dann Lloriot de Mar im Mercado einkaufen.
In Sant Cebria de Vallalta habe ich im Hotel geschlafen, Kurt

blieb vorsichtshalber im Auto. Am 20.12.96 fuhren wir von
Sont pol de Mar ungefähr 50 Kilometer bis Barcelona.
Das Wetter hätte besser sein können, keine Sonne, mitunter
Regenwolken, die den auch abgelassen haben.
Der Verkehr auf der Strecke wurde hektisch und dicht, na und
in Barcelona erst, Stoßstange an Stoßstange und wir
mittendrin, ich mit der Stadtkarte. Doch das, was Kurt sehen
wollte, haben wir nicht gefunden. Kurt hatte das Auto in eine
Werkstatt zur Durchsicht gegeben. Nun hatten wir zwei
Stunden Zeit für einen Stadtbummel. Barcelona hatte so
unheimlich viel zu bieten. Wo zuerst hin?

Dann mit dem Auto zum Centro und dem historischen
Stadtteil, dort neben der Kathedrale und dem Basar stellten
wir das Auto ab, liefen durch den Basar, kaufen wollten wir
nichts.

Meinem Kurt ging es nicht so gut, er hatte immer noch
Magenprobleme und noch eine leichte Erkältung.
Den Olympia Park haben wir nicht gefunden, dafür den Güell
Park und da wurden wir für unsere Strapazen entschädigt.
Faszinierend, was dieser Gaudi hier geschaffen hat, ein
Wunder. Dann waren wir noch an der Mole unten am Wasser,
haben eine Tortilla gegessen und waren gern bereit, diese
hektische Stadt wieder zu verlassen. Längst hatte sich die
Dunkelheit breitgemacht.
Der Himmel war immer noch wolkenverhangen, wann würde
endlich mal ein Sonnentag kommen?
Wir fuhren weiter Richtung Tarragona und endlich hatten wir
wieder einen Schlafplatz gefunden in der Nähe von
Torredembarra. Mein Name dafür: „Hotel Feldhaus".
Beim Räumen der Sachen nach vorne, um die Betten hinten
im Auto auszubreiten, stellte Kurt fest, dass seine beiden

Taschen weg waren. Meine Taschen waren noch da, nur eine Jeans fehlte und jetzt fiel mir ein, dass ich beim Einsteigen in das Auto in Barcelona meine Geldbörse am Boden liegen sah, vor dem Handschuhfach.

„Ach, bin ich schusselig", so meine Gedanken. Viel war da nicht drin, den großen Betrag hatte ich immer bei mir. Trotzdem, ein Schock für uns, vor allem für meinen Kurt. Was sollten wir denn jetzt machen?
Wir konnten beide kaum geschlafen und fuhren am nächsten Tag zurück nach Barcelona. Kurt ging zu Fuß wieder in zu der Garage, wo das Auto zur Durchsicht war.

Ich hatte inzwischen das Auto an die Seite gefahren, Standlicht angemacht und gewartet, gewartet, gewartet! Vorsichtshalber hatte ich die Türen verriegelt, mir kamen die Tränen und immer wieder gingen meine Gedanken zurück. Wir hätten das in eine andere Jahreszeit verlegen sollen. Trotzdem, gegen Diebstahl ist man nie gefeit.
Jetzt war ich auch froh, dass mein kleiner Bibi nicht dabei war, vielleicht hätten die Räuber ihn erschlagen dort im Auto, denn der hätte bestimmt Krach gemacht.
Nach etwa zwei Stunden kam Kurt zurück. Er hatte erst die Werkstatt, dann mich nicht wiedergefunden.

Dann suchten wir die Kathedrale, da müsste der Einbruch eigentlich geschehen sein, wiederum was nützt das jetzt noch? Wir sind kreuz und quer durch Barcelona, dabei auch am Flughafen vorbeigekommen.

Ich: „Kurt, halte doch mal an, ich will da mal reinschauen." Ein Flug nach Berlin war am 23.12.96 noch möglich. „Was mache ich bloß?" Inzwischen hatte ich auch eine Erkältung, dann das Angstgefühl wegen des Raubs. Ich wollte nur noch zurück. Im „Bristol" haben wir übernachtet, wir lagen schweigend beieinander, eine eigenartige Stimmung war das. Wie sollte es überhaupt weitergehen?

Kurt war überlegte, ob er die Tour allein fortsetzt. So habe ich ihm noch 1.000 DM da gelassen, damit, wie auch immer, er noch Bargeld zur Verfügung hatte.
Am Morgen hat er mich zum Flughafen gefahren. Mir kam das wie eine Erlösung vor.
Ich war überglücklich und zufrieden, Weihnachten wieder in Deutschland zu sein.
Der Kirchgang war noch möglich und vor allem mein kleiner Hund hat sich bald überschlagen vor Freude und sich selig an sein Frauchen gekuschelt.
Nun kam die andere Seite, was meinen Rückflug betraf und natürlich auch meinen Kurt.
Was hatte ich ihm angetan? Ich hatte große Schuldgefühle, in so einer Situation ist man doch füreinander da. Für uns beide eine bittere Erfahrung. Doch das Schlimmste kommt ja noch: Kurt ist wieder zum Hafen runter.
Ich wusste auch, dass er oft interessiert und verträumt die Gegend anschaut. So muss es auch diesmal gewesen sein, denn zwei Männer waren neben ihm, haben angeblichen Schmutz von der Jacke entfernt, dabei die Brieftasche mit Geld und sämtlichen Unterlagen gestohlen.
Indessen habe ich dringend jeden Tag auf eine Nachricht von ihm gewartet, aber er hat sich nicht gemeldet.
Das neue Jahr war angebrochen. Was war nur mit meinem Kurt?
Hoffentlich war ihm nichts passiert.
Plötzlich, am 4.1.1997 abends, stand er vor meiner Tür in Bestensee.
Da habe ich dann erst von dem zweiten Raubüberfall

erfahren, dort unten an der Mole in Barcelona.
Er war auch schon Weihnachten zurück, denn ohne Geld und
Papiere geht ja gar nichts. Eine verdammt schwierige
Situation, die er da erleben musste und dann noch
2.000 Kilometer zurückfahren.

Ich hatte nervlich und seelisch viel zu verarbeiten, unsere
Freundschaft hatte gelitten.

Nun bin ich 14 Tage nach Mallorca mit dem kleinen Bibi,
Kurt musste ja arbeiten. Im April waren wir noch einmal in
einer Ausstellung in Leipzig, aber einen genauen Plan, wie es
weitergehen könnte mit uns und ob wir überhaupt eine
gemeinsame Zukunft wollen, das war offen. Kurt war bei
seinem zum Teil alten Haus immer noch am Bauen, zu
meinen Spanien-Plänen hatte er keine Meinung.
In Bestensee hätte ein neues Haus gebaut werden müssen,
eine Mietwohnung wollte ich nicht.

So habe ich dann meine eigenen Pläne verfolgt, auch ein
neues Auto bestellt, einen VW Passat Variant. Habe die
Vermessungsfirma Leschke bestellt, Grundstück in Bestensee
vermessen lassen, danach auch zwei Käufer gefunden.
Nun wurde es ernst mit der Suche nach einem neuen Zuhause
an der Costa Blanca in Spanien.

Die Bekanntschaft mit dem Ehepaar Kalus aus Königs
Wusterhausen, die schon in Calpe ein Haus hatten, konnte
jetzt sehr hilfreich sein. Sie haben mir in Calpe bei „Don
Pedro" eine Unterkunft besorgt, mich mit meinem Bibi am
Flughafen Alicante abgeholt.
Gemeinsam haben wir noch einen Mietwagen für mich bei
„Viktoria" klargemacht.

Dann haben sie gute Hinweise gegeben und ich, mit einer speziellen Karte für die Costa Blanca und dem Marco Polo Buch, habe mich allein auf den Weg gemacht.

Schon bei „Don Pedro" hatte ich mich umgeschaut, mitten in so einer großen Urbanisation – nein, so etwas wollte ich nicht Nun war ich on Tour, vorn an der Hauptstraße sah ich gleich die Salzseen mit den Flamingos, dann bin ich nach Denia. Da wollte ich anfangen, um die Küste bis zum Süden beim Mar Menor.
In Denia bin ich mit meinem Auto direkt vor einer Kirche gelandet, unbeschreiblich diese vielen Menschen und der Verkehr. Es soll da einen schönen, langen Sandstrand geben, sicher auch die Menschen dazu, also nur weg hier.
Weiter auf der Küstenstraße N 332, vorbei an Javea, Teulada, Benissa mit einem Abstecher nach Moraira. Das liegt direkt zwischen Meer und Berge, eine reizvolle Gegend mit Villen, direkt am Hang gebaut, das hat mir gefallen.

In dieser geschützten Lage sollen die Temperaturen im Dezember, Januar bei 16° bis 17° liegen und die Mandelbäume bereits im Januar blühen. Weiter über Calpe, Altea bis hinunter nach Alcacares, Mar Menor, La Manga, man muss alles mal gesehen haben, aber ohne Hast und Eile. Zwischendurch mit dem kleinen Bibi „Gassi" gehen, in einem Restaurante einen Café con Leche trinken.
Auch das viel umworbene Torrevieja ansehen und staunen. Was war das denn?
So viel Beton, so viele Reihenhäuser, mitunter ganz kleine Buchten wie in der „Gran Avenida". Es gab auch kleine und große Häuser, aber die Masse immer gleich daneben.
Nein, kein Bedarf.
In Santa Pola war es ganz manierlich, da habe ich auch in

einem Hotel geschlafen, am nächsten Tag nach dem Gassigehen dann weiter. An der Küstenstraße lag auch La Villa Joiosa dahinter, sah ich schon von weitem, die Hochhäuser von Benidorm.

Dem Pfeil: Poniente Strand bin ich gefolgt, habe an der Strandpromenade weiter unten auch gleich einen Parkplatz gefunden. Ein feinsandiger, gepflegter Strand war da und an der Strandpromenade unzählige Geschäfte und Bars.

Vorbei an sprudelnden Fontänen nun an den Levante Strand, ebenfalls ein gelbleuchtender feinsandiger Strand, der genauso schön und gepflegt war.

Es war April, noch keine Hochsaison, doch so viele Touristen waren schon unterwegs, manche lagen schon in der Sonne, andere waren in den Bars unterwegs.

Rhythmische Musik klang schon vormittags bis auf die Promenade, drinnen wurde getanzt. Man muss Benidorm selbst gesehen und erlebt haben, hier steppt der Bär.

Ruhe und gelangweilte Touristen findet man nicht, für jeden ist das entsprechende Ambiente dabei. Eigenartig, beim Blick auf Strand und Meer, andere Seite die vielen Bars und Geschäfte. Hochhäuser sieht man gar nicht mehr.

Trotzdem: in Benidorm eine Wohnung? Nein.

Gleich hinter Benidorm ist der Ort Playa Albir, eine hübsche kleinere Variante zu Benidorm, keine Hochhäuser, aber leider ein paar Steine am Strand.

Jetzt bin ich die Straße hochgefahren Richtung Callosa den Sarria, bin durch Alfaz del Pi gekommen, gefällt mir schon besser die Gegend.

Ein Stück weiter, da leuchtete in großen Buchstaben „Super La Nucía". Eigentlich könnte ich gleich mal was einkaufen, habe auf dem großen überdachten Parkplatz mein Auto abgestellt, bin da rein und habe einen sehr schönen Supermercado vorgefunden.

Vor allem die günstigen Preise, ich habe gestaunt.
Alles war billiger als in Deutschland, der Benzinpreis
sowieso.

Nun fuhr ich über die vielbefahrene Hauptstraße vom „Super
la Nucía" auf die andere Seite, da war die Caixaltea Bank und
auch „Fritz Immobilien".
Der Herr hat mir ein kleines Haus gezeigt auf einem 400
Quadratmeter großen Grundstück, fast neu, alles gepflegt,
auch der Preis war in Ordnung, nur entschließen konnte ich
mich noch nicht zum Kauf, wollte noch was anderes ansehen.
Aber diese schöne Gegend hier, etwas höher gelegen, die
Berge rundherum, könnte mir gefallen.
Überall Palmen, Gummibäume, Kiefern, dazwischen
Mimosen, Judasbäume und die wunderschön blaublühenden
Jacaranda-Bäume.

Von den Plantagen, manche reichten bis zur Straße,
leuchteten die Orangen und gelben Zitrusfrüchte und die
neuen Blüten im April verbreiteten einen berauschenden Duft.
Überall sah ich Bougainvillea in verschiedenen Farben über
Mauern hängen, an Häusern hochranken, auch
Oleanderbüsche gab es in vielen Farben, viele säumten die
Straßenränder. Dieses Spanien fing wieder an, mir zu
gefallen, wo ich doch eigentlich so die Schnauze voll hatte
von dieser besonderen Tour mit meinem Kurt im Dezember.

Wir wollten gerade ins Auto steigen, mein kleiner Hund und
ich, da sehe ich ein Schild: Chalet zu verkaufen.
Direkt an der Straßenecke war das, genau an der Straße neben
dem Parkplatz. „Komm, mein kleiner Bibi, da gehen wir
nochmal hin, schauen, was das ist." Auf dem Schild stand:
„Casa vende" nächste Straße rechts Nr. 19.

Es ging nur kurz ein wenig bergan, dann fuhren wir rechts die Straße rein, ich habe gestaunt.

Wollte schon wieder umkehren, weil da nur große Villen standen, doch bei der Nr. 19 fand ich das Haus gar nicht so groß und ein schöner, allerdings verwilderter Garten, war dabei. Das Grundstück etwas am Hang und so schaute ich immer wieder herum. Es war ein Eckgrundstück.
Plötzlich waren gegenüber Leute auf dem Balkon, die mich beobachtet haben.
Es waren Gerlinde und Hans Wolter, die da in einer großen Villa wohnten. Im Gespräch erfuhr ich, dass in der Straße und im Umkreis viele Deutsche ihre Häuser haben.
Nun stand ich vor dem großen Eisentor des Hauses mit dem Verkaufsschild, habe schon mal die Telefonnummer notiert.
Auch Zahnarzt Flöß aus dem Haus daneben kam heran und hat mich vor diesem Verkaufsschild fotografiert.
Angesichts der netten Nachbarn war ich schon angetan, die Sache schien interessant zu werden. Habe Haus und Garten immer wieder angesehen und Fotos gemacht.

Ja, vom äußeren Erscheinen war ich schon beeindruckt. Das könnte es sein, der verwilderte Garten machte mir keine Angst und die Lage überhaupt schien ideal.
Die Seitenstraße Los Arcos Este mit nur vier Häusern an jeder Seite, ohne Durchgangsverkehr, führte von meiner Ecke abwärts und als separate Straße wieder zurück zur Straße, die nach oben in die Siedlung ging und nach unten zur Hauptstraße. Gleich unten an der Hauptstraße waren Super Markt, Bank, Klinik, Apotheke, Tierarzt, Dentist. Meine Nachbarn Hans und Gerlinde, ihr Tipp: „Das Haus kaufen!"

Sie haben auch vom Deutschen Club erzählt, dem DCIB, wo sich regelmäßig deutsche Langzeiturlauber zum gemütlichen Beisammensein, zu Tanzveranstaltungen, zu Wanderungen treffen. Sie beide würden das auch mit organisieren. All diese Hinweise habe ich wissbegierig aufgenommen, wichtig war auch, dass fast alles Leute schon im Rentenalter waren.

Noch einmal bin ich ums Haus, das Grundstück war von einer etwa 1,30 Meter hohen weißen Mauer umgeben. Das Haus war ebenfalls weiß – könnte weißer sein, Farbe muss rauf. Rechts und links neben dem Eingangstor stand eine kleine Palme, dann ging es ein paar Treppenstufen hoch zum Hauseingang, der war von einer schon ziemlich großen Bougainvillea umrahmt. Links um die Ecke konnte man den Garten optimal einsehen, zuerst sah ich eine Bougainvillea, die bis zum oberen Küchenfenster hochgeklettert war und sich am eisernen Gitter vor dem Fenster festhielt. Die hintere Ansicht des Hauses einfach wunderschön:

Ein typisch spanisches Haus. Besonders die untere Terrasse mit den großen Bögen, im maurischen Stil mit Naturstein gefertigt, setzte alles besonders gut in Szene, die gingen bis an den oberen Balkon.

Unten an der Ecke war eine Liane, die, stark wachsend, den halben Balkon oben umrankte, daneben wieder gelbe und rot gefüllte Bougainvillea.

Hier von der unteren Terrasse aus war auch der Eingang zur unteren Wohnung, gleich davor ein Mandelbaum und dann war da neben der Treppe die Guardia civil (Polizei) in Natura, eine Gruppe Euphorbia canariensis, die trotz ihres bizarren Wuchses dicht beieinander standen und etwa 2,20 Meter hoch waren. Wieder ein paar Stufen runter standen Kiefern und ein Feigenbaum.

Halte ich das hier noch länger aus oder bekomme ich eine

Krise?

Die Temperaturen erreichten 21°Celcius, davon konnte es nicht sein, nur diese vielen neuen Eindrücke waren schuld. Neben dem Haus waren noch zwei Orangenbäume, ein Zitronenbaum, ein Aprikosenbaum. Ein ganz besonderes Schmuckstück war der Pfefferbaum mit seinen gefiederten, herunterhängenden und duftenden Blättern.

„Darunter einen schönen Sitzplatz einrichten", so schon mal meine Fantasie.

An jeder Stelle des Gartens spürte man, dass er von den Vorbesitzern mit viel Liebe und Sachkenntnis angelegt worden war.

Alle Fenster waren mit schmiedeeisernen Gittern verkleidet. Das war praktisch, denn beim Lüften konnte man die Fenster offen lassen. Dieser Garten hat mir so gut gefallen mit seinen gut eingewachsenen Bäumen, auch Agaven, Strelitzien und die rot blühende Aloe waren da – ein Naturparadies!

Der Garten ist schon gekauft.

Das Haus war von einem großen Balkon umgeben, der um die Hausecke reichte, das konnte man schon sehen, aber wie sah das Haus innen aus? Ich musste unbedingt diese Nummer anrufen. Diese Spannung war ja nicht auszuhalten.

Am Telefon meldete sich eine Frau, sie sprach deutsch. Brigitte, eine Deutsche, die mit einem Spanier verheiratet war. Selbstverständlich war sie gleich bereit, mir das Haus von innen zu zeigen. Das war am 24.4.1997.

Das Haus innen auch im spanischen Stil, mit Deckenbalken, Holzjalousien, im Wohnzimmer mit Kamin, Steinfußböden, die Küche veraltet, auch keine weitere Heizung, aber fast alles, auch unten im Haus möbliert. Im unteren Bereich neben der kleineren Wohnung war eine Garage.

Grundstücksgröße 803 Quadratmeter, Wohnfläche im Haus 160 Quadratmeter, dabei die Garage.

Der Preis außerordentlich günstig, wohl auch deswegen, weil das Haus ein Jahr unbewohnt war. Die älteren Besitzer mussten alles wegen Krankheit und aus Altersgründen aufgeben, deshalb auch der verwilderte Garten.

Der verwilderte Garten vor meinem Haus

So manch ein Kaufinteressent hat wohl gerade deswegen vom Kauf Abstand genommen – ich nicht!
Ich wollte dieses Haus haben, das war mir inzwischen klar. Oder doch nicht?
Was war nur los mit mir, diese vielen neuen Eindrücke, war ich noch klar im Kopf?
Ich musste klar sein, Basta!
Das erste Mal an der Costa Blanca, nur wenige Tage unterwegs und dann so eine Kaufentscheidung treffen, das war nicht ganz ohne.
Kaum zu glauben, vor sieben Jahren lebte ich noch in der DDR hinter der Mauer, kannte Spanien nur vom Hören oder

aus dem Fernsehen und jetzt bin ich hier und in der Lage, mir ein Haus zu kaufen.

Ein Wunder war geschehen!

Trotzdem war ich wieder einmal sehr, sehr mutig, genauso wie vor zehn Jahren, als ich angefangen habe, die Gaststätte „Waldfrieden" in meinem Heimatort aufzubauen, mit Unterstützung meiner Tochter, die sich am Kauf beteiligt hatte.

Was treibt mich an, woher nehme ich den Mut?

Ist vielleicht auch dieser Zentaur im Spiel, eine Gestalt aus der griechischen Mythologie?

Dieser pferdefüßige Bogenschütze ist mein Sternzeichen „Schütze".

Manchmal denke ich, das stimmt, was da geschrieben wird: Es ist der erstaunliche Blick und der gute Riecher für noch so entfernte Gelegenheiten, hinzu kommt noch die Schnelligkeit, die Impulsivität, die Kühnheit, die dem „Schützen" die Nerven gibt, etwas zu wagen, wo andere sich bescheiden im Hintergrund halten und abwarten! Vielleicht ist das ja so.

Mit meinem kleinen Mietwagen „Clio" war ich noch unterwegs, die weitere Umgebung von La Nucía zu erkunden. Am 28.4.1997 war ich mit dem Taxi nach Benidorm unterwegs, habe bei Brigitte „Tremar Immobilien" den Kaufvertrag unterschrieben. Es wurde eine Anzahlung vereinbart, die sollte binnen zehn Tagen erfolgen. Direkt gegenüber vom Super La Nucía war die Caixaltea Bank, da habe ich schnell noch einen Tag vor meiner Rückreise ein Konto angelegt.

Der rechte Nachbar hat sich angeboten, schon etwas im Garten zu machen und zum Entsorgen einen Container bestellt. Also dann: **Hasta la vista Spanien!**

Am 29.4.1997 bin ich wieder in Berlin gelandet.
Nun musste ich meinen Kindern diese vielen Neuigkeiten berichten. Sie sollten ja auch einen Nutzen davon haben und ein Urlaubsziel.

***

Hauskauf und Leben in Spanien

Für mich allein war das Haus zu groß, die untere Wohnung
an Urlauber vermieten, so meine Vorstellung.
Am 24.6.1997 war der Termin beim Notar: José-Angel
Penálver Picazo in Benidorm, Brigitte hatte die Schecks
entgegengenommen, auch die Verkäufer waren aus
Frankreich angereist.

Anschließend sind wir zum Haus gefahren, die Schlüssel
wurden übergeben.
Wieder ein Glücksmoment!
Nun war ich das erste Mal ganz allein in meinem Haus, ein
überwältigendes Gefühl war das, da auf dem Balkon stehen
und über Häuserdächer hinweg auf das tiefblaue Mittelmeer
schauen. Die Bucht von Altea, selbst den Penon de Ifach bei
Calpe konnte ich aus dem Wasser herausragen sehen.

Mein Wohnzimmer 1997

222

Nicht weit die Berge der „Sierra Bernia", dann hinter mir der „Puig Campana", weiter hinten die Wände der „Sierra Aitana, 1558 Meter hoch, die sollen sogar die kalten Winde von der Costa Blanca fernhalten.

So eine Bilderbuchlandschaft, dazu die vielen Sonnentage. Es war schon etwas Besonderes, wenn man hier in dieser Gegend als Rentner leben kann.

Vielleicht bis ans Lebensende? Aber nur als Langzeiturlauber mit 183 Tagen Aufenthalt im Jahr. Dann könnte ich auch mein Auto mit der deutschen Nummer belassen, wenn ich es mitbringe.

Vielleicht lerne ich ja hier auch noch mal eine „Liebe" für den Rest des Lebens kennen? Wer weiß?

Alles schien wieder spannend zu werden.

So bin ich dann mit Zuversicht und großer Vorfreude zurück nach Deutschland.

Und da ging das große Räumen los: Was kommt mit, Was bleibt bei den Kindern, Was geht in den Müll – Hektik kam auf.

Nach Bestensee habe ich den Antiquitätenhändler bestellt, der vor allem die edlen Kristall-Lüster abgekauft hat und der Rest ging zum Trödelmarkt.

In Ludwigsfelde hat Firma Schröpfer restliche Arbeiten auf dem Gaststättengrundstück verrichtet, Erde in die Grube, damit eine gerade Fläche für Rasen vor der Gaststätte entsteht. Die letzte große Geldausgabe für den „Waldfrieden".

Ich bin in den letzten Jahren immer selbstständiger geworden, alle Entscheidungen musste ich selbst treffen. Ja und wenn man muss, dann lernt man das auch.

Es blieben noch zwei Monate, um in Deutschland alles zu regeln. An Möbeln war nur das neue Doppelbett zu transportieren. Die Musikanlage, Teppiche, Ölgemälde und einige Kartons kamen als Beiladung noch dazu.

Möbel waren im spanischen Haus vorhanden, aber eine korrekt verlegte Heizung musste noch eingebaut werden. Elektriker müssten Schalter und Dosen austauschen und die Maler müssten noch kommen.

Einen älteren, arbeitslosen Mann aus Ostberlin hatte ich ausfindig gemacht, der eine Beschäftigung suchte.
Wir telefonierten uns zusammen und er war gern bereit, auf bestimmte Zeit nach Spanien mitzukommen. Die untere Wohnung war frei und Essen gab es bei mir in der oberen Wohnung.

Er musste nichts bezahlen, konnte auch im Auto mitfahren, sollte aber dafür halbtags auf dem Grundstück helfen.

Wir sind gut angekommen in La Nucía mit meinem neuen Auto. Herr B. war das erste Mal in Spanien. Kaum angekommen, war ich schon bei der Nachbarin Edith zum Kaffee eingeladen. Sie lebte allein in dieser schönen Villa mit Turm. Das gesamte Grundstück lag direkt vor meinem, aber etwas tiefer. Ich hatte einen tollen Blick auf ihren fantastisch angelegten Garten, auch ein großer Gartenteich mit Fischen war da. Ihr Mann war im Jahr davor gestorben.

Nun, beim Kaffee in dem schönen Turmzimmer, waren auch spanische Familien dabei. So wurde mitunter nur spanisch gesprochen und ich saß wie ein Depp daneben.

Herr B. war in der Zeit in Benidorm unterwegs.

Ich musste einige Tage später auch nach Benidorm, meine „NIE" Nummer holen. Es war Ende September, die Heizungsleger wollten in den nächsten Tagen anfangen, Heizkörper standen schon in der Garage.

Bevor es losging mit dem Gestämme im Haus fand draußen ein Naturereignis der besonderen Art statt, man nennt es die **„Gota fria"**.

Es regnete einen Tag und zwei Nächte in Strömen, das Wasser schoss links an meinem Haus vorbei, die Straße herunter. Bei mir war alles gut, aber bei der Nachbarin Edith war ein Chaos, im Garten war ein 500 Quadratmeter großer See entstanden, Treppenstufen waren eingestürzt, alles verwüstet, die Fische irgendwo zwischen den Sträuchern oder tot.

Mein Untermieter hat fleißig geholfen, als die Heizungsleger da waren, hat die Zementreste von den Fliesen entfernt.

So habe ich ihm eine Fahrt zum Castell Guadalest versprochen und gleich am nächsten Tag sind wir dahin. Wir waren auch mit Edith zusammen am Poniente Strand zum Baden. Ich hatte schon wieder eine Einladung, diesmal von Hans und Gerlinde Wolter, die wollten mich mitnehmen zum Tanz im Club (DCIB) im Kaskade II.

Nur zu gern bin ich da mitgegangen, die amtierende Vorsitzende war damals noch „Leni". Auch schon älter, aber sehr resolut und durchsetzungsfähig.

Gleich Anfang Oktober war ich mit Herrn B. auch mal in

Altea. Dort am Strand haben wir im „Ole, Ole", einem typisch spanischen Restaurant, gegessen.

Trotzdem war ich mit der ganzen Situation nicht zufrieden und irgendwie hat das nicht gepasst mit dem Untermieter. Der wollte Spanien kennenlernen und ich mein Haus in Ordnung haben, da hakte es.
Mit meiner Nachbarin Edith waren wir uns einig, der sollte wieder zurück nach Deutschland. Der Bus nach Berlin fuhr in Altea ab. Wir haben ihn beide dorthin gebracht.

Die spanischen Handwerker haben gute Arbeit geleistet, auch eine neue Küche wurde eingebaut.

Mit Edith war ich in Benidorm, diesmal wollte ich mein geändertes Kleid abholen in dem Geschäft. Edith stand neben mir, da haben Räuber in ihre Tasche gegriffen und den Schlüsselbund geklaut. Sicher wollten sie die Geldbörse, aber auch so war das sehr unangenehm.
Einige Tage später hätte mir dasselbe passieren können, denn zwei Frauen waren hinter mir und eine versuchte, in meine Tasche zu greifen, als ich aus dem „Zara"-Laden kam.

Ich hatte den Gurt über die Schulter, den Reißverschluss noch nicht zu, aber sofort gemerkt, dass hinter mir etwas war. Habe der eine Ohrfeige verpasst und laut gerufen: „Policia, Policia". Und siehe, da blitzschnell haben die sich verwandelt, ihre hochgesteckten Haare haben sie gelöst und ihre Jacken über den Arm genommen.

Es war Ende November, die Dekorateure hatten neue Gardinen angebracht und nun konnte herzlich gern Besuch kommen. Das waren erstmal der Fernsehjournalist Gero

Rueter mit seinem Kamerateam Roland Gillich und Heinz
Moll. Die haben Filmaufnahmen gemacht für den WDR.
Anlaufstelle war Familie Wolter. Hans hat über das Leben in
La Nucía berichtet und dabei Zitronen gepflückt. Gerlinde
und ich, wir standen vor meiner Eingangspforte, sollten uns
unterhalten, der kleine Bibi vor uns sprang hin und her und
bellte. Das wurde am 11.1. und am 18.1.1998 unter dem Titel:
„Alter – nativen" im WDR gesendet.
Herr Rueter sagte: „Dass die Costa Blanca ein Zentrum für
Senioren aus Nordeuropa ist, war mir schon während meines
Studiums bekannt. Ich finde es positiv, den Lebensmittelpunkt
im Rentenalter zu verlegen und bewundere die Menschen, die
diesen Schritt wagen. Ich persönlich könnte mir das auch
vorstellen."

Am 21.12.1997 sind meine Carmen und Mäxchen gekommen
und wie üblich sind wir auch hier am Heiligen Abend in die
Kirche gegangen bzw. mit dem Auto bis Benidorm gefahren.
Dort ist die Kirche „Iglesia de san Jaime", direkt am Meer,
auf einem Felsvorsprung gelegen. Innen ist diese Kirche
prunkvoll ausgestattet, auch mit herrlichen Wandmalereien.
Fast alle Plätze in dem großen Innenraum waren besetzt,
Menschen aller Nationalitäten gemeinsam in dieser Kirche,
überwältigend, bei mir kullerten wie immer die Tränen.
Draußen auf dem Platz vor der Kirche haben sich einige
zusammengefunden, einen Kreis gebildet und nochmals
Weihnachtslieder gesungen. Ein eigenartiges, ergreifendes
Gefühl war, dabei das Rauschen des Meeres zu erleben. Die
Boote schaukelten im Hafen, die Umgebung war so anders,
weihnachtliche Stimmung?
Wieder zu Hause haben wir die Lichter an unserem
traditionell geschmückten Plastik-Bäumchen angemacht.
So war Weihnachten in Spanien auch mit Gänsebraten und

Stolle aber schon am nächsten Tag vorbei, denn in Spanien gibt es nur einen Feiertag.

Der Tag der Heiligen Drei Könige am 6. Januar ist der große Feiertag. Da geht es prunkvoll her.
Die Straßen sind mit Lichterbögen geschmückt und Kaspar, Balthasar und Melchior kamen auf Pferden mit viel Begleitung durch die Hauptgasse. Der Weihnachtsmann saß auf einer großen erhöhten Plattform und hat die Geschenke verteilt. Das waren jeweils die Päckchen, die die Eltern vorher abgegeben hatten beim Ayuntamiento in Alfaz del Pi. Wir hatten für Max auch ein Päckchen abgegeben. Er wurde vom Weihnachtsmann aufgerufen. Zum Schluss wurde er mit dem Weihnachtsmann fotografiert. Natürlich war das auch bei den anderen Kindern so – eine sehr schöne Tradition. Silvester lief ebenso farbenfreudig ab.

Weihnachten am Kamin mit „Bibi" und Plastikbäumchen

Wir haben uns das von unserem großen Balkon angeschaut, hatten alle umliegenden Orte im Blick – fantastico.

Am 4.1.1998 ist mein Sohn mit Familie gekommen. Ach, wie habe ich mich gefreut, die ganze Familie war nun beisammen. Wir waren alle, auch meine Tochter mit Max, in Elche im Safaripark, in Guadalest und natürlich am Strand. Als alle wieder weg waren, kam Wehmut auf. Ich war wieder allein mit meinem Bibi. Aber die Traurigkeit verging schnell, ein neuer Termin stand an.
Am 17.01. sollte Bibi den Segen bekommen, dort auf dem Podest direkt vor der Kirche in La Nucía. Eine Menge Leute waren da mit ihren kleinen Hunden auf dem Arm, die großen an der Leine. Jeder ging einzeln mit dem Tier vor bis zum Pfarrer, der gab einige Spritzer Wasser und mit der Hand den Segen, auch Katzen waren da. Ich fand das richtig gut.

Die Ruhe im Haus ab Mitte Januar war so wohltuend. Oft war ich sehr erschöpft, bin abends gleich eingeschlafen, manchmal aber auch nicht, wenn da bestimmte Geräusche waren.
So auch an diesem einen Abend. Ich lag in meinem schönen Polsterbett, bin kurz vor dem Einschlafen, da hörte ich Geräusche, ein seltsames dumpfes Kratzen.
Gleich war ich wieder hellwach und meine Gedanken: „Hat sich etwa so ein Mäusevieh in mein Schlafzimmer geschlichen oder ein anderes Tier? Womöglich noch ein Tier, das nur hier in Spanien zu Hause ist oder eine Ratz?"
Einschlafen war nicht mehr möglich, denn die Geräusche waren nach wie vor da.
Mit einem Besen bewaffnet, habe ich versucht, unters Bett zu kommen. Das war schwierig, weil das Polsterbett bis unten zu war. Dann habe ich mit dem Stiel auf den Boden gestampft, dazu meine Schreie: „Sch, Sch, Sch", aber nichts bewegte

sich, nichts hat fluchtartig den Raum verlassen, auch im Einbauschrank war nichts. Die Spannung blieb, aber auf einmal war Ruhe.

Zwei Tage danach, kurz vor dem Einschlafen, wieder das Geräusch, als ob da etwas am Kratzen oder Nagen ist. Jetzt wir es ernst, ich musste das Tier finden. Das Geräusch kam aus der linken Ecke, wo der alte Nachtisch stand. Das „Tier", das ich suchte, war ein riesiger Holzwurm, der „Hausbock", von der Art, die es in Spanien gibt.

Als ich den Nachtischkasten aufzog, war nichts zu sehen. Erst bei leichtem Druck auf die Lackschicht kamen die Fraßgänge zum Vorschein. Nun habe ich die Gänge mit dem Schraubenzieher verfolgt, habe sie nach und nach aufgebrochen und dann war er da!

Schnell noch ein Foto, dann wurde das Todesurteil vollstreckt.

Die Nachttische waren eh wertlos, ich wollte neue kaufen, mit einer passenden Frisierkommode dazu.

Die Larve des „Hausbocks", gefunden im Nachttisch

Das Leben in Spanien bot immer wieder Überraschungen und neue Eindrücke. Dienstags war Wandertag, Treffpunkt auf dem Parkplatz vom Super la Nucía.
Von da ging es gesammelt weiter bis in die Berge, mit anschließendem Essen in der Seniorenresidenz „Montebello." Wie ich später erfuhr, hat man „Erich" direkt neben mir platziert, ich sollte gefallen an ihm finden.

Die deutschen Langzeiturlauber/Residenten feierten auch hier in Spanien den Karneval. Ende Februar war die große Karnevalssitzung vom CCC Calpe, außergewöhnlich und großartig organisiert, mit entsprechender Musik und Büttenreden in einem extra dafür aufgestellten großen Zelt. Unser Verein war mit dem Bus dahin, Erich war auch dabei. Wir haben auch getanzt, wieder das Auseinandergetrete. Sogar aus Dessau war ein Karnevalsverein angereist.

Die Fahrt zur Kirschblüte war herangekommen.
Ich durfte vorher die Teststrecke mit aussuchen.
Der Bus, etwa 30 Personen, waren drin, fuhr in Richtung Pego, dahin, wo die vielen Kirschbäume stehen, die in der etwas kühleren Höhenlage sehr gute Bedingungen hatten. An den Straßenrändern kleine Häuschen, manche schon verlassen, an den Berghängen terrassenförmig angelegte Felder. Der Bus hat wieder kurze Zeit gehalten, einige haben Fotos gemacht, ich habe die herrlichen Zistrosen bewundert. Hier, im Hinterland, ist die Natur noch in Ordnung. Während der Rückfahrt saß eine Frau neben mir, die außerordentlich gesprächig war, sie lachte viel und erzählte gleich ihre ganze Lebensgeschichte, auch dass ihr Mann, ein Engländer, vor zwei Jahren verstorben war. Sie wohnte nun allein in einem Hochhaus in Benidorm, direkt am Poniente Strand. Ihr Zuhause war aber in Meersburg am Bodensee.

Meine Situation kannte sie inzwischen auch und so machten wir schon im Bus gegenseitige Besuche klar.
So schnell kam wieder eine Freundschaft zustande und diesmal war es die Rosi B.
Zwei Engländerinnen waren zu Besuch bei ihr, die wohnten aber im Hotel „Rosamar", auch ein Hochhaus in Benidorm.
Unten im Rosamar war täglich Tanz und die Engländerinnen haben uns eingeladen, da einmal mitzugehen. Natürlich gern, und gleich beim ersten Mal war es spannend. Einige Männer stürmten an unseren Tisch, mich forderte ein Mann, nur ein wenig größer als ich, zum Tanz auf. Er war gut gekleidet, konnte auch gut tanzen, aber leider kein Wort deutsch. Es war ein Spanier, ich wusste auch nicht, ob er im Hotel wohnt, war mir auch egal.
Drei Wochen später sind nur wir zwei, Rosi B. und ich, wieder dort hin zum Tanzen und um der tollen Musik zuzuhören, es spielte ja immer eine Originalkapelle.
„Ach, das kann doch nicht wahr sein", dieser Spanier war auch wieder da, mit dem ich beim letzten Mal getanzt hatte. Nun, als er mich sah, kam er gleich wieder, hat mich zum Tanz aufgefordert.

Diesmal kam er beim Tanzen immer näher und dichter heran, wollte den Kopf an meinen legen, Oh Nein, das wollte ich nicht. Auch Rosi B. war unzufrieden, so sind wir da ganz schnell wieder abgehauen.
Trotzdem, der Aufenthalt dort im Rosamar war sehr angenehm, ein internationales Publikum, zum großen Teil Hotelgäste, die meisten auch schon im fortgeschrittenen Alter.
Dieser „Erich", den man mir im Montebello an die Seite gesetzt hatte, würde wohl auch Interesse an einer Bekanntschaft mit mir haben, das sagte meine Nachbarin Gerlinde. Auch er war mit im Vorstand des DCIB Clubs.

Ganz vorn rechts „Leni", dann Hans und Gerlinde Wolter

Eigentlich ein gutaussehender Mann mit toller Silbermähne und immer hochrotem Gesicht.

Ich zeigte kein übermäßiges Interesse , schon deshalb nicht, weil Gerlinde mir gesagt hatte: „Rosemarie, sei vorsichtig, der ist geizig, will freigehalten werden." Trotzdem hat er mich zu seiner Geburtstagsfeier im Montebello eingeladen, er wurde 70.
Es war April, wir saßen, etwa 26 Personen, auf der langen Terrasse bei herrlichem Sonnenschein mit Blick auf das Mittelmeer und die Berge.
Diese Residencia war unter deutscher Leitung, die Bewohner internalional. Einmal war ein Zettel an der Anschlagtafel: „Wohnunterkunft für Zivildienstleistenden gesucht". Ich habe meine untere Wohnung angeboten, wir wurden uns auch finanziell schnell einig und so ist Daniel aus Ahlen dort eingezogen.

Meine Nachbarin Edith hatte kein Auto und war immer zufrieden, wenn sie mit mir zum Einkauf mitfahren konnte. In letzter Zeit hatte sie eine Macke, maulte herum und wollte mir nicht gestatten, mein Mimosenbäumchen aus dem Gartencenter, etwa 1,5 Meter von ihrer Mauer entfernt, an der rechten Seite einzupflanzen. Ich hatte keine Erklärung dafür. Der schöne Duft konnte doch nicht stören, aber vielleicht war die Urne von ihrem Mann gerade in dieser Ecke?

Ein paar Wochen später fragte sie: „Wollen wir nicht einmal nach Callosa fahren, da sind wieder die Umzüge der ‚Moros und Christianos', die musst du mal sehen, eine alte Tradition der Spanier."

Wir dahin, viele Menschen standen schon am Straßenrand. Ich schaute gespannt in die Richtung, wo der Lärm herkam und schon sind sie an uns vorbei, die „Mauren" und die „Christen" in prachtvollen Kostümen. In kriegerischer Haltung sind sie, mit Säbeln bewaffnet, aufeinander los gegangen, dazwischen Musikkapellen und Böllerschüsse in ohrenbetäubender Lautstärke.

Zum Tanz ist Edith nicht mitgekommen, aber Rosi B. schon. Wir beide waren noch unternehmungslustig, so passten wir auch gut zusammen, beide waren wir „Schützen".

Das Thema „Männer" war zwar abgehakt, sie war inzwischen auch schon 70 Jahre, trotzdem waren wir gespannt, was uns im Rosamar im Tanzsaal noch alles über den Weg laufen würde. Wir hatten nun Spaß daran Männer, zu testen: Können sie gut tanzen, sind sie galant und höflich, was hatten sie für Absichten, wollten sie intim werden? Das war immer spannend und wenn es gefährlich wurde, sind wir abgehauen.

Nun war wieder Besuch aus Deutschland angekommen, diesmal die Frau von Pfarrer Schewe und Tochter Anja. Acht Tage blieben sie in der unteren Wohnung.

Natürlich waren wir auch in Altea, die alte prächtige Kirche ansehen, die war auch offen. Anja fing plötzlich an, da drin ein Kirchenlied zu singen, unglaublich diese Akustik.
Viele der Anwesenden dort waren ergriffen, still und haben die Hände gefaltet. Ein wirklich schöner Augenblick.
„Morgen bringe ich meinen Besuch wieder nach Alicante zum Flughafen", sagte ich in kleiner Runde beim DCIB-Treff.
Dieser Erich stand daneben, hat das gehört und fragte spontan, ob er nicht mitkommen könne zum Flughafen. Nach kurzer Überlegung sagte ich: „Ja, Sie können mitkommen."
Schon wieder im Auto, zur Rückfahrt bereit, seine Frage: „Wollen wir hier in Alicante nicht mal die Burg ‚Castillo de Santa Barbara' ansehen? Da können wir sogar mit dem Auto hochfahren." Ja, gut machten wir. Eine schöne Sicht von da oben auf Alicante und das Meer. Wir haben ein Hochzeitspaar beobachtet, das gerade auch da oben war. Fotos sollten gemacht werden, doch das war schwierig, weil Windböen Kleid und Schleier immer nach oben getrieben haben.
Erich stand ganz dicht neben mir, legte seine Hand um meine Schulter, ich hatte schon so eine Ahnung, dass da etwas kommt, war trotzdem überrascht.
Sicher suchte er Anschluss, wollte raus aus seiner Einraum-Wohnung. Mit der Vorsitzenden des Single-Clubs Lilo war Schluss und bei mir wollte er vielleicht kostenlos wohnen? Nein, ich habe ihn mit seinen Taschen nicht hereingelassen.

Inzwischen waren wir im Wonnemonat Mai. Rosi B. sagte „Wollen wir nicht mal wieder ins Rosamar gehen?" Ja, machten wir und wenn gleich ein entsprechender Parkplatz gefunden wurde, hatte man besonders gute Laune.
Also, rein in den Tanzsaal und schauen, was uns heute erwarten würde. Ein Schock für mich, denn der spanische

Tänzer war wieder da, auch das gleiche Ritual. Er forderte mich zum Tanz auf, war aber anständig und zurückhaltend.

Er erzählte immer von seiner Habitation (Wohnung). Ich sollte sie mal ansehen: „No Quiero – nein, ich möchte nicht." Habe das Rosi B. erzählt, da sagte: „Na klar, da gehen wir beide hin, mal schauen."
Wir waren beide neugierig, wie so eine Wohnung im Hochhaus in Benidorm bei so einem älteren Spanier aussieht. Nun nochmal: „Ja, ich komme, bringe meine ‚Amiga' mit." Termin. Haben auch das Haus nach seiner guten Beschreibung gleich gefunden, was in Benidorm sonst gar nicht so einfach ist.
Fassungslos standen wir beide nun da und konnten nur staunen über die sehr modern und komfortabel eingerichtete Wohnung, wo kein Staubkörnchen zu sehen war. Wir sollten eine Tasse Kaffee trinken, dann ging er voran mit einem Schlüsselbund über den Außenflur, machte eine Tür auf und da war eine ebenso schön eingerichtete Wohnung, die ihm auch gehörte. Es wohnte aber niemand darin. Jetzt waren wir doch sprachlos, das hätten wir nicht erwartet.
Angeblich war er aus dem Baskenland nach Benidorm gezogen, vielleicht weil seine Frau verstorben war oder er dort sein Haus verkauft hat, um sich die Wohnungen leisten zu können. Wer weiß? No saber.
Fakt war, dass er nun in Benidorm auf Frauenfang war.

***

Ich hatte eine Reise mit dem Autozug ab Narbonne, Frankreich, nach Deutschland gebucht.
Abfahrt Ende Mai 1998 in La Nucía, immer auf der Autobahn A7 Richtung Grenze. Kurz vor Barcelona so viele

Hinweisschilder und auf einmal war ich runter von der
Autobahn und schon in der Großstadt Barcelona unterwegs.

„Ach, du Kacke, was mache ich denn jetzt", mir war zum
Heulen zumute, aber das nutzte ja auch nichts, ich musste
fahren, fahren, fahren, aber welche Spur? Die Ampel stand
auf Rot, wo einordnen, kein blaues Hinweisschild auf die
Autobahn, es war zum Verzweifeln.
Bestimmt eine Stunde ist vergangen, bis ein Wunder geschah
und ich einem Autobahnschild folgen konnte. Im Hotel
„National" in La Jonquera direkt an der Grenze habe ich mit
Bibi wieder geschlafen.
Am nächsten Tag nur noch 100 Kilometer bis Narbonne, ab
14 Uhr begann das Verladen der Autos. Dann endlich war der
Stress zu Ende und ich saß mit meinem Bibi ganz allein im
Abteil, musste natürlich den vollen Betrag bezahlen.
Am nächsten Tag um 15 Uhr waren wir in Berlin-Wannsee,
besser kann man so eine weite Tour gar nicht erleben.

Wieder in Deutschland gab es auch ein Wiedersehen mit
meiner Mutter, die ja immer noch in Wietstock lebte.
Sie war mit meiner Schwester Anneliese bei uns im
Biergarten. Wir haben viel erzählt, sie hat sich über den
kleinen Bibi lustig gemacht, ein schöner Nachmittag.
Wir hatten in den letzten Jahren, nach meiner Scheidung von
Wolfgang 1981, nur noch schriftlichen Kontakt. Wir haben
uns liebe Briefe geschrieben, in Wietstock in meinem
Elternhaus war ich seit 1984 nicht mehr.
Das Grundstück mit Haus haben meine Schwester Erika und
ihr Mann bekommen.
14 Tage nach unserem Zusammentreffen ist meine Mutter an
einem Herzinfarkt gestorben.
Nun war ich gerade in Deutschland und konnte an der

Beerdigung teilnehmen. Das Schicksal hatte so entschieden, dass wir uns noch einmal sehen, unglaublich.

Mein Vati ist schon mit 77 Jahren gestorben. Wir, mein Sohn Frank und ich, wollten ihn im Krankenhaus, Außenstelle Gröben, besuchen. Als wir in sein Zimmer kamen, hat er geschlafen, die unqualifizierte Schwester kam und hat ihn ein paar Mal geohrfeigt, er sollte wach werden.
Bis ich ausgerastet bin und gesagt habe, sie soll den Mann doch schlafen lassen.
So haben wir schweigend bei meinem Vati neben seinem Bett gestanden, vielleicht zehn Minuten. Plötzlich hat er noch einmal kräftig ausgeatmet und war für immer eingeschlafen. Eine furchtbare Situation. Das war 1984.

***

In Ludwigsfelde gab es nichts Besonderes. Nur einmal war ich bei meiner Thekla in der Klasse zur Zeugnisübergabe, und natürlich bin ich immer wieder gern bei meinen guten Freunden Rita und Eberhard Peter zu Besuch gewesen.

Rückfahrt nach Spanien, wieder in La Jonquera, dann durch bis La Nucía, mein Untermieter Daniel war ja da.
Nun ging es zur Sache, Spanischunterricht war angesagt. Eine Escuela wurde vom Ayuntamiento La Nucía in der Bibliotek eingerichtet, dienstags und donnerstags war Unterricht mit Begonia Calvo (Stadträtin) jeweils zwei Stunden. Ines, Renate, Wilhelmine, Francisko waren Deutsche, Meykel Schweizer, mehr als sieben bis zehn Leute waren wir nicht. Wir bekamen dicke Lehrbücher, durch die Abbildungen darin war alles gut erklärt. Ich wollte mich nicht blamieren, habe wie eine Wahnsinnige geübt, auch mit Ines und Hella

zusammen. Auf meinem Zeugnis vom 28.3.99 stand:
Rosemarie es my trabajadora y constante u. a.

Hans Wolter wurde 70 Jahre, seine Feier in Confriedes in den Bergen. Schön, so immer wieder neue Orte kennenzulernen.

Ein paar Tage später kam ein weitläufiger Bekannter, Herr Rahn aus Ludwigsfelde, zu Besuch. Er war in Portugal im Urlaub, hatte sich einen Mietwaagen genommen für diese lange Strecke. Er wollte die Gegend hier mal sehen und das Haus. Eine Nacht hat er im Gästezimmer geschlafen und fuhr dann wieder zurück.
Wieder einen Tag später war die Feier zur Eröffnung einer Physiopraxis der Deutschen Eva mit Musik.

Eigentlich sollte man etwas kürzer treten und nicht überall dabei sein. Eine vernünftige Vorstellung, doch die Praxis sah anders aus.

Rosi B. sagte: „Wir müssen unbedingt mal in den Singleclub nach Teulada, da ist eine Veranstaltung und anschließend Tanz." Immer wieder lief alles auf mich hinaus, denn ich hatte ja ein Auto. So sind wir dann eine Woche später dort hin, fast 50 Kilometer waren das.
Unsere Erwartungen wurden nicht enttäuscht, tolle Veranstaltung in dem Clubraum, viele nette Leute, fast nur Deutsche. Nach dem Programm war Tanz angesagt und das Ende vom Lied: Wieder war mir ein Mann, ein flotter, toller Tänzer, auf den Fersen. Dieser Klaus, Langzeiturlauber aus Denia, war ganz verrückt nach mir, weil wir beide beim Tanzen so gut zurechtkamen. So ist er dann die Woche danach zu uns nach Alfaz in den Club „Los Rubios" zum Diner-Dance gekommen.

Der Test von mir und Rosi B: „Gut, nicht anzüglich, aber irgendwie anhänglich mit Gesprächsbedarf." Offen und ehrlich sprach er davon, dass seine Frau sehr krank und bettlägerig, aber gut versorgt in Deutschland sei.

Dieser Klaus aus Rüdesheim, war er zu bedauern oder eher nicht? Noch ein paar Mal war er da zum Tanz. Ich schätzte ihn sehr, weil er so offen und ehrlich war.

Doch jetzt im November 1998 schah etwas total Unerwartetes. Es hat mich bald in eine Krise gestürzt.

Meine Gedanken gingen zurück, so viel Schönes, aber auch so viel Schlimmes hatten wir gemeinsam erlebt.

Meine Gefühle waren total durcheinander, Glück und Schock zugleich. Wir hatten uns doch 1997 im Frühjahr das letzte Mal gesehen.

Ich hatte einen Abschiedsbrief geschrieben:

„Lieber Kurt, ich hoffe, dass es dir gut geht und du glücklich, zufrieden und vor allem gesund bist. Vielleicht interessiert es dich ja noch, wie in Bestensee alles gelaufen ist? Am 16.6.97 Notartermin wegen Grundstücksteilung in Ludwigsfelde, am 19.6.97 Notartermin in K.W. wegen Verkauf des ersten Grundstücks in Bestensee, am 29.6.97 Notartermin in Benidorm, Kauf des Grundstücks in La Nucía, am 5.8.97 Notortermin in K.W. wegen Verkauf des zweiten Grundstücks in Bestensee, am 14.8.97 das neue Auto abgeholt, am 2.9.97 Notartermin in Zossen, haben einen Teil von 994 qm vom Gastättengrundstück auf Frank überschreiben lassen.

Alles hat so wunderbar geklappt, dass ich fast wunschlos glücklich bin, aber eben nur fast, die Hauptsache, eine neue Liebe fehlt. Anfang September werde ich meine letzten Sachen ins Auto packen und in Richtung Spanien starten. Mal sehen, was dieser neue Lebensabschnitt bringt?

Nach der schönen, aber auch komplizierten Zeit in Bestensee,

dem traurigen Ende unserer Beziehung und meiner beinahe Winterdepression bin ich jetzt wieder sehr optimistisch und freue mich auf ein neues Leben, es kann doch nur besser werden. Alle drei Monate möchte ich in Deutschland sein, oder woanders hin reisen.
Dein inzwischen „Rentnerdasein" eröffnet dir ja nun auch ganz neue Perspektiven.
Nur das Wichtigste in unserem Alter ist die Gesundheit und die wünsche ich Dir sowie alles Liebe und Gute
Rosemarie."

Für mich war das der Schlussstrich unter die Episode mit Mann Nr. 10, aber man kann sich ja irren.
Ich war jedenfalls total überrascht und durcheinander, als sein Anruf kam. Wir haben mindestens eine halbe Stunde gesprochen, zum Schluss seine Frage: „Kann ich dich besuchen kommen?" Ja, natürlich.
Kurz vor Weihnachten ist er gekommen, nun lagen wir uns wieder in den Armen.
Vergessen sein großer Reisefimmel zu den unmöglichsten Zeiten, er wird schon etwas ruhiger geworden sein, oder?
Mal sehen.
Na, das würde ja ein fröhliches Weihnachtsfest werden, meine Tochter mit Mäxchen wollten auch kommen.
Am zweiten Feiertag fuhren wir mit dem Boot zur kleinen Insel vor Benidorm, die Unterwasserwelt anschauen, in der Finca Rustica waren wir essen, anschließend wurde getanzt.
Alle sehenswerten Orte von Guadalest bis Tarbena, Coll de Rates, Jalon, die Küstenstraße wieder zurück.
Immer wieder dieses Programm, auch wenn neuer Besuch kam. Nicht nur das Meer ist schön, sondern auch das bergige Hinterland mit seinen tiefen Schluchten und Ausblicke, wenn man um eine Kurve kommt.

Ein besonderer Anziehungspunkt ist nach wie vor das Castell von Guadalest. Diese kleine Stadt, in einer Höhenlage von 1.100 Metern, zieht viele Urlauber magisch an, die sogar mit Reisebussen hier hoch kutschiert werden.

Die Altstadt mit den vielen kleinen Geschäften, Souvenirläden und Bars erreicht man durch einen Tunnel-Eingang. Von da oben hat man rundherum einen tollen Ausblick auf die herrliche, von drei Bergen umrahmte Landschaft und den immer grün schimmernden großen Stausee.

Auch eine kleine Kirche ist da und weiter oben ein Friedhof. Auf einer Tafel, die da an die Steinwand festgemacht ist, steht auch in Deutsch: „Wanderer halte an und schaue die wunderbare Natur Gottes. Verweile an diesem Ort **und besinne dich auf die kurzen Schritte deines Lebens.**"

Kaum war der letzte Besuch weg, auch mein Kurt, da hatte sich meine gute alte Freundin Sigrid Rösler angemeldet. Ich habe mich sehr gefreut über ihren Besuch, leider wollte sie nur acht Tage bleiben.

Wir haben die Tage vollgepackt mit Fahrten und Besichtigungen. Als wir in Calpe am Strand waren, hat sie sich am menschenleeren Strand ausgezogen und ist ins Wasser gegangen, ich war fassungslos.

Meine Freundin Sigrid Rösler aus Wietstock mit „Bibi"

Der nächste Besuch stand an, mein Enkel Max und Enkelin
Thekla waren wieder gekommen, da waren nun Aqualandia,
Mundomar und Terra Mítica ein Muss.
Es ging zu wie in einem Bienenstock bei mir, Besucher
kamen und gingen, ich war nur noch gefordert, abgespannt
und müde.
Hatte ich mir dieses Leben hier in Spanien einmal so
vorgestellt?
Auch finanziell blieb vieles an mir hängen, Eintrittsgelder
zahlen, Essen gehen, Essen kochen, Benzin und vieles mehr.
Dann ist Kurt wieder gelandet, Thekla war noch da und so
sind wir diesmal zum Safaripark in die Aitana Berge
gefahren.

Wir konnten da ohne Weiteres mit dem Auto reinfahren,
haben auch mal angehalten, sind ausgestiegen. Schon
umkreisten uns verschiedene Schaf- und Ziegenarten, Zebras,
Ponnys, wir haben sie gestreichelt, aber gleich dahinter
standen die großen Büffel und haben uns beobachtet.

Schnell noch ein paar Fotos und dann wieder rein ins Auto.
Weiter unten waren Elefanten.

Thekla spricht mit dem Zebra im Aitana Safaripark

Am 19.03. wird hier in Spanien der Winter verabschiedet mit
den „Fallas", riesige Papierfiguren, oft satirisch dargestellte
Politiker, werden verbrannt. Große Feuer entstehen, dabei
wieder Knallerei. Das hat mir nicht so gut gefallen, aber das
sind eben die Bräuche der Spanier und das sollte man
respektieren. Und dann sind ja in Spanien auch diese
Stierkämpfe, das allergrößte Spektakel.

Dieses grausame Nationalspiel, dass sich so viele Menschen
ansehen, die aber nicht wissen, was schon vorher mit den
Stieren passiert, bevor sie in die Arena kommen.

Einmal in der Woche erscheint die Costa Blanca Zeitung, für deutsche Urlauber und Residenten, auch für mich als Langzeiturlauber war es wichtig, die zu kaufen, weil immer wichtige Hinweise darin waren.

In der letzten Ausgabe dieser Zeitung wurde das Thema „Stierkampf" aufgegriffen und ein Brief des Spaniers Arturo Perez aus Alfaz del Pi, an den König, damals noch „Don Juan Carlos I", abgedruckt.

Arturo Perez ist Präsident des Vereins gegen Folterung und Misshandlung von Tieren. Er schreibt wie jedes Jahr:

„**Majestät,** unser Verein sieht mit großer Verbitterung ihr Erscheinen auf den Folterplätzen dieses Landes.

Wir gehen davon aus, das ihre Anwesenheit bei diesen grausamen und barbarischen Spektakeln zu ihren Protokoll-Pflichten gehört.

Dieses von den verschiedensten Institutionen legalisierte, glorifizierte, gewaltsam aufrecht erhaltene grausame Nationalspiel wird einem großen Publikum präsentiert, das Gott sei Dank nach und nach immer weniger wird.

Viele der Stierkampfbesucher sind Touristen, wissen nichts vom Vorleben dieser Tiere, denn das Leiden fängt schon früher an."

Er schreibt: „Beim Transport werden die Tiere in maßgeschneiderten Kisten bewegungslos gehalten, kurz vor dem Kampf werden schwere Sandsäcke gegen die Nieren der Stiere geschleudert. Um sie zu entkräften, werden sie durch Abführmittel geschwächt.

Die Hörner werden im mittleren Bereich gekürzt, abgesägt und gefeilt (Afeitado), um dem Stier sein Gefühl für Reichweite zu nehmen. In den Nüstern werden dicke Tampons gestopft und die Hufe der Tiere werden mit Säure und Terpentin behandelt, um sie durch den brennenden

246

Schmerz in Bewegung zu halten.
Auf die Augen wird Glyzerin aufgetragen, um die
Sehgenauigkeit zu verringern und wenn der Stier unter dem
Jubel der Menge den Todesstoß erhalten hat, ihm Schwanz
und Ohren abgeschnitten wurden, wird das gelähmte Tier bei
vollem Bewusstsein auseinandergeschnitten.
Das Pferd des Pikadors trägt einen Flankenschutz, um zu
verhindern, dass die Zuschauer die herausquellenden Därme
sehen können.
Außerdem werden ihm die Stimmbänder durchgeschnitten,
um seine Schmerzensschreie zu unterbinden."

Mich regt das sogar beim Schreiben dieser Zeilen auf, mir
kommen die Tränen.
Ja, auch das ist Spanien. Dabei sind die spanischen Menschen
so überaus freundlich, nett und hilfsbereit.
Der zuständige königliche Sachbearbeiter hatte Herrn Arturo
Perez geantwortet und geschrieben: „Dies sei dem König zur
Kenntnis gegeben worden."

Nun zu einer Geschichte, die eigentlich schon fünf Jahre
zurück liegt, aber plötzlich hier in La Nucía ganz aktuell
geworden war, denn es geht um meine Freundinnen Charlotte
und Ingrid, die auf einem wunderschönen Grundstück lebten
das beinahe 3.000 Quadratmeter groß ist.

Es war Ende 1993, ich lebte noch in Weyarn, hatte aber schon
Träume von einem Leben in Spanien, angesteckt von den
Visionen meines Walters.
Beim Blättern in einer Zeitschrift fiel mir ein Inserat sofort
auf, ich lese:
„Spanien (Alicante) Villa im maurischen Stil 150 qm in
schönster Wohngegend von La Nucìa, mit einzeln stehender

Garage und parkähnlich angelegtem Garten zu verkaufen."
Auch ein Bild war abgedruckt.
Ich war hin und weg, so was Schönes.
Ich muss Näheres erfahren.

Als Kaufinteressent habe ich die Firma Lamprecht in La
Nucía angeschrieben und postwendend eine Antwort erhalten,
dabei Baupläne, Exposé, auch der äußerst günstige Preis
wurde erwähnt.
Das Haus wird sicher schnell verkauft sein – ich sollte
anrufen.
Oh, das war mir jetzt beinahe peinlich, was hatte ich
Dusselkuh da wieder für eine Idee?
Ich hatte doch gar kein Geld. Angerufen habe ich auch nicht,
die Unterlagen habe ich schnell verschwinden lassen, nicht
etwa im Papier-Container, nein, ich habe sie aufbewahrt und
immer wieder mal angeschaut und weiter geträumt.

Vier Jahre sind vergangen, bis ich endlich das Geld hatte und
eigentlich durch Zufall in La Nucía gelandet bin.
Jetzt viel mir die Geschichte mit dem Exposé ein, ja dieses
Grundstück müsste doch in der Nähe sein.
„Komm mein Bibi, wir gehen mal „Gassi" und suchen das."
Wir kamen an einem tiefergelegenen Barranco vorbei,
dahinter sah ich ein Haus, das könnte es sein. Oben ein schön
angelegter Garten, wo sich zwischen den Pflanzen eine Frau
zu schaffen machte, auch ein Hund kläffte.
Nun sprach ich sie an, mal sehen, ob sie mich versteht:
„Hola, sind Sie schon lange hier auf dem Grundstück?"
Sie schaut hoch, antwortet auf Deutsch.
Sehr gut, so konnte ich ihr gleich die Geschichte erzählen,
dass ich das Grundstück kaufen wollte vor vier Jahren.

Na, jetzt war die aber perplex, wollte mehr wissen, ich sollte gleich zum Kaffee reinkommen.

Ich kannte ja den Grundriss, doch in Natur sah alles noch schöner aus.

Stilvoll eingerichtet mit passenden Möbeln und eingebauten Nischen für Bücher. Etwas separat eine Sitzecke mit Kamin und weiter vorn, neben der Küche, der Essbereich.

Charlotte gehörte das Grundstück und mit Freundin Ingrid waren sie von Ende November bis Ende Mai in Spanien, die andere Zeit in Deutschland.

Zwei kleine Hunde waren immer dabei und viele Katzen.

Ich, hätte so ein großes Grundstück nie allein bewirtschaften können, aber bestimmt wäre mir eine Lösung eingefallen.

Es war ja alles Bauland. Ich war sehr froh, dass ich es jetzt in natura sehen konnte. Nicht nur das – ich bin nun oft da, wir sind Freundinnen geworden. Wie das Schicksal doch manchmal so spielt.

Charlotte hatte immer ganz besondere Ideen zu ihrem Geburtstag am 4.02. ist sie mit uns in die Berge gefahren. Hilde Schmidt und die vier Hunde waren auch dabei. In der Nähe eines alten Feldsteinhauses haben wir kurz vor einem Hang eine Decke ausgebreitet, Campingtisch und vier Stühle daraufgestellt und schon war die Festtafel fertig.

Charlotte hatte selbstverständlich Essen und Getränke dabei und so haben wir bei herrlichem Sonnenschein eine einzigartige Geburtstagsfeier erlebt.

Es war so schön, es war so anders, da oben in der Natur. Hinter uns ein alter Olivenbaum, neben uns Ginster und Rosmarinbüsche, dazu diese Fernsicht bis hinunter aufs Meer. Weiter hinter uns die Sierra Aitana, zwischendurch tiefe Schluchten, in der Ferne war Tárbena gerade noch zu

erkennen, aber auch eine große mit Plastikfolie überspannte
Fläche. Leider, das sah nicht schön aus, war aber wohl nötig,
um die Ernte der Früchte nicht den Vögeln zu überlassen,
vielleicht waren Mispelbäume darunter.

Ein anderes Mal waren Charlotte, Ingrid und ich unten am
Meer. Charlotte schleppte den Campingtisch direkt bis zum
Wasser, wir die Stühle und so saßen wir da, entspannt und gut
gelaunt beim Essen. Das Wasser hat dabei unsere Beine
umspült.
Immer wieder, in solchen Situationen, musste ich an
Deutschland denken, wo der Winter die Natur zu dieser Zeit
noch erstarren ließ.

Trotzdem, es war wieder einmal Zeit, nach Deutschland
aufzubrechen, mein Kurt wartete schon auf mich.
Ja, so war es auch und vom Flughafen ging es direkt Richtung
Frankfurt/Oder zu seinem Grundstück.

Unbedingt wollte ich beim Treffen anlässlich der „Goldenen
Konfirmation" ein paar Tage später dabei sein. Zuerst beim
Gottesdienst in der Wietstocker Kirche und auch bei der
anschließenden Feier in der Gaststätte Spahn.
Abfahrt bei Kurt, es lagen mindestens 100 Kilometer vor uns.
Kaum waren wir auf der Autobahn, stand da Umleitung! Also,
durch viele verschiedene Dörfer und jetzt wurde die Zeit
knapp. Ich fing an, wie eine Wahnsinnige zu toben, denn Kurt
musste doch von der Umleitung gewusst haben. Er fuhr jeden
Tag die Strecke zur Arbeit. Oh, war ich wütend, hoffentlich
schaffe ich es noch pünktlich zum Gottesdienst. Endlich, in
letzter Minute, waren wir da.
Vor 50 Jahren war unsere Konfirmation und jetzt nach so

vielen Jahren ehemalige Mitschüler wiederzusehen war schon sehr emotional.

Einige kamen mit Stöcken und Gehhilfen, andere waren schon verstorben und wieder andere lebten in ganz Deutschland verstreut, ich sogar zeitweise in Spanien.

Aber diese 50 gelebten Jahre seit der Konfirmation haben bei jedem Spuren hinterlassen.

Der Haussegen hing nicht mehr schief, so sind wir wieder Richtung polnische Grenze, doch vorher noch ein Abstecher zu meinen Kindern nach Ludwigsfelde.

Kurt, sein Grundstück war fast 900 Quadratmeter groß, das alte Haus hatte er durch einen kleinen Anbau erweitert.

Das Schlafzimmer war noch im alten Haus, da fehlte die Zwischendecke, alles zwischen den Balken war provisorisch mit Isolierwatte und Folie etwas festgehalten.

Auf dem Hof waren drei kleine Holzschuppen.

Der Hof selbst ohne Belag, ab und zu kam etwas Gras hoch, einige Haufen von Feldsteinen lagen da herum, in der Mitte stand sein Auto.

Hier müsste etwas gemacht werden, aber wann?

Ging ja nicht, denn wir waren schon wieder unterwegs, erst mal zum Hang an der Oder, wo die Adonisröschen blühen, dann weiter über Lebus und Reitwein bis zu den Seelower Höhen. Der russische Armeegeneral Shukow hatte hier 1945 seinen Bunker. Die Seelower Höhen, hier haben 1945 die entscheidenden Kämpfe stattgefunden, es müssen schreckliche Kämpfe gewesen sein, bevor die Russen dann 1945 gerade durch nach Berlin stürmten.

Kaum vorstellbar: 12.000 Deutsche und 33.000 russische Soldaten haben hier ihr Leben verloren!

Der Großangriff war am 16.4.1945 und dauerte vier Tage.

Armeegeneral Shukow war wohl in der Nähe in seinem Bunker, um den Angriff zu überwachen.
Ich bin Kurt heute noch dankbar, dass er mir diese geschichtsträchtige Stelle gezeigt hat.

Die Reiselust von Kurt war ungebrochen und die Seelower Höhen waren ja in der Nähe, aber nun wollte er unbedingt das Hochwasser sehen, was im Mai 1999 im Bodenseeraum war, zum Rheinfall nach Schaffhausen wollte er auch. Sicher war das interessant, die Wucht des Wassers dort zu beobachten und über provisorische Stege zu laufen.

Mehr war auch nicht, ich habe noch ein paar Fotos gemacht und nach drei Tagen sind wir wieder zurück über Ulm, immerhin 950 Kilometer, bis Berlin.
War das den Stress mit der Fahrerei wert?

Natürlich haben wir wieder im Auto geschlafen und nach nur zwei Tagen ging es schon wieder Richtung Schwerin, Lübeck, Grönitz, Insel Fehmarn. Alles in einer Woche.
Eigentlich hatte ich mit Kurt abgesprochen, dass wir mal einen großen Arbeitseinsatz auf seinem Grundstück machen.
„Aber warum wollte er das nicht? Woher kam diese innere Unruhe? Warum habe ich das immer mitgemacht, warum nicht protestiert?" Das frage ich mich heute.
Mein Rückflug nach Spanien rückte heran, eine bestimmte Arbeit zu beginnen, war nicht sinnvoll, aber eine Fahrt nach Polen sollte es noch sein. Wie immer starteten wir mit dem „Espacse", diesmal in Richtung Poznan. Dort haben wir ein Kloster besucht und dann auf der Rückfahrt hat Kurt angehalten, ist ausgestiegen und zu einem etwas entfernt stehenden Mann gelaufen. Sicher ein Pole, er sprach mit ihm, vielleicht kannte er ihn?

Sie haben gewunken, ich sollte mal kommen. Schwerfällig habe ich mich aus dem Auto bewegt: „Was ist denn nun schon wieder?", frage ich genervt. „Wir wollen dir was zeigen."
Eigentlich kein Bedürfnis, noch einmal etwas anzusehen, meine Gedanken waren schon in Spanien, weil am nächsten Tag der Flug nach Alicante abging.
Ich ging ein Stück mit den beiden bis vor eine Metalltür.
„Da wollt ihr rein?"
Der Pole holte einen Schlüssel aus der Hosentasche, schloss die Tür auf – ich konnte gerade noch einen großen Hohlraum erkennen. Es waren nur Lichtschlitze da, Wasser tropfte von den Wänden und Treppen gingen nach unten.
Immer bis zu einer Ebene, von da gingen lange Gänge, wo rechts und links große und kleine Nischen waren. Es ging immer tiefer die Treppen runter, immer dazwischen Ebenen.

Wasserbecken waren da, irgendwo kam Wasser her wie ein kleiner Fluss.
Wieder eine Ebene tiefer waren Bahnschienen. Der Pole ging vor, er stieg immer tiefer hinunter in dieses unheimliche Holgangsystem.
Ich begriff die Welt nicht mehr: „Wo um Himmels Willen waren wir?"
Es war die von Hitler errichtete Festungsfront, der sogenannte: **„Ostwall!"**
Dieses unterirdische System soll 35 Kilometer lang und mindestens zwei Kilometer tief sein.
Der Pole lief immer weiter, irgendwo waren auch Schießschanzen. Beim Einatmen der modrigen Luft wurde mir schlecht. Ich konnte nicht mehr, bekam Angstzustände, dachte zu ersticken.
„Bitte, ich möchte wieder raus hier" und nun bestärkte meine Fantasie einmal mehr meine Angst: „Was, wenn der Pole uns

hier einsperrt?" Aber nein, es war ein netter Pole, der das für ein paar DM gern gemacht hat.

Übrigens, im Januar 1945 konnte die Rote Armee diesen Ostwall ohne großen Widerstand überqueren.

Nun lagen noch 80 Kilometer bis zur Grenze vor uns, schweigend und nachdenklich haben wir diese Strecke zurückgelegt und waren froh, dass in Deutschland alles friedlich war.

*

Es war ein angenehmer Flug, nun nur noch 40 Minuten mit dem Auto bis zu meinem Haus in La Nucía.

Ende Mai, die Temperaturen hielten sich bei 25° noch in Grenzen, aber die Erde in meinem Garten war total ausgetrocknet, besonders meine Orangen- und Zitronenbäume mussten Wasser bekommen, damit aus den vielen kleinen Früchten schöne große, saftige Orangen werden.

Leider nagten auch noch jede Menge Blattläuse an den Blättern. Aber nicht lange, ich habe sie mit einer Mischung aus Wasser, Essig, Bier und etwas Spülmittel mit der Hand von jedem Blatt entfernt, soweit ich reichen konnte. Es hat schon Tage gedauert, aber Spritzen mit einem Insektengift kam in meinem kleinen Garten nicht in Frage, nur an bestimmten Stellen ein Insektengift aus der Sprühflasche. Vielleicht vergifte ich ja damit noch meine kleinen Glücksbringer, die Geckos.

Ich war so stolz auf meinen inzwischen gut hergerichteten Garten. Die Rabatte vor dem Haus hatte José Maria neu mit Natursteinen gemauert.

Die mit Feldsteinen eingefasste Rabatte am Hang sollte bleiben, vielleicht hatten die Geckos gerade darunter ihre Wohnung. Jeden Abend, pünktlich, waren sie auf der unteren Terrasse unterwegs, an der Decke und an den Seitenwänden. Alles, was dort angeflogen oder gekrabbelt kam, haben sie weggeschnappt.

Vor mir hatten sie keine Angst, sie waren meine liebsten Mitbewohner.

Doch auch das Gegenteil war in dem großen Garten vertreten. An einem der drei noch vorhandenen Kiefern hing so ein Gespinnstsack mit dem Kiefernprozessionsspinner.

Da war schon Vorsicht geboten. Normalerweise verlassen die diesen Gespinnstsack, wenn die Entwicklung beendet ist. Dann wandern sie in langen Reihen, irgendwo hin, aber vorher könnte schon eine herausfallen oder die giftigen Brennhaare umherwuseln.

Gerade zu dieser Zeit war meine Tochter mit meinem Enkel Mäxchen da. Während ich meinen Mäxi darauf vorbereitet habe, dass er nicht unter diese Kiefer gehen soll, hatte er sich auch schon im Costa Blanca „Naturführer" informiert und das Chaos war perfekt.

Er sagte: „Omi, ich betrete diesen Garten nicht mehr." Auch mir war das sehr unangenehm, diese Raupen in meinem Garten zu haben, aber Nachbarin Frau Meier sagte: „Keine Panik, ich schicke dir meinen Gärtner, der schießt einen Strahl Insektengift da herein in den Sack mit einer speziellen Pistole, dann gehen die alle kaputt." Und so war es dann auch.

Dann gab es noch ein aggressives Insekt, diese Leishmaniose Mücke/Fliege, die zum Abend an der Costa Blanca unterwegs ist. Eine schlimme Erfahrung musste ich machen, denn die haben meinem kleinen Bibi aufgelauert. Ich wusste nicht, dass

es so etwas hier gibt, sonst hätte er ein Schutzhalsband bekommen. Leider zu spät, die Tierärztin in Alfaz hat bei der Blutuntersuchung alles herausgefunden. Er sollte erstmal eine Spritzenkur bekommen, hatte auch schon die zweite Spritze erhalten. Da sagte die Nachbarin Frau Meier, dass hier in der Nähe ein deutsches Ehepaar lebt, die mit einem deutschen Professor zusammenarbeiten, der wiederum hat ein neues Mittel gegen die Leishmaniose erfunden.
Das ist noch nicht zugelassen, soll aber helfen.
Ich musste das Mittel nicht bezahlen, aber selber die Spritzen geben. Sogar nach Ludwigsfelde haben die ab 2002 das Mittel geschickt. Trotzdem ist mein kleiner Liebling mit fast 14 Jahren gestorben. Meine Trauer war groß, ich habe viel geweint. Das kann nur jemand nachempfinden, der auch jahrelang mit einen lieben Tier zusammen war.
Im Nachhinein wurde festgestellt, dass auch mein kleiner Bibi ein Versuchstier war.
Sogar die Kripo hat dann ermittelt und bei mir nachgefragt.

Im Jahr 1999, mein Kühlschrank musste aufgefüllt werden, also eine Fahrt nach Finestrat zum Supermarkt „Continente". Aber hallo, jetzt hieß der auf einmal „Carrefour". Geändert hatte sich nicht viel, Restaurant und Café waren noch da, auch mein Fotoladen, wo ich immer meinen Film abgegeben habe und die fertigen Bilder nach dem Einkauf gleich mitnehmen konnte. So etwas gab es in meiner Umgebung in Deutschland nicht.

Selbstverständlich wurde hier in Spanien auch viel gebaut, besonders in Nähe des Mittelmeers ist viel Neues entstanden. Die Nachfrage nach Häusern und Wohnungen war groß. Für die Verkehrsanbindung, auch bis zum Flughafen Alicante, wurde viel getan und besonders viele Kreisel sind entstanden.

Die sind allerdings zweispurig. Das ist eine besonders gute Art, den Verkehr flüssig zu halten.
Wenn ich an Deutschland denke mit den vielen Ampeln und den jeweiligen Staus, so ist das spanische System besser.
Natürlich gibt es auch hier Ampeln, aber viele Straßen sind zweispurig auf jeder Seite und immer wieder, wo Kreuzungen waren, sind Kreisel angelegt, wo oft große Wasserfontänen in der Mitte alles Verschönern und man darin rechts, links, geradeausfahren oder wenden kann.

Oft bin ich zum Einkauf im „Super La Nucía", links daneben ist ein einzelnes Haus, auf einem Schild am Eingang steht: „Dental-Labor".
„Ach, ist das günstig", dachte ich, „wenn mit meinem Ersatz mal was ist, gehe ich dort mal fragen."
Und wirklich ist etwas passiert. Mein Ersatz für den Oberkiefer ist auf die Fliesen im Badezimmer geknallt.
In Deutschland muss man deswegen zum Zahnarzt.
Ich habe mich getraut und beim Zahntechniker geklingelt. Ein netter spanischer Mann mit schwarzbraunen Haaren hat mich reingebeten. Er sprach sehr gut deutsch. Gleich waren wir im Gespräch. Er hat mir erzählt, dass er einige Jahre in Deutschland zur Ausbildung war.
Natürlich hat er meinen „Ersatz" wieder repariert.
Beim Abholen habe ich gefragt, ob er eventuell auch ein ganz neues Teil anfertigen könnte. Und?
Natürlich hat er das auch gemacht. Ein Abdruck und nach ein paar Tagen konnte ich das fertige komplette Teil für meinen Oberkiefer abholen. Der Preis: 400 DM.
Ich denke oft daran, weil ich in Deutschland die Prozedur noch einmal gemacht habe wegen eines zweiten Ersatzes.
Also, mindestens zwei Zahnarztbesuche vorher, dann das entäuschende Ergebnis von der Zahntechnikerin, es passte

nicht, war einem Pferdegebiss ähnlich, die Zähne zu weit nach unten. Nach wiederholter Anprobe war ich einverstanden, habe zu dem horrenden Preis noch einiges dazu zahlen müssen.

Tragen musste ich das Teil noch nicht, habe immer noch das Teil vom Spanier in Gebrauch, es ist einfach besser und angenehmer.

Wenn Besuch da war, sind wir auch gern nach Altea gefahren, da war zwar nicht so ein schöner Badestrand, aber die alten, wunderschön geschmückten Gassen bis hoch zur Kirche waren sehenswert und die hübschen blauen Kuppeldächer konnte man aus der Nähe betrachten.

Besucher kamen und gingen. Diesmal war meine Tochter mit meinem Enkel Max gekommen, der war inzwischen zwölf Jahre. Meine Tochter hatte sich in den Kopf gesetzt und am Telefon davon gesprochen, dass wir unbedingt mal nach Portugal fahren müssten. So war das nun diesmal unser Ziel.

Wir hatten einen flotten Wagen und irgendwo unterwegs würden wir auch ein Nachtquartier finden, denn bei 1.900 Kilometer müssen wir einen Stopp einlegen.

In Huelva in Südspanien haben wir nach einem kurzen Hinweis „Habitation" angehalten und zwei Zimmer klar gemacht für eine Nacht. Die Zimmer im Parterre waren soweit in Ordnung, aber als wir eine kurze Zeit da drin waren, machte sich ein bestialischer Gestank breit.

Was war denn hier los? Woher kam dieser Gestank?

Direkt vor unseren Türen waren Gullys.

Was sollten wir machen? Wir mussten den Gestank ertragen.

Zum Dank hat unser Mäxchen ein abgekochtes, abgepultes Ei weit unter das Doppelbett gerollt, das sollte in den nächsten Tage den Gestank noch intensiver machen. Nun, also nach

Portugal. In Praia de Rocha und Carvoeiro sind wir auf
Zimmersuche gegangen, leider hatten wir keinen Erfolg.
Nun fuhren wir zum Strand.
Ein toller Anblick, rechts und links Felswände, dazwischen
sprudelte das Wasser vom Atlantik herein. Es war klassisches
Badewetter, die Sonne strahlte auf den goldgelben Sand.
Einige lagen da auf ihren Strandliegen.
Meine Tochter und Max wollten nach der anstrengenden
Fahrt unbedingt ins Wasser. Sie hatten Badekleidung an und
waren nun auf dem Weg zum Meer.
Ich habe ihnen nachgeschaut, doch was war jetzt los? Die
beiden haben fast fluchtartig das Wasser wieder verlassen.
Voller Verachtung haben sie sich noch einmal umgeschaut.
Spätestens jetzt war klar, der Atlantik ist eben kälter als das
Mittelmeer und beide waren nun der Meinung, dass es am
Poniente Strand in Benidorm viel schöner ist.

Was sollte es, keine Unterkunft, keine Freude beim Baden.
Was blieb von dem Traum: Ein paar Tage Portugal
kennenlernen und erleben? Nichts! Nur eine Enttäuschung.
Nur einmal noch gemütlich Mittag essen, dann aber schnell
ins Auto rein und wieder weg.

„Wenn wir dann schon in Südspanien sind, könnten wir doch
in Granada eine Pause machen und uns die Stadt ansehen.“
Wieder so ein fixe Idee von mir und meiner Carmen, ohne
Überlegung.
Wir waren im Monat August, wir waren im Süden Spaniens
im Innland unterwegs, es war Mittagszeit.
Wir haben angehalten, doch beim Öffnen der Tür kam uns ein
Schwall heißer Luft entgegen, sodass wir uns gar nicht erst
bemühten, aus dem Auto zu klettern, oder unfähig waren.
Erst jetzt haben wir auf das Display im Auto geschaut, das

zeigte 40° an!

Bei gut funktionierender Klimaanlage sind wir dann weiter gefahren, ohne die wunderschöne Landschaft in Südspanien anzusehen. Jetzt hieß es nur noch fahren, fahren, fahren . . . Natürlich abwechselnd, wir starrten nur geradeaus.

Insgesamt sind wir eine Strecke von 1.900 Kilometer gefahren. Huelva haben wir diesmal großzügig umfahren.

Eigentlich hätten wir uns vor der Fahrt besser informieren müssen, so waren wir halt wie die Chaoten unterwegs, haben aber dazugelernt.

Die nächsten Tag am Poniente Strand war das Baden ein Vergnügen, lange waren wir im Wasser, haben das noch einmal ausgenutzt, denn stand schon wieder die Abreise nach Deutschland an.

Diesmal bin ich mit in den Flieger, mein Freund Kurt wartete am Flughafen auf uns.

Von Ludwigsfelde sind wir dann gleich weitergefahren bis zu seinem Grundstück an der polnischen Grenze.

Wie vorher abgesprochen, wollten wir diesmal einiges auf dem Grundstück und im Haus machen.

Diese Feldsteinhaufen direkt vor dem Haus sollten weg. Die Steine wollte ich an den etwas höher gelegenen Hang zum Obstgarten legen dazwischen kleine Gehölze, Rankpflanzen und Blütenstauden. Das müsste sehr gut aussehen und der ganzen Sache Halt geben.

„Ja, gut das machen wir."

Kurt war bis 1945 im polnischen Gebiet zu Hause, erst danach ist er nach Deutschland gekommen, während sein Bekannter W. Giza aus Krossnow in Polen geblieben ist. Wir waren im

April sogar mal da zu Besuch, doch jetzt kam die Nachricht, dass W. Giza sehr krank sei und in Zielona Gora im Krankenhaus liegen würde.

Kurt sagte: „Da müssen wir hin, einen Krankenbesuch machen." Und ich war dergleichen Meinung, das gehört sich so. Es war zwar nur ein entfernter Bekannter, so vielleicht drei Mal im Jahr hat er ihn besucht.

Am 21.8.99 war unsere erste Fahrt nach Zielona Gora, es waren 90 Kilometer bis dahin, Fahrzeit: 1½ Stunden.

Die Fahrt ging zum Teil durch Dörfer über Kopfsteinpflaser, an Pferdewagen vorbei, die Grünschnitt geladen hatten.

Eine scheinbar intakte Natur gab es hier noch, aber die Straßen waren miserabel, die Stoßdämpfer mussten einiges ertragen.

Bis zum 12.9.99 sind war dann neun Mal diese Strecke gefahren, Kurt wollte das und ich musste mit.

Bei den letzten drei Besuchen war ich nicht mit im Krankenzimmer.

Am 13.9.99 ist er dann gestorben.

Danach wieder nach Slubice, einen Kranz bestellen und am 15.9.99 zur Beerdigung nach Cybinka.

Diese Fahrerei, wenn man es hochrechnet fast 1.800 Kilometer, hat einfach genervt und ich konnte es nicht nachvollziehen, warum wir so oft dahin fahren mussten.

Zu protestieren machte wenig Sinn, wenn Kurt einen Plan hatte, zog er ihn durch.

Leider ist aus unserer Arbeit auf dem Grundstück wieder nichts geworden. Ich liebte ihn, trotzdem kamen mir manchmal Zweifel: „Passen wir zusammen?"

Immer wieder musste ich Zugeständnisse machen, mich anpassen, es gab keine gemeinsame Lebensplanung.

Meine Gedanken: „Will ich das überhaupt noch?"

Nur ein paar Tage später war ich wieder in Spanien.
Es war Anfang Oktober, das Oktoberfest wurde auch hier
großartig gefeiert, in einem großen Zelt in Calpe, gut
20 Kilometer von La Nucía entfernt. Ich mit meinem Bibi
dahin. Nur mal schauen, was dort so abgeht und einen Blick
in das Zelt werfen. Hineingehen wollte ich nicht.

Nein, nein, diese vielen Menschen, das Gedränge – nur weg
hier. Ich steuerte eine Bank an der Strandpromenade an. Das
Meer war heute dunkelblau, die Wellen klatschten rhythmisch
ans Ufer, einige Geschäfte waren noch offen.
Auch einige Verkaufsstände wollten noch etwas zum Essen
anbieten, der Geruch von gebratenem Fisch kam bis an meine
Nase, aber essen wollte ich nichts.

Das schon wieder neue Abenteuer auf mich warten, konnte
ich mir nicht vorstellen.
Doch, es war aber so: Aufgewacht aus meinen Träumen,
spazierte ich langsam mit meinem kleinen Bibi in Richtung
meines Autos.
Da sprach mich plötzlich ein Mann an und fragte alles
Mögliche, auch was den Hund betrifft. Aha, ein Deutscher.
Wie konnte er wissen, dass ich eine Deutsche bin?

Nun erzählt er, dass er schon fünf Jahre in Calpe lebt, dort ein
Haus hat und sich sehr wohlfühlt in Spanien. Ich schaute ihn
genauer an: „Also, die Figur war in Ordnung". Einen Mann
mit dicker Plautze hätte ich sofort stehen lassen, aber so war
wieder die typische „Schütze"-Neugier da.
Keine weiteren Beanstandungen von mir, was Kleidung,
Figur, Größe, Alter betraf und so haben wir Telefonnummern
getauscht. Ich weiß gar nicht, ob wir telefoniert hatten, so
wichtig war das auch nicht.

Plötzlich, ein paar Tage später, ich unterhalte mich gerade mit Gerlinde, die auf dem Balkon stand, da kam so eine Art Geländewagen angefahren, hielt direkt vor dem Haus von Gerlinde und Hans.
Da stiegt ein Mann aus und steuerte sofort meine Gartenpforte an.

Ich erstarrte einen Moment, erkannte ihn wieder. Das war doch der Mann, der mich in Calpe angesprochen hatte.
Nun wurde ich doch bald verrückt, woher hatte dieser Mann meine Adresse?
„Habe ich es mit einem Spion zu tun?" Ja!
Siehe Ende der Geschichte.

Ich habe ihn nicht hereingelassen, aber gefragt: „Woher haben sie denn meine Adresse?"
Er: „Na aus dem Telefonbuch. Da bin ich alle Seiten durchgegangen, habe ihre Telefonnummer gesucht und gefunden, dahinter steht ja die Adresse."
Eigentlich unverschämt und hinterhältig.
Nur ein paar Worte haben wir gewechselt, meine Gedanken gingen immer wieder zu dem Telefonbuch, da waren unheimlich viele Eintragungen unter La Nucía, schon durch die vielen Urbanisationen.
Er hat gemerkt, dass ich zwischendurch mit meinen Gedanken woanders war und keine weitere Unterhaltung zustande kam.
Als er sich verabschiedet hat, sagte er noch, dass am Wochenende in Calpe ein großes Fest mit Umzügen sei.
„Das können wir uns doch gemeinsam ansehen." Ja, warum nicht, allein würde ich da nicht hingehen und Rosi B. war gerade auf „Weltreise" mit dem Schiff.
Wir haben uns im Zentrum getroffen und zwängten uns nun durch bis vor zur Musik. Auf einmal ging ein Knallen los mit

Schüssen und Rauchwolken, mein kleiner Hund ist bald irre geworden vor Angst, fing an zu zittern. Auch mir war das unangenehm. Ich sagte zu meinem Begleiter: „Tschüss, ich fahre wieder zurück."

Dieser Mann war hartnäckig, wir telefonierten immer öfter und nun hatte er mich eingeladen, mal sein schönes Haus anzusehen. Sicher, gern: „In welcher Gegend von Calpe ist denn das?", frage ich. „Na, am Berg, ich schaue genau auf den Ifach-Felsen dort im Meer."

Wir vereinbarten einen Termin, er wollte mich abholen.

So gegen 13 Uhr kam er, mein Hündchen kam auch mit. Ach, war das wieder spannend!

Allerdings, das muss ich hier auch eingestehen, hat mich meine Neugier oft in Situationen gebracht, die ich besser nicht gern erlebt hätte. Leider, ich bin halt auch ein wenig verrückt!

Unterwegs erzählte er, dass seine Frau nicht in Spanien bleiben wollte und zurück ist nach Deutschland. Wir kamen an, sein Haus am Berghang, es ging steil nach unten, ein toller Blick auf das Meer und jetzt fiel mir ein: „Das ist ja der sogenannte ‚Rheuma-Hang'", so sprach man in der Umgebung von dieser extremen Nordlage, wo den ganzen Tag fast keine Sonne hinkommt.

Nun innen, in dem gemütlichen Wohnzimmer, war eine Tafel gedeckt und dieser Herr hat ein sagenhaft gutes selbstzubereitetes Essen serviert. Ich war angenehm überrascht. Auch von der anschließenden Hausbesichtigung, da ging es nochmal eine Etage nach unten.

Leise Klassikmusik lief im Hintergrund, eine angenehme Atmosphäre, doch die Geräusche der über uns auf der Straße vorbeifahrenden Autos war nicht zu überhören. Er fing an,

Wein zu servieren. „Was soll das? Wir müssen doch noch Auto fahren", so meine Gedanken.

Nun, während unserer Unterhaltung erzählte er, dass er für die DDR als Spion tätig war. Ich war geschockt! War er darauf stolz? Noch ein Gläschen Wein. Er war sehr besorgt, ich sollte mich wohl fühlen, habe auch das Neueste von mir berichtet, doch der Aufenthalt fing an, mir unangenehm zu werden. Als es dem Abend entgegen ging, bat ich ihn, mich wieder nach Hause zu fahren. „Einverstanden, wenn Sie unbedingt zurück wollen, dann machen wir das so." Wir gingen zum Auto, er drehte den Schlüssel immer wieder zum Starten, aber nichts passierte.

Der Motor sprang nicht an. So sind wir wieder zum Haus gegangen, er servierte einen Beruhigungstrunk und plötzlich sagte er: „Sie können doch hier bleiben, ich habe so viel Platz und sie schlafen bei mir!" Ach, ich blöde Kuh! Jetzt ging mir ein Licht auf, ich hatte eine Vermutung: Der hatte das Auto manipuliert, sodass der Motor nicht anspringt und ich bleiben musste. Nein, so nicht.

Ich bestand darauf, wieder nach La Nucía zurück zu wollen. Zum Glück hatte ich mein Handy dabei und konnte ein Taxi rufen. Schade, dass dieser eigentlich schöne Tag so enden musste.

Der Taxifahrer verlangte für diese lange Strecke natürlich auch noch einiges. Wieder um eine Erfahrung reicher.

Vielleicht hatte er auch ganz andere Interessen, wollte das Haus seiner Familie verkaufen und zu mir ziehen?

Ich weiß es nicht, konnte mir auch egal sein.

Das fehlte mir noch, jemanden vertrauensvoll die Tür öffnen, der eventuell berechnend handelt. Alles, was ich habe, sollen meine Kinder bekommen, Basta!

Den Mann, diesen ehemaligen „Spion", habe ich danach nicht mehr gesehen.

Es ist Ende Oktober 1999, wie immer kaufe ich freitags die „Costa Blanca Zeitung". Diesmal wird für eine Reise mit dem Luxusbus von Gandia Tours durch Marokko geworben, organisiert von der CBZ. Gern würde ich bei dieser Reise dabei sein, nur ein großes Problem: „Wohin mit dem kleinen Bibi?"

Wie jede Woche saßen wir nach dem Spanischunterricht in der kleinen Bar nebenan bei einem Café con Leche, auch unsere Lehrerin. Ich erzählte von der Reise und dem Problem mit Bibi, da sagte doch diese Lehrerin Begonía Calvo: „No es Problema Rosemaria, el Perro ‚Bibi' tomo durante me." Ja, so sind die Spanier, nett und hilfsbereit. Habe mich sehr über das Angebot gefreut, aber nein, das konnte ich nicht machen. Sie, als Stadträtin tätig, und ich sie mit meinem Hund belasten. „No, quiero."
Mir kam eine Idee: „Hilde und Otto Lehmann aus Villamartin bei Torrevieja, die könnte ich mal fragen. Das sind alte Bekannte, wir haben uns auch schon besucht." Ich rief an, machte den Vorschlag, dass sie zehn Tage in meinem Haus wohnen könnten, dafür aber den „Bibi" betreuen müssten. Natürlich, gern haben die das gemacht, sie haben sogar noch Geld dafür bekommen.
Also konnte ich planen und alles vorbereiten für meine Marokko-Rundreise. Francesko aus unserer Spanischklasse hat mich am 6.11.99 zur Haltestelle an der N 332 gefahren. Schon kam der Bus und die Fahrt ging immer die Küstenstraße entlang, vorbei an Almeria, wo von Natur nicht viel zu sehen war, nur viele abgedeckte Plantagen. Weiter Richtung Costa del Sol, immer noch sind Leute

dazugestiegen. Die erste Übernachtung war in der Nähe von Marbella.

Unser Reiseführer von der CBZ war indessen bemüht, uns einige Verhaltensregeln für die Fahrt und den Aufenthalt in Marokko mitzuteilen.
Das Wichtigste: Wir sollten immer Wasserflaschen dabei haben und nur dieses Wasser trinken.
Auch das Zähneputzen nur mir dem Wasser aus der Flasche, keinesfalls das Wasser aus der Leitung dafür nehmen.
Ich habe mich zwar gewundert über diese Hinweise, aber die hatten schon ihre Gründe, wenn sie das sagen, denn diese Busreisen durch Marokko werden ja öfter gemacht. Am nächsten Tag haben wir in Tanger geschlafen und am Morgen darauf kam noch ein ganz in weiß gehüllter marokkanischer Reiseführer dazu.
Es ging weiter nach Rabat, der zweitgrößten Stadt des Landes. Unterwegs hat der Bus in Larache gehalten. Dort haben wir in einem landestypischen Restaurant Mittag gegessen.
Alle haben nach Karte bestellt, ich ebenfalls das landestypische „Couscous".
In Rabat haben wir das Mausoleum von Mohamed V. besichtigt, dem Vater der damals aktuellen Monarchie in Marokko.
Sehenswürdig, aber so viel Prunk in dem armen Land.
Ich weiß nicht, aber irgendetwas stimmt mit mir nicht. Der Bus fuhr nun in Richtung Casablanca, im Bus ein angenehmes Klima, großzügige Sitzplätze und im Hotel „Holiday Inn" waren unsere Zimmer reserviert. Alles wunderschön, aber mir war übel, ich konnte abends schon fast gar nichts mehr essen. Nachts musste ich einige Male raus und erbrechen.
Auch im „Sheraton" Hotel in Marrakesch war das so. Mir war übel, ich konnte nichts essen, aber ich musste ja mit.

Auf dem berühmten Platz in Marrakesch haben wir die Schlangenbeschwörer angesehen und das verrückte Treiben dort verfolgt, kaufen wollte ich nichts.

Aber Bargeld musste ich noch haben. Also probierte ich es dort in Marrakesch auf dem berühmten Platz. Aus dem Automaten wollte ich mit meiner EC-Karte Geld holen und es hat wirklich geklappt.
Trotzdem immer wieder: „Taschen festhalten".

Und dann sind wir durch die berühmten Souks, der Reiseführer mit dem weißen Gewand voran. Diesen Trubel da in den Gängen musste man nun wirklich miterlebt und gesehen haben.
An jeder Seite Verkaufsbuden mit Trödel, Leberwaren, Schafwolle, Messing, Bilder, Wandteller. Auch Obst und Gemüse, tote Tiere mit Köpfen dran. Dazwischen Stände mit Gewürzen und Kräutern. Davon war ich angetan.
Aber regelrecht angewidert hat mich das in großen Stücken an S-Haken herabhängende Fleisch, direkt zum Anfassen.
Darunter waren kleinere Fleischstücke ausgebreitet, ohne Abdeckung.

In Marokko

Durch diese engen Gassen bewegten sich dann die
Menschenmassen, dazwischen fuhren Motorräder und
Eselskarren mit irgendetwas beladen. Einige haben sich mit
beladenen Schubkarren durch die Menge gezwängt,
unbeschreiblich – ich habe Bilder gemacht.

Die Wohnbereiche waren ein wenig am Hang gebaut, rechts
und links die Wohnungen, dazwischen eine enge Gasse, wo
ein „Abwasser"-Rinnsal nach unten geht.
Ich konnte es kaum fassen, wie die Menschen hier leben oder
leben müssen.
Mit Ruth hatte ich mich angefreundet, wir beide wollten nicht
mitfahren zur Besichtigung einer Lederfabrik, sondern haben
eine Kutschfahrt durch Marrakesch gemacht. Das war viel
schöner und angenehmer.
So saßen wir nun in einer kleinen Gasse, haben auf die
anderen gewartet, uns gegenüber ein Berber mit Beduinen-

269

Kappe. Er konnte sogar etwas Deutsch und plötzlich sagte er zu Ruth: „Für dich hätte ich mal 20 Kamele gegeben."
Ich habe gleich losgekreischt.
Mit meinem Erbrechen wurde es nicht besser, nun kam auch noch Durchfall dazu. Zum Frühstück habe ich nur zwei Tassen Tee getrunken.
Der Reiseleiter gab mir Elektrolyte, die ich in Wasser auflösen sollte und er sagte noch: „Trinken, Trinken, Trinken".

Wir waren auf dem Weg nach Erfourd, haben hinter Quarzazate das Tal des Flusses Dades durchfahren, dann bis zur südlichsten Stadt Erfourd am Rande der Sahara und von da noch ein Stück weiter bis Rissani.
Wer wollte, konnte sich anmelden, um einen Sonnenaufgang in der Sahara in den Sanddünen von Merzouga mitzuerleben.
Und ich wollte! Mir ging es zwar miserabel, aber das mit dem Sonnenaufgang musste ich noch schaffen.

Einmal im Leben in der Wüste Sahara sein!
Also aufstehen um 4.35 Uhr, Abfahrt mit dem Jeep in die Wüste um 5 Uhr.

Wir mussten auf die Dünen raufklettern, klar, da bin ich nicht hochgekommen, einige andere aber auch nicht, denn auf mit dem feinen Wüstensand rutschte man immer wieder runter.
Natürlich waren hilfsbereite Beduinen da, die haben uns, aber besonders mir geholfen.
Einer hat mit seinen Armen um meine Taille gegriffen und mich fast hoch getragen, ich hatte keine Kraft mehr.
Langsam wurde es hell, ich hatte es mir oben auf der Düne bequem gemacht, auch wegen des feinen Wüstensandes ein großes Tuch um Kopf und Schulter geworfen. Es dauerte

nicht lange, bis die Sonne hervorlugte. In nur wenigen
Minuten leuchtete ein großer feuerroter Ball über den
goldgelben Wüstensand.   Beinahe ergriffen waren alle
von diesem Vorgang und nur in diese Stille hinein klickten
die Fotoapparate, meiner auch.

Ein einmaliges Erlebnis, mein Glück, das ich das noch
miterleben konnte, denn mir ging es immer schlechter.

„Nun noch bis zum Jeep laufen, ach, hätte ich doch ein Kamel
genommen." Einige, die an einer anderen Stelle waren, kamen
auf Kamelen daher, deshalb mein spontaner Gedanke.
Aber nein, mein Beduine war wieder da, um mich
abzuschleppen. Nicht etwa aus Mitleid.
Sie haben natürlich eine kleine Spende erwartet.

*In der Sahara, die Wüste Merzouga – der Beduine schleppt
die Rosemarie ab*

Die Hälfte der Mitreisenden im Bus hatte inzwischen auch Beschwerden. Manche hatten Durchfall, aber keinem ging es so schlecht wie mir. Was hatte ich nur?

Jetzt ging die Fahrt über Midelt, Azrou durch das wunderschöne Altlasgebirge.

Im Hotel „Belere" haben wir geschlafen, ich allerdings nur wenig, denn immer wieder musste ich vom Bett zur Toilette.

Weiter ging es bis Tetonan, dann auf die Fähre und zurück.

Nach und nach ging es mir besser, ich konnte wenigsten wieder etwas essen.

Meine Übelkeit in Marokko hatte ich abgespeichert, nur nicht mehr daran denken.

Doch nun drei Monate später in Deutschland, in der Praxis von Dr. Schäfer kam nach einer Blutuntersuchung alles ans Tageslicht.

Dr. Schäfer sagte: „Was haben Sie denn gemacht, Sie hatten ja eine Hepatitis A, ihre Leber hat 100 Antikörper gebildet."

Nun, endlich hatte ich eine Erklärung dafür, was mit mir los war in Marokko. Der Erreger muss in Larache im „Couscous"-Essen gewesen sein.

***

Weihnachten kam heran, meine Tochter mit Max sind diesmal erst am 24.12. gekommen, der Kirchgang viel aus. Dafür gingen die Vorbereitungen zu Silvester schon los.

Hier in Spanien wird an Silvester rote Unterwäsche getragen. Das müssen wir selbstverständlich auch.

Sogar in meinem Super La Nucía gab es ein schönes Angebot an roten Slips und BHs.

Dann stand ein weiteres Ritual an. Dazu gehörte, alle Räume mit einem speziell zubereiteten Wasser wischen.
Etwa acht Liter Wasser, da hinein etwa 20 Gramm gemahlenen Zimt, etwas Salz, etwas Fruchtessig oder Zitronensaft, etwas Spülmittel.
Schließlich muss man sich die bösen Geister vom Leib halten.
Auch ein Linseneintopf ohne Gewürze durfte nicht fehlen, damit das Geld nicht ausgeht.
Dann zwölf Weintrauben schlucken und das in der letzten Minute vor 24 Uhr, also eine für jeden kommenden Monat im neuen Jahr.
Die Trauben sind in Spanien nicht so groß, trotzdem ist es schwierig.
Bloß nicht Lachen, sonst wird es eng mit der Zeit – all das soll Glück bringen im neuen Jahr! Hoffentlich! Wer weiß? Abwarten!

***

Otto, der Hochstapler aus der Schweiz

Nicht auf öffentliche Verkehrsmittel angewiesen zu sein, dass konnte ich mir zum Glück erlauben. Mein Auto, der VW-Passat Variant war mein zweites Zuhause, auch für meinen kleinen Bibi, denn der war immer dabei.

Sein Körbchen stand hinten im Kofferraum und der war nur durch die hintere hohe Sitzlehne getrennt, sodass er da nicht rüber kam. Allerdings konnte er durch das Hinterfenster alles beobachten. Wo geht Frauchen hin, wo verschwindet sie mit dem Einkaufswagen.

Wenn ich zurück kam, war ein Freudentanz üblich.

So konnte ich auch meinen Besuch immer vom Flughafen in Alicante abholen und wieder bringen.

Auch mit Anna, einer Schweizerin, war ich oft unterwegs, meist irgendwo zum Essen oder im Singleclub in Albir im „Los Rubios". Da hatte ich sie auch kennengelernt.

Eigentlich war ihr Name Anni, aber hier in Spanien wurde sie zur Anna und bei mir wurde aus Rosi, Rosa.

Anna lebte allein in ihrem neuen, sehr schönen Flachbau im Nachbarort. Ach, wie habe ich sie immer bewundert, wenn sie regelmäßig im Winter bei 16° Wassertemperatur zum Baden ins Meer ging.

Eine aufrichtige Freundschaft hat uns bald verbunden. Wir waren auch fast im gleichen Alter, so fast Mitte 60.

Sie war eine aparte, sehr gutaussehende Frau mit blonden Haaren, die sie am Hinterkopf zusammengerafft hatte.

Plötzlich, bei unserem nächsten Treffen, war das Thema „Männer" aktuell.

Viele Schweizer hielten auch hier an der Costa Blanca Kontakt, so auch Hansueli und Aennerlie mit der Anna.

Sie hatten eine Wohnung in Finestrat und ein Haus im Barranco Hondo hier in La Nucía.

Und da gab es nun den Schweizer Witwer Otto J. in Denia, den sie nun mit Anna verkuppeln wollten.
Ein erstes Treffen mit den beiden hatte schon stattgefunden.

Anna war nicht begeistert, sie wollte überhaupt keinen Mann mehr, auch diesen Otto nicht.
Die entscheidende Aussprache sollte in Denia stattfinden.
Otto hatte sie eingeladen, er wollte ihr sein Haus zeigen.
Anna: „Rosa, was mache ich bloß, wie komme ich nach Denia, das sind fast 60 Kilometer, ob da ein Bus hinfährt von Benidorm?" Ich konnte das auch nicht sagen, aber für mich war das doch keine großartige Sache, sie dorthin zu fahren.
Ich: „Anna, das ist kein Problem, ich fahre dich dorthin."
Selbstverständlich halte ich mich diskret zurück und bleibe im Auto sitzen, wenn ihr sprechen wollt.
Das Treffen war in einem großen Restaurant vereinbart, direkt an der Straße am Anfang von Denia.
Gesagt, getan – wir dahin.
Doch das Chaos fing schon wieder an, seinen Lauf zu nehmen und ich mittendrin.
Nichts da, von wegen, ich im Auto bleiben. Beide hatten mich gerufen, ich sollte mit an den Tisch kommen zum Essen.
Wir saßen draußen im Biergarten, es war Mitte April.
Dieser Otto, graue Bürste, normale Figur, offener Hemdkragen, machte erst mal einen guten Gesamteindruck.
Er hat drei Essen bestellt und schon fing die Unterhaltung an.
Unterhaltung? Eine allgemeine Unterhaltung war das nicht, nur mir stellte er laufend Fragen. Ich sah auch, wie er einen kleinen Zettel aus der Jackentasche nahm und sich immer wieder Notizen machte von dem, was er von mir wissen wollte.
Dann sind wir zu seinem Haus nach Els Poblets, einem Ortsteil von Denia gefahren.

Eine schöne Villa stand da am Ende einer Straße, daneben eine verödete Fläche.

Die große Wohnung unten im Haus war luxuriös eingerichtet und wurde an Urlauber vermietet. Für seine eigene Wohnung hatte er das Haus aufgestockt. Diese war allerdings nur über eine Wendeltreppe von außen zu erreichen.

Das Grundstück 400 Quadratmeter, der Pool gehörte zur Hälfte dem Nachbarn.

Annas Adresse hatte Otto, meine hat er auf dem kleinen Zettel im Biergarten notiert, nur die Telefonnummer wollte er noch haben.

Dann sind wir wieder los, hatten genug gesehen und gehört.

„Also dann. Tschüss, lieber Otto, vielen Dank für Essen und Trinken", wir waren ja gleich beim „Du".

Bei der Heimfahrt kamen wir aus dem Lachen nicht mehr heraus, wie der uns mit seinen Gesten und Sprüchen beeindrucken wollte, dieser alte Hahn.

Unsere Meinung: „Das ist ein Verrückter."

Anna war froh, dass sie aus der Nummer raus war, aber nach ein paar Tagen klingelte bei mir das Telefon.

„Ja, hier ischt Otto, der Schwiitzer, Salü Rosa! Morgen fahre isch mit dem Autobus in die Schweiz. In Aarau holt mich mein Sohn mit den Weinkartons ab, damit fahren wir dann in mein Haus, das ist in der Nähe von Langenthal. Jo, i bleib 14 Tage, komm mit dem Bus wieder zurück, möscht disch dann einmal besuchen, dein Casa ansehen. Behüt dich Gott, Salü Rosa"

Dann kam er doch wirklich, natürlich mit Voranmeldung. Mein Haus mit Garten hat ihm sichtlich gefallen, wir haben Kaffee getrunken. Ich hatte ebenfalls wie Anna kein Interesse an diesem Mann, aber man ist ja nicht unhöflich und bewirtet

diesen inzwischen Bekannten, wie jeden anderen Besucher.
Ich wurde schon etwas ungeduldig, wollte noch im Garten
etwas arbeiten, doch dieser Otto schien Blei am Arsch zu
haben. Er ging nicht, machte es sich inzwischen in einem
Sessel bequem und fing an zu erzählen:
„Rosa, ich bin schon 75 Jahre alt, fühle mich noch gut, mache
mit Immobilien, habe auch mit einer Spanischen Bau- und
Immobilienfirma einen Vertrag und vermittle spanische
Immobilien an Schweizer Kunden. Dafür gibt es eine schöne
Provision. Auch Ferienwohnungen vermiete ich,
hauptsächlich in Denia." Er gab mir seine Visitenkarte.
„Ja, Rosa", sagte er, „ich habe noch eine Menge zu tun, auch
jede Menge spanischen Rotwein verkaufe ich in der Schweiz.
Ich lade Leute ein zur Weinverkostung in meinen original
hergerichteten Weinkeller in meinem Haus.
Das Verkosten dauert immer etwas länger, dabei geht es sehr
lustig zu. Ich stoße immer mit an, erzähle zwischendurch
Witze und nehme dann gern die Bestellungen für diesen edlen
spanischen Rotwein entgegen."

Otto in seinem Weinkeller in der Schweiz

Ich war selbst bei so einer Weinverkostung dabei, kam aus dem Staunen nicht mehr heraus, dieser Otto, ein Schlitzohr.

Wie kann es anders sein, ich habe schon wieder vorgegriffen und von meinen Eindrücken bei der Weinverkostung berichtet.

Ja, nun hatte ich mich anders entschieden. Jetzt wollte ich diesen Otto doch näher kennenlernen.

Angefangen hat es mit der Frage von Otto: „Rosa, würdest du mal mitkommen mit dem Bus in die Schweiz?"

Ich habe zugestimmt, denn ich wollte mal ausprobieren, wie das so geht, mit dem Bus die Nacht durchzufahren.

Mein kleiner Bibi musste natürlich mit.

Dort in seiner großzügigen Villa könnten wir wohnen und in der Garage unten stehe ein fast neuer Mercedes, mit dem könnten wir in der Schweiz unterwegs sein.

Diese Ankündigung hat mir schon sehr gefallen, ich war schon gespannt, wie es dort aussieht.

Ach, ist das alles wieder verrückt. So komme ich von einer Männerbekanntschaft zur nächsten.

Also, wir beide mit Bibi in den Bus. Abfahrt um 18 Uhr in Denia. Die Fahrt war für mich jedenfalls eine Tortur. Schlafen bei dem Geruckel, Gehupe, den Fahrgeräuschen und im Sitzen, das ging gar nicht. Otto hat neben mir geschnarcht.

Um 11.30 Uhr sind wir in Aarau angekommen, ich war total fertig und übermüdet, musste mich erst einmal hinlegen.

Auch das noch, als wir in Aarau ankamen, haben einige gesehen, dass mein kleiner Hund dabei war. Da gab es gleich eine Verwarnung vom Busfahrer: „Hunde dürfen nicht in dem Bus mitfahren."

Trotzdem, ein schönes Gefühl, nun auch die Schweiz kennenzulernen.

Der Sohn von Otto hat uns an der Bushaltestelle abgeholt und zum Haus gefahren.

Gleich am nächsten Tag starteten wir, Otto wollte nach Bern. Auch seinen Bruder besuchen, doch zuerst, das war mein Wunsch, auf den Friedhof zum Grab seiner Frau.

Auf der Rückfahrt von Bern haben wir in Rapperswill angehalten, sind dort zu seinem Bruder Fritz mit Hedi, auch Mittag gegessen haben wir da.

Oft waren wir bei seinem Sohn mit Christa und den Kindern Search und Janin.

Da wurden wir auch immer gut bewirtet, einmal, als wir von einer Tour kamen, stand sogar ein Teller mit Kuchen vor unserer Eingangstür.

Ein anderes Mal waren wir alle gemeinsam in der „Linde" mit Peter und Elisabeth zum Essen, ein tolles, herzliches Verhältnis war das.

In Basel waren wir bei seinem anderen Bruder Edi mit Frau und Tochter, haben seine Häuser angesehen.

Wie immer und überall in der Schweiz waren wir zum Essen eingeladen.

Nun, wo wir schon in Basel waren, hat Otto noch bei einer Möbelfirma einige Sachen für die untere Wohnung bei mir eingekauft, zum Großhandelspreis.

Eine tolle Geste. Ich war von seiner großzügigen Art begeistert, auch mit ihm die Schweiz kennenzulernen. Wieder einmal hatte ich einen privaten Reiseführer, ach war das schön.

Kleine Bettgeschichten waren zweitrangig, geliebt habe ich diesen Otto auch nicht, nur erst mal bewundert, wie dreist und draufgängerisch er als Geschäftsmann war.

Später musste ich meine Meinung revidieren.

***

Dieser Otto aus der Schweiz ist nun Mann Nr. 11

Ich habe immer wieder gestaunt, was dieser Otto mit
76 Jahren noch für eine Energie hat. Nachdem wir nun drei
Wochen in der Schweiz unterwegs waren, sind wir wieder
zurück nach Spanien, ich mit dem Flieger ab Zürich wegen
Bibi. Angekommen und gleich ging die Hektik wieder los,
denn Otto musste die Kaufinteressenten Manfred und Sylvia
vom Flughafen abholen. Den ganzen nächsten Tag waren wir
mit denen unterwegs, Grundstücke und Häuser ansehen.

Meine Freundin Rosi B. war zurück von ihrer großen
Weltreise und hat mich eingeladen, mit ihr in den Benidorm-
Palast zu gehen.
Ich: „Ja, gern komme ich dahin, bringe aber meinen Freund
mit."
„Oh, da bin ich aber gespannt", sagte sie.
Drei Tage später hatten wir das Vergnügen. Es wurde ein
gemütlicher Abend, in diesem riesigen Benidorm-Palast, wo
einst Julio Iglesias seine Karriere begann. Jede Loge war
besetzt, ein Show-Programm lief ab, dazwischen gab es
immer wieder Gänge des Menüs.

Ein paar Tage später stand meine Reise mit dem Auto wieder
nach Narbonne in Frankreich an. Lange davor hatte ich diese
Reise mit dem Autozug schon gebucht.
Genau sechs Stunden bin ich bis La Jonquera, dem Grenzort
in Spanien, gefahren. Dort, im Hotel „National", wieder das
Auto in die Garage und noch ein ausgiebiger Spaziergang mit
meinem Bibi, bevor wir in die Betten gingen.

Das Polsterkörbchen für meinen Bibi hatte ich immer dabei.
Jetzt war es nicht mehr so weit bis Narbonne. Das Auto rauf

auf den Reisezug, wir rein in unser Abteil, das uns allein gehörte. Ich hatte auch voll dafür bezahlen müssen.

Abfahrt um 17.30 Uhr und weil der Zug diesmal über Dortmund fuhr, sind wir erst am nächsten Tag abends in Berlin-Wannsee angekommen.

Es sollte ein längerer Aufenthalt in Deutschland werden und Otto ist dann 14 Tage später mit dem Zug aus der Schweiz in Berlin-Wannsee angekommen.

Seinen Koffer hatte er mit drei zusätzlichen Gurten gesichert, der war auch unheimlich schwer. Warum? Nun, als er den Koffer öffnete, bin ich bald hinten über vor Lachen, denn er hatte über 100 Tafeln Schokolade da drin.

Was für Vorstellungen er hatte, was für Einfälle. Manchmal hatte ich den Eindruck, es läuft nicht ganz rund bei ihm.

Gleich am nächsten Tag sind wir mit Otto zum Bundestag, da die Glaskuppel hoch bis oben. Auch auf dem Fernsehturm waren wir, meine Carmen war auch dabei.

Nächsten Tag die Schlösser-Besichtigung in Potsdam, dann zum Heimatfest in Großbeeren und im Biergarten in Diedersdorf waren wir auch. Er sollte eben auch in Deutschland einiges sehen und kennenlernen.

Die Zeit verging, es war schon wieder September. Diesmal wollten wir gemeinsam mit dem Autoreisezug bis Narbonne zurückfahren, von da sind es nur noch 740 Kilometer bis La Nucía. Wir sind auf dem Verladebahnhof in Berlin-Wannsee zur Abfahrt bereit, da kommt eine Durchsage, dass der Zug nur bis Lörrach fährt, weil in Frankreich bei der Bahn gestreikt wird. Na, das ging ja gut los.

Mitten in der Nacht mussten wir in Lörrach aus dem Zug und die lange Strecke allein mit dem Auto fahren.

So waren wir in der Dunkelheit erstmal an der Schweizer
Grenze gelandet. Also, wieder zurück bis zu den Hinweisen
Frankreich/ Lyon. Es war hart, dieses Fahren in der Nacht und
die nicht enden wollenden 1.500 Kilometer mussten wir nun
zurückfahren. Beim Fahren haben wir uns abgewechselt und
sind am nächsten Tag um 17 Uhr in Denia gut angekommen.

In Spanien gab es wieder neue Termine. Otto fing auch an,
von einem Pool zu sprechen. Ich müsste den unbedingt haben,
dann könnte ich auch die untere Wohnung besser an Urlauber
vermieten. Er würde alles organisieren und sich auch an den
Kosten beteiligen.
Wie sollte ich mich entscheiden?
„Na gut, wenn er Geld dazu geben würde." Trotzdem war ich
wieder einmal mit den Nerven am Ende und körperlich ganz
schön fertig. Mir wurde alles zu viel, ich konnte nicht mehr
schlafen, fing an, Tabletten zu nehmen.
Otto dagegen schien robust.

Wir waren in der Hauptstraße in Benidorm, der Mediterràneo
unterwegs, da standen ein paar Leute fast mittig auf dem
Bürgersteig. Es waren Hütchenspieler.
Otto blieb stehen, hat zugeschaut, einmal richtig getippt, er
hat fünf DM gewonnen. Nun war er wie hypnotisiert, wollte
noch mehr gewinnen. Ich wusste, wie so etwas endet, wollte
ihn da weg ziehen, aber nein, er blieb stur da stehen.

Habe wieder versucht, ihn da wegzuziehen, da bildete sich
plötzlich ein größerer Kreis um ihn herum. Ich ging
wutentbrannt ein Stück weiter und beobachtete alles.

Kurz danach kam er tobend an, man hatte ihm sämtliche
Geldscheine aus der Börse gezogen, immerhin

1.200 Schweizer Franken.

Ich lernte diesen Otto immer mehr und immer besser kennen, nun diese Geschichte. Irgendwie tickte der nicht richtig – wie kann man so naiv sein?

In Denia waren wir bei einer Immobilienfirma sein Geld abholen für eine erfolgreiche Vermittlung, eine größere Summe. Im Einkaufsbeutel sind wir damit bis zu seiner Bank gelaufen. Das stimmte mich dann wieder versöhnlicher.

Mit einer anderen Immobilienfirma hatte Otto auch Kontakt. Wir waren mal da und nun hatten die auch an mir Interesse, sicher weil ich Deutsche war.

So haben die auch mit mir am 14.12.2000 einen Vertrag gemacht.

Wenn ich Käufer gebracht hätte für Grundstücke, Neubauten, auch Zweite-Hand-Objekte in Monte Corona, Beniarbeig, Oliva, Bellavista, La Marquesa und noch andere, hätte ich gut Geld verdienen können.

Die Chefs sind mit uns herumgefahren, haben Grundstücke und Häuser an Ort und Stelle gezeigt.

Leider, mir fehlte die Zeit, ich hätte auch in Deutschland Reklame machen müssen.

Kurze Zeit später hatte ich noch die Verkaufsrechte für „La Alberca" mit Modelo, Alhambra und Toledo von einer anderen Firma. Wie immer keine Zeit, denn nun nahm die Sache mit dem Pool auf meinem Grundstück Formen an.

Die Firma Sanden in Alfaz del Pi hatte den Auftrag, im Januar 2001 sollte begonnen werden.

Doch vorher stand wieder eine Reise in die Schweiz an. Otto war wie immer mit seinen Weinkartons mit dem Bus gefahren und ich mit Bibi bis Zürich mit dem Flieger.

Nun folgte der Besuchsmarathon: Wir waren in Zofingen, Bannwill und in Jonen bei Walter und Helen Brehm, dann waren wir bei den Nachbarn Thomas und Claudia zum Essen eingeladen, dann am nächsten Tag nach Stetten bei Bern zu Hansueli und Aennerlie, wieder einen Tag später nach Ins zu Schwester Margit und Mann, abends Weinverkostung unten im Haus. Dann am nächsten Tag bei Kati, Yvonn, Gerhard und Toni zum Fondue-Essen, nächsten Tag zu Immobilienkunden nach Basel und abends eine Einladung zum Raclette essen. Wieder einen Tag später nach Zällikofen am Zürichsee, abends bei Maria, Anna und Bianca Wein ausliefern – Das war doch alles ein Wahnsinn und nicht mehr normal.

Ich brauchte Ruhe, Ruhe, Ruhe . . .

Die Rückreise mit dem Flieger nach Alicante, aber an ein normales Leben war auch in La Nucía nicht zu denken.
Es wurden die Möbel geliefert für die untere Wohnung und nun, Mitte Dezember, gingen die Vorbereitungen für den Poolbau los.
Otto hatte schon mal meine Orangenbäume und den Birnenbaum abgesägt. Ich habe geweint um meine Bäume, so weh hat das getan und nun gerade noch vor Weihnachten.
Die Mauer auf der linken Seite musste ja für die Baufahrzeuge aufgebrochen werden und gerade da standen die Bäume.
Weihnachten waren wir wieder in Benidorm in der Kirche direkt am Meer.

Im Januar rückten nun die Baufahrzeuge an, brachten schon mal Material. Aber vorher mussten noch die drei großen Kiefern abgesägt und die Stubben entfernt werden.
Oh, sah das jetzt schlimm aus auf dem Grundstück.
Otto hat sehr viel geholfen und extra zum Zerkleinern der

Kiefernzweige sein Beil aus Denia mitgebracht. Doch plötzlich, während der Arbeit, eine Unruhe.

Otto fing an zu toben wie ein Wahnsinniger, denn sein Beil war weg, als er nach einer Pause weiter machen wollte.

„Die Polizei muss kommen!", rief er.

Wir hatten uns mal darüber unterhalten, dass der rechte Nachbar eventuell nicht ganz „astrein" sei und nun seine Feststellung: „Der muss das Beil geklaut haben!"

Diese Idee hatte sich in seinem Kopf so festgesetzt, dass er darauf bestand, dass die Polizei kommen müsse. Ich sollte anrufen. Haus und Grundstück des Nachbarn müssen durchsucht werden.

Ich hatte meine Not, habe versucht, ihn zu beruhigen, auch auf die 1,30 Meter hohe Mauer gezeigt. „Schau, da hätte der doch erst rüber klettern müssen." Wutentbrannt verschwand er in der Garage. Irgendeiner der Arbeiter hat dann das Beil zwischen den Zweigen gefunden.

Aktionen beim Poolbau bei mir in La Nucía

Die Spanier sind ja Spezialisten im Poolbau. Zwei Tage
danach stand neben meinem Haus ein riesiger Kran, der
sämtliches Material auf die schon vorhandene Betonfläche
heruntergehoben hat, denn der Pool sollte direkt vor der
unteren Terrasse entstehen. Schon bald nahm alles Gestalt an.
Die Außenwände waren hoch, innen waren Eisengitter
angebracht, die dann mit flüssigem Beton besprüht wurden.

Fliesen kamen ran, ein Delphin am Boden und noch eine
Unterwasser-Beleuchtung. Der äußere Rand wurde von
Spezialisten gefertigt. Nun noch eine gemauerte Außendusche
und die Abdeckung für den Pool. Alles hat wunderbar
geklappt, aber Außenarbeiten waren noch nötig.
Die nächste Reise in die Schweiz, ich mit dem Bibi wie
immer mit dem Flieger nach Zürich und Otto mit dem Bus.
Er musste den bestellten Wein mitnehmen, die Weinkartons
kamen immer hinten in den Busanhänger.

Er hat auch immer dafür gesorgt, dass ich zum Flughafen gebracht und wieder abgeholt werde.

Die restlichen Arbeiten auf dem Grundstück gingen weiter.

Familie Dobner hat die Gartenanlage neben dem Pool terrassenförmig gemauert und eine Treppe bis zum Nebenraum des Pools nach unten angelegt. Das war der Raum, in dem sämtliche Elektrik drin war und verschiedene Geräte für die Poolpflege.

In unserer Abwesenheit wurde auch am hinteren Teil des Pools der Sand wieder angefüllt, auch am Nebengebäude, das war in Ordnung – oder nicht?

Im Herbst, als Regenwetter einsetzte, war das Chaos wieder perfekt.

Beim Anfüllen der Erde am Nebenraum wurde das Mauerwerk von außen nicht mit Isoliermasse angestrichen und so lief das Regenwasser munter innen in dem Gebäude hinunter, direkt durch die elektrische Anlage für den Pool.

Auch Tage danach habe ich mich nicht in diesen Raum getraut. „Ja bringt denn dieser Pool nur Tragisches mit sich?"

Vier Wochen davor war schon so eine furchtbare Geschichte, weil das Wasser vom Pool übergelaufen war.

Kann ja mal passieren, aber als ich das bemerkte, war es so gegen morgen, alles war noch ruhig. Ich musste auf die Toilette und hörte irgendwo Wasser laufen.

Ach, war das wieder ein schlimmes Ereignis. Ich zitterte am ganzen Körper, denn das Wasser lief zwar in den Pool, aber der war am Überlaufen. So viele Stunden ist das Wasser gelaufen, es hätte bestimmt noch einen zweiten Pool gefüllt.

Ich hatte so eine Wut, habe den friedlich schlafenden Otto aus dem Bett gezerrt und ihn angeschrien: „Was hast du da gemacht, den Schlauch in den Pool gelegt und nachher den Wasserhahn nicht mehr zu gedreht! Schau dir an, wie es im

Garten aussieht. Hoffentlich bricht der Pool nicht zusammen oder die Mauer unten am Nachbargrundstück, dort staut sich das Wasser schon einen Meter hoch."

Wir haben dann begonnen, das Wasser mit Eimern abzuschöpfen und einen Schlauch reingelegt und angesaugt, damit das Wasser abfließen konnte.

Nun hatte ich, wie die meisten Häuser hier, einen Pool vor der Terrasse. Genutzt habe ich den oft nur abends, auch nachts bei Mondschein, dann ohne Badeanzug.

Trotzdem, so waren meine Gedanken: „Hat sich der Aufwand gelohnt und für wen?"

Mein schöner neuer Pool in La Nucía

So viel Stress, dann die Kosten und nun kommt die laufende Pflege noch dazu. Tabletten rein, Rückspülungen machen, Stromkosten. Nur damit mal jemand die untere Wohnung mietet? Ich bin wohl auch schon verrückt.

Urlauber wollen oft direkt ans Meer, ich war mindestens fünf
Kilometer davon entfernt und an Dauervermietung hatte ich
kein Interesse. Zu viele Mietnomaden gab es an der Costa
Blanca.

Otto und Anna waren natürlich oft da, haben gebadet, auch
meine Tochter mit Besuch und meine Enkeltochter Thekla
war mit ihrer Freundin hier.
Natürlich hatte ich immer das Portmonee in der Hand,
besonders wenn die Enkelkinder da waren. Eintrittskarten
kaufen, Essen zubereiten, Essen gehen, tanken.
Nun kam auch noch eine andere Geschichte dazu: Unsere
Häuser sollten an eine Abwasserleitung angeschlossen
werden, dazu dann auch neue Gehwege.
Bisher war auf allen Grundstücken hier in der Umgebung nur
eine sogenannte „Fossa" vorhanden. Aber wo die bei mir im
Garten war, wusste ich nicht, die musste auch nicht geleert
werden.
Immer wieder neue Kosten. Ich fing schon an zu grübeln.
Und noch etwas machte mir Sorgen: Dieser verflixte
„Hausbock" oder Holzwurm, der hier an der Costa Blanca
sein Unwesen treibt, ist nach wie vor in meinem Haus am
Fressen! Mit Erschrecken musste ich feststellen, dass der
sogar in den Dachbalken sitzt.
Leider, man sieht das vorher nicht. Erst als ich den Balken mit
dem Besen berührte, um ein Spinnengewebe zu entfernen,
kam mir das Fraßmehl entgegengerieselt.

Es war Pfingsten 2001, Otto hatte mich am Samstag zum
Flughafen gefahren. Danach ist er selbst erst mit dem Bus los.
So war ich schon einen Tag vorher in seinem Haus in der
Schweiz und habe ihn dann mit seinem Mercedes in Aarau am
Pfingstsonntag abgeholt.

Mit seinem Sohn hatte Otto wohl eine Auseinandersetzung.
Der hatte ihm auch einen Brief per Einschreiben geschickt.
Was war da los? Was war der Grund?
Zu mir hat Otto nichts gesagt. Er wollte diesmal auch nicht
mit mir zu seinem Sohn gehen.
Seine Tochter Heidi mit ihrem Mann Rolf, die im Nachbarort
wohnten, war nun sein Ziel.
Wir saßen in gemütlicher Runde beim Kaffee, da kam das
Gespräch auf das Testament von Ottos verstorbener Frau.
Heidi und Rolf waren auch daran interessiert, was in dem
Testament stand. Es ging wohl um das spanische Grundstück.
Mitte Juli sind sie nach Denia gekommen, um gemeinsam mit
Otto nach Pego zum Grundbuchamt und Notariat zu fahren.
Sie waren einen ganzen Tag deswegen unterwegs und
anschließend sind sie zu mir gekommen nach La Nucía, bevor
sie überstürzt wieder in die Schweiz abgefahren sind. Otto
war in Denia geblieben.
Was sie mir dann von Otto, ihrem Vater erzählt haben, war
unglaublich. Ich habe mir immer wieder, kopfschüttelnd,
diese Geschichte der Familie angehört.

Otto und seine verstorbene Frau hatten einen Sohn und eine
Tochter, die auch zeitweise in seiner Firma mitgearbeitet
haben, aber dann ebenso schnell wieder verfeindet waren. Mal
war es die Tochter, mal der Sohn. Gute Ratschläge hat er nie
angenommen, er war stur, hat immer sein eigenes Ding
gemacht.
Die Geschäfte dieser Firma liefen dann immer schlechter, mit
der Firma ging es bergab. Das Pikante: Es gab da einen
Käufer, der für einige Millionen die Firma kaufen wollte, aber
Otto war stur und dickköpfig, hat das nicht gemacht.

Ein Jahr später war die Firma pleite. Gerichtliche
Verhandlungen, Abwicklung, Konkurs.
Otto und sein Sohn waren sich einig, der Sohn hat alles
übernommen, sämtliche Schulden und Verpflichtungen.
Dazu gehörte auch das Haus, also das ehemalige Haus von
Otto. Ich konnte es kaum fassen, wieder so eine
Hiobsbotschaft. Ja, Otto war ein Unikum und keineswegs mit
Takt- und Feingefühl ausgestattet. Er neigte zur Hochstapelei.
Ehrlichkeit und Aufrichtigkeit konnte man nicht erwarten.
Ich wollte nicht dauernd mit ihm zusammen sein.

Trotzdem, alles was ich in der Schweiz sehen und dort erleben
durfte, habe ich ihm zu verdanken.
Wir waren in Zürich, Luzern, Basel, am Bieler See bei seiner
Schwester und natürlich in Bern.

Bern hat mir besonders gut gefallen, die Kramgasse mit den
malerischen Laubgängen, der Bärenplatz mit dem Käfigturm
und natürlich der Zwei-Glockenturm, wo immer vier Minuten
vor der vollen Stunde der Hahn anfing zu schreien und dann
gleich das Glockenspiel losging.
Wir waren am Vierwaldstätter See, sind auch mit dem kleinen
Bibi oft an der Aare spazieren gegangen. Da ist mir besonders
aufgefallen, wie vorbildlich das da für die Hundeabfälle
geregelt war. Immer wieder in Abständen waren
Abfallbehälter für Hundekot und die braunen Beutel dafür in
einem Ständer in der Nähe. Die Aare strömte weiter unten,
nicht weit an Ottos ehemaligem Haus vorbei.
Zu meinem Geburtstag, es war der 67. und wir waren gerade
wieder in der Schweiz, da hatte Otto mir eine besondere
Freude gemacht. Ohne mein Wissen hatte er in einer
Gaststätte Essen bestellt sowie Bruder Edi, Margit und
Christin aus Basel eingeladen. Zu einem gemeinsamen

Festessen, und das war es wirklich: Rehmedaillons, Rotkraut, Birne, Esskastanie, geröstete Spätzle, davor Suppe mit Einlage, danach Eisvariationen, zum Schluss Kaffee.
Diese vorzügliche Schweizer Küche und die gastfreundlichen Schweizer sind mir in guter Erinnerung geblieben. Überall wurden wir herzlich empfangen und ebenso gut bewirtet.
Außerdem, das ist auch verständlich, wollten sie alle die neue Frau an Ottos Seite sehen und kennenlernen.
Seine Frau ist kurz nach der Firmenpleite im Krankenhaus in Denia gestorben.
sie hat diese ganze Situation nicht verkraftet.

Irgendwann beim Sachenordnen fiel mir der kleine Spickzettel in die Hand, den Otto beim ersten Zusammentreffen, wo Anna noch dabei war, geschrieben hatte, da stand: 13.00 bis 15.30 h, 27.4.2000. Besuch von Anna M. und Rosemarie M. – Für mich wäre diese Frau besser, hat ein Haus in La Nucía, Los Arcos Este 19, hat einen neuen VW Stationswagen. Es scheint eine einfache Frau zu sein, Nichtraucherin, kann Schreibmaschine schreiben, Jahrgang 1934, Monat November, also „Schütze," der zweite Mann ist 1993 verstorben, seitdem lebt sie allein. Würde eine Bekanntschaft eingehen, würde auch mit mir hin- und her fahren.

So, so, das war nun sein Statement. Ich habe nur gestaunt, wie berechnend er war. Besonders wichtig war ihm wohl, dass ich ein Auto hatte und so manches Mal seine Weinkartons zum Bus fahren konnte.
Diesmal war es so. Ich habe die Weinkartons zum Bus gebracht und Otto ist allein in die Schweiz gefahren.
Die Gärtner waren bei mir auf dem Grundstück, ich konnte nicht mit.

Eigentlich war ich auch froh, dass er mal zwei Wochen nicht da war. Er brachte sehr viel Unruhe in den Tagesablauf. Meist hat er auch bei mir geschlafen und jeden Abend vor dem Einschlafen hat er laut und mit gefalteten Händen das „Vater unser" gebetet. Ich dann auch.

Ganz dramatische Ereignisse haben dann in den nächsten Monaten das Leben von Otto verändert. Doch dazu später mehr.

Und wie ging es nun bei mir weiter in La Nucía?
Erst einmal ging es weiter, aber ich saß nur noch mit gespitzten Ohren da und wenn irgendwo ein kratzendes Geräusch zu hören war, zuckte ich zusammen.
Vorbeugend habe ich die schönen spanischen Stühle mit der handgeschnitzten Lehne nicht nur angeschaut, sondern auch abgefühlt. Nein, da war nichts.
Doch beim Blick unter den großen stabilen Esstisch mit dem Eisengestell wurde ich fündig. An der hinteren rechten Ecke war eine aus Fraßmehl aufgestellte Pyramide, die noch gar nicht so lange da sein konnte, denn ich mache ja regelmäßig sauber im Wohnzimmer.
Nun wurde es immer verrückter, oder ich wurde immer verrückter. Das war nun wirklich eine üble Situation.
Sogar das Schlafen wurde ein Problem.
Diese „Hausböcke" sind ja besonders nachts aktiv und so schreckte ich mitunter nachts aus dem Schlaf hoch, wo gar nichts zu hören war.
Sogar geträumt habe ich, dass mein schönes Haus zusammenbricht, zuerst das Dach.
Ich lag oft schlaflos und grübelte, wie es weiter gehen könnte.
Überall in den typisch spanischen etwa 20 Jahre alten Häusern waren diese Hausböcke am Nagen, viele bereits mit großem

Aufwand und mit viel Gift unschädlich gemacht und was
sollte bei mir geschehen?
Gift wollte ich noch nicht anwenden.

Viele Gespräche hatte ich mit meiner Tochter. Alles kam auf
den Prüfstand und dann ist die Entscheidung ganz schnell
gefallen: „Ich verkaufe mein Haus in Spanien und wir bauen
in Ludwigsfelde gemeinsam ein neues Haus."
Das Gaststättengrundstück in Ludwigsfelde war inzwischen
aufgeteilt. Den hinteren Teil von knapp 1.000 Quadratmetern
hat mein Sohn für seine Familie, 1.400 Quadratmeter gehören
zur Gaststätte und das restliche Grundstück von
800 Quadratmetern gehörte meiner Tochter. Die lebte zu der
Zeit in einer großen schönen Wohnung, allein mit Mäxchen in
der Stadt Ludwigsfelde. Meine Tochter hat sich auch gefreut,
denn die teure Miete könnte eine Abzahlungsrate werden für
ein Restdarlehen für den Hausbau.
Der Gedanke hat mich wie immer nicht mehr losgelassen und
wenn ich in Spanien verkauft habe, bin ich finanziell auch
besser aufgestellt, um alles mitzufinanzieren.

In den letzten drei Jahren wurden auch Wasser-, Abwasser-
und Gasleitungen in dem Ortsteil von Ludwigsfelde verlegt,
das war natürlich genauso wichtig für unsere Baupläne.
Nun hatte meine Tochter bereits alle Voranfragen, die den
Bau betreffen, gestellt und die Planung lief an.
Es sollte schnell gehen. Daher haben wir uns für ein
Fertighaus der Firma „Haacke" aus Celle, mit Niederlassung
in Plötzin bei Potsdam entschieden. Wir hatten uns
Musterhäuser in Plötzin angesehen und waren begeistert.
Es war Herbst 2001. Es passte in die herbstliche
Stimmungslage hinein, dass eine gewisse Unruhe aufkam,
denn der „Euro" stand vor der Tür.

Alles war schon viel teurer in Spanien und viele wollten gerade jetzt noch ihr Anwesen verkaufen.
Die meisten hatten kein Glück mehr.
Ich hatte keine Bedenken, dass ich mein Haus in dieser bevorzugten Lage und jetzt auch noch mit Pool nicht los werden würde.

Brigitte von der Immobilien Firma „Tremar" hat wieder den Verkauf übernommen und gleich nach der zweiten Besichtigung war die Entscheidung gefallen: Engländer (Schotten) wollten das Haus kaufen.

Nun musste ich noch mit Otto verhandeln, weil er ebenfalls Geld investiert hatte. Ich habe ihm versprochen, nach dem Verkauf des Hauses und dem Geldeingang seine Auslagen zu erstatten. Es wäre mir nie eingefallen, dieses Versprechen nicht zu halten. So schon immer meine Devise. Jemanden betrügen, Geld nicht zurückgeben. Nein, so etwas mache ich nicht, das bringt mir kein Glück.

Mein Hausverkauf ging in die zweite Runde mit einer Anzahlung von zwei Millionen Pesetas war alles zur Zufriedenheit abgelaufen und in La Nucía war nun alles wieder auf die Endphase ausgerichtet.
Wie oft bin ich eigentlich schon umgezogen in meinem Leben?
Bei diesem Umzug gab es allerdings keinen Stress. Ich hatte das Haus möbliert gekauft. Vieles blieb so stehen und von Januar bis Ende Februar hatte ich noch Zeit, meine privaten Sachen einzupacken.
Das wurde nun wirklich eine logistische Meisterleistung.
Jeder Karton mit einer Nummer versehen, in einem separaten Notizbüchlein war alles aufgeschrieben, was da drin war,

etwa 15 Kartons sind es geworden.
Auf jeden Fall sollten die wertvollen spanischen Möbeln mit den handgeschnitzten Figuren nach Deutschland mitkommen. Sie waren nun mal ein Teil meines Lebens geworden und eine schöne Erinnerung an Spanien.
Die Firma „Transmax" aus Villajoiosa hat alles abgeholt und als Teilladung nach Ludwigsfelde gebracht.

Otto war natürlich wütend, diese neue Situation behagte ihm gar nicht. Ich war zufrieden, denn ein gemeinsames Leben mit Otto wollte ich nicht.
Trotzdem tat er mir manchmal leid, manchmal auch nicht.
Sein Sohn hatte nun das Haus verkauft, das ihm mal gehörte und wo er die Weinverkostungen immer gemacht hat.
Der Sohn musste das sicher tun wegen der hohen Schulden.
Otto war nun viel in Denia, auch hat er neue Bekanntschaften gesucht, sowohl in der Schweiz als auch in Spanien. Eine kurze Zeit war er auch in einem Altenheim. Seine Tochter Heidi hatte den Platz besorgt. Kurz danach ist er von dort getürmt. In Spanien ist er wohl bei einer Frau mit Grundstück in Benissa gelandet. Wie immer wollte er dort tatkräftig mithelfen, hat eine Karre vollgeladen und ist mit dieser den Hang heruntergestürzt.
Eine lebensgefährliche Verletzung, der Halswirbel war gebrochen. Ein Hubschrauber musste ihn nach Basel ins Krankenhaus bringen. Da bekam er bei der OP eine Metallschiene am Halswirbel eingesetzt.
Danach hat er sich immer wieder mal in Denia aufgehalten, aber auch in einer kleinen Wohnung in Leukerbad.
Er hat Karten und Briefen geschrieben und mich immer wieder eingeladen nach Leukerbad.

Nun in La Nucía kam eine gewisse Wehmut auf, abends war ich oft am Heulen und die Gedanken gingen zurück.
Wieder, wie so oft in meinem Leben, beginnt ein neuer Lebensabschnitt. Was wird er bringen?
Jetzt, mit dem Hausbau in Ludwigsfelde, gibt es ein neues Ziel und eine neue Herausforderung, die wieder Mut macht und meine Gaststätte ist ganz in der Nähe.
Für mich soll es in dem neuen Haus eine nicht so große Einliegerwohnung geben, denn mit 70 Jahren brauche ich keinen großen Hausstand mehr.

Im April 2002 war der Notartermin für den Verkauf meines Hauses in La Nucúia, aber so lange wollte ich nicht in Spanien bleiben. Die Rückfahrt mit dem Auto war Anfang März geplant. Mein Sohn kam mit dem Flieger, blieb noch acht Tage. Restliche persönliche Sachen rein ins Auto, aber ans Abfahren war noch nicht zu denken. Immer wieder kamen Nachbarn und Freunde, sogar Renate Kirchhoff aus Albir mit dem Auto, um uns zu verabschieden.
Bevor es nun endgültig los ging war, ich noch einmal auf dem Balkon, habe den Garten von oben betrachtet und auf das Meer geschaut, das wieder dunkelblau leuchtete.

Mein Haus in La Nucía –
oben: Straßenseite, unten: Gartenseite mit Pool

Ach, was war das wieder für ein Gefühl, dieses Abschiednehmen müssen, dabei noch einmal einen Blick zurück: Fünf Jahre habe ich hier an der Costa Blanca gelebt, die meiste Zeit allein in meinem Haus und trotzdem habe ich so viele Menschen kennengelernt.

Das waren vom ersten Tag an meine Nachbarn Hans und Gerlinde Wolter. Die wichtigsten Menschen für mich, die mir immer mit Rat und Tat zur Seite gestanden haben.

Sie waren auch in der Leitung des Deutschen Clubs DCIB Costa Blanca. Das war schon ein größerer Club, auch die Dauercamper gehörten dazu und selbstverständlich ich dann auch.

Ein Fernsehteam vom WDR kam, um Filmaufnahmen von den Menschen zu machen, die größtenteils an der Costa Blanca leben.

Anlaufpunkt war Familie Wolter. Ich war wie immer dabei. Diese Freundschaft mit Gerlinde und Hans, das absolute Vertrauen, die Achtung voreinander, das war einmalig – ich werde sie sehr vermissen.

Schon durch die Hunde kamen Freundschaften zustande, wie mit Simona der Schweizerin. Sie war mit Demetrio, einem Spanier, verheiratet. An die schönen Ausflüge mit Charlotte und Ingrid werde ich mich oft erinnern.

Auch mit Renate Kirchhoff und Werner aus Albir war eine gute Freundschaft entstanden.

Besonders oft war ich mit Ines zusammen, die war noch zehn Jahre jünger als ich und für mich unfassbar, sie ist kurz nach meinem Umzug nach Deutschland verstorben.

Meine Nachbarin gegenüber, Waltraud Flöß, sie lebte seit dem Tod ihres Mannes auch allein im Haus mit ihrem Hund. Oft sind wir gemeinsam zum Essen gefahren. Sie hatte kein

Auto mehr. Nun ist sie in ihren Haus gestürzt und bei der anschließenden Bettruhe auch noch aus dem Bett gefallen.

Selbstverständlich brachte ich ihr auch Essen und habe sie etwas versorgt. Das hat ihr Hund aber gar nicht gern gesehen und mich gebissen. So musste ich noch nach Benidorm ins Krankenhaus wegen der Tetanusspritze.
Es haben sich noch andere um sie gekümmert und zwei Nächte hat eine Schwester aus der Residencia „Montebello" bei ihr geschlafen. Doch der Medico de Urgencia (Notarzt) sagte, sie müsse ins Krankenhaus und hat einen Krankenwagen geschickt.

Doch jetzt haben sich schlimme Szenen abgespielt. Sie wollte nicht in den Krankenwagen einsteigen, hat sich zwar bis ans Tor leiten lassen, aber dort am Eisengitter festgehalten und steif gemacht.
Eine halbe Stunde ist bestimmt vergangen, bis die beiden Spanier sie in den Krankenwagen bekommen haben.
Ich habe vom Fenster im Gästezimmer alles beobachtet.
Im Krankenhaus wurde dann festgestellt, dass sie einen Schlaganfall hatte und beinahe zu spät angekommen war.
Inzwischen war auch ihre Tochter Elke aus Deutschland da.

All diese Menschen sehe ich vor mir, die Erlebnisse laufen wie ein Film ab.
Nun schließe ich die Haustür ab, den Schlüssel nehme ich mit, denn der offizielle Kaufvertrag wird erst im April unterzeichnet.
Endlich steige ich ins Auto ein, mein Sohn sitzt schon am Steuer und wartet. Die Fahrt kann los gehen, es liegen fast 2.500 Kilometer vor uns.
Wir sind auf die A7 Richtung Grenze, waren abends da, aber

jetzt ein Zimmer nehmen? Nein. Mein Sohn wollte weiter fahren, er hatte wohl ein steifes Bein, immer Gas und fahren, fahren.

Bei Lyon haben wir eine kurze Pause gemacht, getankt, dann immer weitergefahren durch die Nacht.

Ich lehnte mich zurück, machte die Augen zu und mir fielen Ereignisse ein, die auf dieser Strecke passiert sein müssen.

Familie Eisermann aus der separaten Straße waren mit ihrem Wohnmobil unterwegs, haben nahe der Straße Rast gemacht, sich hingelegt, sind dabei eingeschlafen. Als sie wach wurden, war der Wohnwagen leergeräumt, alles, was nicht fest verankert war, Wertsachen, Geld, Papiere, war weg.

Eine neue Masche der Diebe. Sie lassen durch die Luftschlitze im Wohnmobil ein Betäubungsgas ein, das wirkt ein oder zwei Stunden und dann räumen sie alles aus.

Unsere Fahrt ging immer weiter. Schlafen konnte ich nicht, wusste aber nicht mehr, wie ich sitzen sollte.

Während der Fahrt habe ich immer irgendetwas erzählt, weil ich Angst hatte, dass mein Sohn einschläft.

Aber nein, er hat immer wieder gesagt: „Mutter, mir geht es gut." In Deutschland war es dann bereits hell.

Nun noch ein Hotelzimmer nehmen? Nein. Also Weiterfahrt nach Ludwigsfelde. So haben wir diese Strecke von Spanien nach Deutschland in 22 Stunden zurückgelegt, eine Meisterleistung meines Sohnes.

Er hat sich am Steuer auch nicht ablösen lassen. Ich war die ganze Zeit Beifahrer und trotzdem fix und fertig.

So sind wir gut angekommen und am nächsten Tag bin ich gleich auf den Friedhof, um von meiner treuen und

aufrichtigen Nachbarin, Ruth Unger, die am Tag davor
beerdigt wurde, Abschied zu nehmen.

Klar, auch in meinem Körper hatte mein verrücktes Leben
Spuren hinterlassen.
Schon in Spanien in der „San Carlos Klinik" hatte man bei
einer Zinkographie meiner Schilddrüse eine Überfunktion
festgestellt.
Nichts Bedrohliches und in Deutschland wurde das dann in
Bad Saarow in einer Spezialklinik gemacht. Eine Kapsel
schlucken, Isolierung und am vierten Tag wurde ich entlassen.
Danach war eine Unterfunktion, das hatten die Ärzte aber
vorausgesagt.
Schlag, auf Schlag ging es nun weiter auf unserem
Baugrundstück. Die neue Lebensphase verlief nicht ruhiger,
nein, genauso verrückt ging es weiter.

Schließlich geschieht so ein Hausbau nicht alle Tage und wir
beide, meine Tochter und ich, ohne männlichen Begleitschutz,
mussten das nun in die Reihe kriegen.

Nun war der Notartermin in Spanien herangekommen. Ich in
Alicante gleich in den Mietwagen rein und sofort zu meinem
Haus. Zwei Tage später war das Treffen mit Brigitte vom
Immobilienbüro und den Käufern in Benidorm beim Notar.
Nachdem die Verkaufsunterlagen unterschrieben waren, habe
ich dann eine größere Summe Bargeld bekommen. Es waren
ja schon Euro.
Mit diesen Geldbündeln, lose im Einkaufsbeutel, bin ich dann
durch einige Straßen bis zu meinem Mietwagen gelaufen und
auf dem schnellsten Weg zu meinem Haus gefahren.
Mein Flieger ging erst nachmittags, so war noch genug Zeit,
das Geld zu verstauen.

Ich steckte etwas in spezielle kleine Taschen, die man um die Taille unter der Kleidung tragen konnte, etwas kam in die Seitentaschen der Reisetasche als Handgepäck, der Rest kam in die Innentasche meiner Jacke!

„Nun, Rosemaria mach dich auf den Weg." Den Haustürschlüssel habe ich in den Briefkasten geworfen und fuhr nun mit dem Mietwagen Richtung Alicante.

Dort die Autoschlüssel in den Briefkasten der Mietwagenfirma und los ging es zur Abfertigung am Flughafen.

Und da war es wieder, dieses Herzrasen und es wurde immer schlimmer, je näher ich der Abfertigungshalle kam.

Am Schalter, es ging los, ich wurde durchleuchtet, wurde abgefühlt, auch die Taschen wurden durchleuchtet.

Und? – Der Nächste bitte.

Ein Aufatmen und der Gedanke: „Wenn der Flieger nicht abstürzt, müsste ich mit dem Geld gut ankommen in Berlin-Tegel." Ja, warum hatte ich eigentlich solche Angst? Ich hatte doch kein Verbrechen begangen oder das Geld gestohlen.

Wenn sie mich zurückgeschickt hätten, wäre vielleicht das Finanzamt aufmerksam geworden.

Es war schon eine aufregende Geschichte und als ich dann Tage später 50.000 Euro von diesem Geld für die fällige Anzahlung für unseren Hausbau bar auf den Tisch gelegt habe, waren alle sprachlos.

Den offiziellen Betrag vom Hausverkauf hat mir Brigitte dann auf mein Konto überwiesen. Tage später habe ich den Verrechnungsscheck für Otto abgeschickt.

Hausbau mit Tochter Carmen in Ludwigsfelde

Grundsätzlich wurde das Haus von der Firma Haacke komplett aufgestellt, nur um den Innenausbau mussten wir uns selbst kümmern: Bad-Ausstattung, Fliesenarbeiten, Elektriker, Maler, Fußbodenleger und auch eine Treppe nach oben musste sein. Von den Stadtwerken wurde die Erdgasleitung angeschlossen, ebenfalls Zu- und Ableitung für Wasser, ein Carport für Autos musste sein, auch Gehwege, Terrassen und der Hof bekam eine feste Oberfläche mit den sogenannten Knochensteinen.

Oh, la, la, und das Geld ging weg, aber wir konnten nach drei Monaten einziehen. Das Haus, optisch sehr schön, im Fachwerkstil mit weißen Balken und Fenstern sowie roten Steinen und einer Wärmedämmung nach neuestem Stand.

Die Möbel aus Spanien sind gut angekommen in Ludwigsfelde, aber auch diese „Hausböcke". In meiner kleinen teuren Biedermeier Vitrine war einer. Ich hatte ja schon Übung darin, die herauszuholen, mit Holzkitt wurde alles wieder versiegelt.
Ein anderer saß in dem Berbersessel, der bei meiner Tochter stand.
In der Fachliteratur konnte ich lesen, dass diese Hausbocklarve sechs Jahre, manchmal bis zu zwölf Jahren im Holz ausharrt.
Nun ging die Arbeit im Garten in die nächste Runde, hinter dem Haus war noch Platz, sogar ein Gartenteich sollte entstehen. War doch alles kein Problem, das konnten wir selbst machen: starke Folie rein in das große Loch und Wasser marsch.

Wie oft war ich eigentlich bei Kölle und bei Hornbach, die hätten den roten Teppich auslegen müssen. Neben den drei Gartenhäusern habe ich auch noch eine Trockensauna da gekauft. Die üblichen Zierpflanzen und Sträucher wurden angepflanzt, auch Spindelbäumchen. Doch meine große Leidenschaft wurden die Taglilien (Hemerocallis) mit den bezaubernden Blüten, die mitunter einen Durchmesser von über 18 Zentimeter erreichen. Dafür hält eine Blüte nur einen Tag. Es blühen aber jeden Tag neue auf und eine ältere Pflanze sieht mit vielen Blüten prächtig aus.
Ich habe die übers Internet bestellt. Uwe Hoffmann ist z. B. nach Amerika und hat von da die neuesten Züchtungen geholt. Auch die Firma Baumgartner in Irschenberg hat ein tolles Sortiment.

Der Stückpreis variiert von 10 bis über 400 Euro. Die Pflanzen kommen als Green-Päckchen schnell an. Ich hatte inzwischen über 40 verschiedene Sorten. Die Blütezeit ist von Ende Juni bis Ende August.

Direkt neben unserem Grundstück, nur durch einen Zierzaun geteilt, befindet sich mein Restaurant „Waldfrieden". Das mein Sohn schon seit 1993 bewirtschaftet, auch seine Frau Barbara ist als Bedienung dabei.
Es bleibt nicht aus, dass ich mal über den Zaun schaue oder rüber gehe in den Biergarten, um die Beete anzuschauen, die wir vor einigen Jahren angelegt haben.
Das Beet mit dem kleinen Teich ist noch da, aber was ist mit den Rhododendren, die in der Nähe des Pavillons standen? Ein mittelgroßer Busch stand noch da, aber ob der den Sommer übersteht?
Mein Sohn und die Schwiegertochter hatten bestimmt genug Arbeit mit dem Bewirten der Gäste und für Gartenarbeiten wenig Zeit. Meine Enkelkinder Felix und Thekla waren inzwischen 20 und 17 Jahre alt.
Wir wohnten nun, durch die Aufteilung des Grundstücks, mit abgrenzendem Zaun in Nachbarschaft, allerdings bei meinem Sohn und meiner Schwiegertochter war ich nicht erwünscht.
Trotzdem fühlte ich mich immer noch als Familienmitglied, hatte die Gaststätte aufgebaut, damit die Kinder mal eine Existenz haben. Habe auch keine Pacht verlangt, obwohl ich eine sehr niedrige Rente habe.

Inzwischen hatten wir das Jahr 2005. Auf unserem Grundstück war alles fast fertig, auch im Außenbereich. Sogar ein kleiner Gartenteich war im hinteren Garten entstanden
Was den Biergarten betraf, da habe ich gefragt: „Hallo meine Lieben, kann ich nicht etwas im Biergarten machen, ich

möchte so gern einige Rhododendren neu pflanzen, das Beet bis zum Pavillon vergrößern und vorn am Zaun eine breite Rabatte anlegen. Was haltet ihr davon? Ich habe doch jetzt Zeit, Garten gestalten ist mein Hobby und die Gäste fühlen sich sicher auch sehr wohl, wenn rundherum alles blüht."
„Ja Mutter, mach nur.", hat mein Sohn gesagt.
Ich hatte so eine Freude daran, habe eine Rabatte am Zaun angelegt, alles gepflegt und gewässert.
Das Wasser kam ja aus unserem eigenen Brunnen

Biergarten „Waldfrieden" (2006)

Aus dem Gaststättenbetrieb habe ich mich vollkommen herausgehalten, weder im Service, schon gar nicht in der Küche. Mein Sohn und der Meisterkoch Uwe Freitag haben doch hervorragende Arbeit geleistet.
In meiner kleinen Wohnung war ich schnell fertig und dann

Teil der Rabatte im Biergarten

von Juli bis August zur Hauptblütezeit der Taglilien bin ich vor Öffnungszeit der Gaststätte in den Biergarten und habe die abgeblühten Blüten, die ja nur einen Tag halten, abgemacht. So sah die Staude wieder viel schöner aus.

Eingedeckte Tafel zu einer Feierlichkeit

Das hat ungefähr eine viertel Stunde gedauert.

Da höre ich an einem Tag plötzliches Geschrei von meiner Schwiegertochter Barbara aus der Gaststätte: „Da schleicht die Alte ja schon wieder im Biergarten herum. Das halten meine Nerven nicht aus!" Zweimal hintereinander.

Meine Nerven mussten das aushalten und meine Gedanken: „Was mache ich falsch? Auf meinem eigenen Grundstück sollte ich die angepflanzten Stauden nicht mehr pflegen dürfen? Vielleicht mein Grundstück überhaupt nicht mehr betreten?" Ich war fassungslos, entsetzt und traurig. Diese Geschichte soll hier nicht ausgebreitet werden, nur so viel: Ich habe meiner Schwiegertochter noch nie ein böses Wort gesagt oder sie angeschrien. Nach immer wieder aufkommenden Unstimmigkeiten, auch mit meinem Sohn, habe ich ihn gebeten, sie nicht mehr im Restaurant zu beschäftigen.

Besondere Ereignisse gab es nun nicht mehr, nur dieser Winter. Er mag zwar für Wintersportler ideal sein, aber ich hasse Winter. Diese langen dunklen Tage, diese glatten vereisten Straßen, man könnte depressiv werden.

Das Thema Männer hatte ich abgehakt, nur ein Begleitservice war bei einer Feier dabei.

Reisen konnte ich auch sehr gut allein.

***

Unser Haus in Ludwigsfelde neben dem Restaurant

Otto aus der Schweiz hat immer wieder angerufen und immer die gleiche Frage: „Wann kommst du mal nach Denia in mein Ferienhaus, mich besuchen? Rosa, du würdest mir eine große Freude machen, wenn du kommst. Ich hole dich am Flughafen Alicante ab."

Für Oktober 2005 habe ich den Flug gebucht, drei Wochen wollte ich bleiben. Und wirklich, Otto war am Flughafen, hat mich sogar mit Koffer auf dem Rollwagen fotografiert.
Als wir dann im Auto saßen, hat er gesagt: „Rosa, stell dir vor, ich bin bis Elche gefahren, dann bin ich zurück, musste den Flughafen suchen. Zum Glück habe ich den dann noch rechtzeitig gefunden."
Es geht schon wieder verrückt los und nun mit dem Auto nach Denia fast 100 Kilometer. Der alte ungepflegte Mercedes hat die Strecke gut überstanden. Auf meine Frage, ob er denn mal mit dem Auto in der Werkstatt war, um alles nachsehen zu

lassen, sagte er: „Ja, Rosa, der Wagen wird vorschriftsmäßig immer durchgeschaut."

Eine Woche später, wir waren unterwegs, wollten zum „Carrefour" nach Finestrat, da sind wir mit dem Auto unterwegs liegengeblieben, nichts ging mehr. Der Wagen musste in eine Werkstatt abgeschleppt werden. Ich war wütend, warum log er nur immer? Diese alte Karre war doch schrottreif. Der Abschleppwagen kam, Otto ist mitgefahren in die Werkstatt. Ich bin die kurze Strecke bis zum Carrefour irgendwo privat mitgefahren.
Nach zwei Stunden etwa schallte es aus dem Lautsprecher im Carrefour: Rosa Michaelis möchte zum Ausgang kommen.
Wir mussten dann einen Leihwagen nehmen, um nach Denia zu kommen. Eine Woche später zu dieser Werkstatt, die lag direkt an der Hauptstraße. Zum Glück konnte ich etwas Spanisch, und habe verstanden, was der Chef erklärt hat.

Sie mussten einen neuen Motor einbauen.
In Denia haben wir diesmal unten in der exklusiven Wohnung gelebt. Da waren drei Schlazzimmer und alles neu und modern eingerichtet. Aber in der Küche war alles alt. Da war zwar ein Kühlschrank, aber die Eier darin sechs Monate alt. Auch anderer alter Kram war da und Otto wollte alles noch verwenden, hat beim Kochen immer dazwischen hantiert.
Abends sind wir beide untergehakt, etwa eine halbe Stunde, durch die Straßen gelaufen. Ich hatte Rückenschmerzen und Otto musste die Nachwirkungen der OP ertragen.
Meine Gedanken: „Oh, wie sind wir beide doch inzwischen alt geworden."
Als ich nach drei Wochen die Rückreise antrat, war das ein Abschied für immer.
Otto litt immer mehr unter Wahnvorstellungen, er konnte

nicht mehr allein in Denia bleiben. So lebte er zum Schluss in einer kleinen Wohnung in Leukerbad in der Schweiz.
Zu seinen Kindern Otto jun. und Heidi hatte er keinen Kontakt mehr. Oft hat er noch angerufen und zum Schluss immer der berühmte Satz: „Behüt dich Gott, liebe Rosa."
2009 ist Otto verstorben, Hansueli war da zur Beerdigung, er hatte mich auch verständigt.

Das Gebet vom Holz, es hing in seinem ehemaligen Weinkeller: „Mensch, ich bin die Wärme deines Heimes in kalten Winternächten! Der schirmende Schatten, wenn des Sommers Sonne brennt. Der Dachstuhl deines Hauses, das Brett deines Tisches. Ich bin das Bett in dem du schläfst und das Holz aus dem du deine Schiffe baust. Ich bin der Stiel deiner Haue, die Tür deiner Hütte. Ich bin das Holz deiner Wiege **und das Holz deines Sarges.** Ich bin die Güte und die Schönheit einer Blume. Erhöre mein Gebet und zerstöre mich nicht."

Immer wieder einmal zieht es mich nach Spanien, diesmal im November 2008 war Freundin Gisi dabei. Gewohnt haben wir im Hotel „Kaktus" in Albir und mit dem Mietwagen sind wir alles Bekannte abgefahren, haben Besuche gemacht, auch bei Familie Wolter, die ihr Haus auch verkauft hatten.
Orangenpflücken waren wir auch, bei einem Mann an der Straße nach Callosa. Leider, Gisi hatte so viele in Taschen und im Koffer, sodass eine saftige Nachzahlung am Flughafen fällig war, wegen Übergewicht.
Na so was Blödes von uns, da waren die Orangen fünfmal so teuer wie in Deutschland.

2008 Habe ich auch mein Buch: „Waldfrieden" –
Restauration, Kneipe „Wendebau" veröffentlicht, bei einer

kleinen Druckerei in Ludwigsfelde verlegt. Vom Druck und der Gestaltung her ein sehr schönes Buch, oft habe ich wegen Layout neben Frau Lindemann gesessen.

Bei der „Buchlesung" in unserer Gaststätte war großer Andrang, auch die für Ludwigsfelde zuständige Märkische Allgemeine hat darüber berichtet: „Ein Haus mit Geschichte" Die Wirtin des Ludwigsfelder Restaurants „Waldfrieden" hat die Geschichte dieses Hauses aufgeschrieben. Es heißt . . .

Auch in anderen Zeitungen waren Artikel wie: „Damit die Enkel antworten bekommen" oder im Ludwigsfelder Boten: „Geschichte lebendig gemacht". Auch im Stadtportal wurde auf zwei Seiten darüber berichtet. Nun kamen noch Glückwünsche und Karten von verschiedenen Leuten, auch aus Westdeutschland. Ich war natürlich ganz doll stolz.

Auch Brigitte Scholl, die Frau des Ludwigsfelder Bürgermeisters, hat mich beim anschließenden Verkauf der Bücher sehr unterstützt. Sie war auch bei der Buchlesung dabei, ihr Mann kam später auch noch.

Buchlesung 2008 im Restaurant „Waldfrieden"

Unsere Norfolk Terrier Gordon und Yoyo

Ab 2009 könnte wieder etwas passieren. Das Buch war fertig und vorgestellt, der PC stand in der Ecke, was nun?

***

Wenn man älter wird, denkt man oft: „Mach das mal noch, so lange es noch geht."
Der Plan war diesmal, die nördlichen Regionen auf unserem Planeten auch mal anzuschauen, bis hoch nach Spitzbergen wollte ich mal. Aber allein?

Meine Ingrid aus Essen, ihr Gerd war inzwischen verstorben. Sie hatte Lust, das auch einmal anzusehen und so haben wir bei „Wörlitz Tourist" eine Kreuzfahrt auf der „Albatross" gebucht.
Ach, war das schön gemütlich auf diesem Schiff. Wir waren mit beim Kapitän Morten Hansen auf der Brücke, haben uns mit ihm unterhalten können, auch mit vielen anderen, die uns

betreut haben und später in der Folge „Verrückt nach Meer"
zu sehen waren.

Unsere Zwei-Bett-Kabine weiter oben hatte normale Fenster.
Am 13.6.2009 ging es vom Bremerhafen aus los.
Erste Station Edinburgh, dann Orkney Inseln und auf Island
Reykjawiek, Akureyri.
Dann haben wir den Polarkreis erreicht, sind weiter nach
Spitzbergen. Dort mit dem Tenderboot bis Ny Äleburg, das
einzige Postamt ansehen, weiter durften wir nicht, Eisbären
waren in der Nähe.
In Barentsburg waren wir im russischen Kulturhaus.
Dann, schon auf der Rückreise, natürlich am Nordkap, in
Tromsö, Geiranger und Dalsnibba, auch eine Panoramafahrt
in Bergen, Halt am Lysefjord. Außergewöhnlich schön war
diese Reise, die schneebedeckten Berge, die Fjordlandschaft,
die Wasserfälle. Beinahe schöner als der Süden, aber es war ja
Sommer.
Am 30.6. war diese zauberhafte Reise vorbei. Wir haben in
dieser Zeit die Sommer-Sonnen-Wende und die
Mittsommernächte erlebt.

Viele Fotos habe ich wieder gemacht, so kann ich die
festgehaltenen Momente immer wieder irgendwie erleben,
denn es wird wohl die letzte große Reise gewesen sein.

Es ist schon ein eigenartiges Gefühl dieses Älterwerden. Man
spürt, dass der Körper sich verändert und die Kraft nachlässt.
Plötzlich sind auch Schmerzen da.
Bei mir musste 2011 der Wirbelkanal operiert werden, eine
Verengung (Stenose) hatte Beschwerden gemacht. Und 2015
kam rechts noch ein neues Hüftgelenk rein.

Mit der „Albatross" nach Spitzbergen, Ingrid, ich dahinter

Jetzt lebe ich bewusster. Das trifft besonders auf die
Ernährung zu. Früher habe ich das nicht so grausam
empfunden, wenn mein Mann zum „Hausschlachten" ging.
Ein Schwein, das ein gutes Leben auf dem Bauernhof hatte,
dann mit dem Bolzenschussapparat getötet wurde, das fand
ich nicht besonders tragisch.
Was heute mit den Tieren passiert, ist furchtbar. Tierschützer
regen sich auf, leider finden sie kein Gehör. Die Tiere werden

317

vollgepumpt mit Wachstumsbeschleuniger und Antibiotika, fressen sich bei einer extrem engen Haltungsform selber an, aber es geschieht nichts. Es zählt nur noch der Profit.

Zwölf Jahre habe ich Fleisch- und Wurstwaren verkauft. Dass Tiere dafür getötet wurden, war immer im Hinterkopf. Wenn die Lieferung vom Produktionsbetrieb kam, war das eine Ware, die verkauft werden musste, wie jede andere. Sicher wurde das Vieh in den 1970er-Jahren noch nicht so gequält und ausgebeutet. Das weiß ich aber nicht so genau.
Heute kann ich zu einem Spottpreis Geflügel, Fleisch- und Wurstwaren kaufen, nehme aber immer mehr Abstand davon, wenn überhaupt, dann greife ich zu Bio-Produkten oder, was noch besser ist, zu Wildfleisch. Wenn mein Schwiegersohn als Jäger Wildschwein, Hirsch oder Reh schießt, dann kann ich das noch mit Appetit essen. Die Tiere hatten ein freies Leben in der Natur und sind durch den gezielten Schuss sofort tot.

***

Der Mordfall Scholl in Ludwigsfelde

Brigitte Scholl war die Frau des langjährigen Bürgermeisters Heinrich Scholl in Ludwigsfelde.
Wir kannten uns jahrelang, waren befreundet. Ihren
55. Geburtstag hat sie in unserer Gaststätte „Waldfrieden" gefeiert mit ihrem Mann und Gästen, auch der Regierende Bürgermeister von Berlin, Klaus Wowereit, war dabei.
Meiner Tochter Carmen war sie eine mütterliche Freundin, hat ihr auch wertvolle Ratschläge für ihren Beruf gegeben.

Meine Tochter Carmen mit Brigitte Scholl

Brigitte Scholl hatte einen Kosmetiksalon im Erdgeschoss ihres Hauses. Ich war ein paar Mal da, aber meine Tochter noch viel öfter. Sie war immer sehr korrekt, legte Wert auf Pünktlichkeit, alles im Haus war tadellos.
Auch ihr Hund „Ursus", der Cocker-Spaniel, hatte seinen eigenen Bereich. Sie liebte diesen inzwischen 14 Jahre alten Hund sehr. Dass sie meine „Waldfrieden"-Bücher mit verkauft hat, habe ich schon erwähnt, aber diese Hilfsbereitschaft kannte jeder. Wo sie helfen konnte, war sie präsent, hat mit ihrer feinen bestimmenden Art auch korrigiert.

Zur Familienfeier meiner Tochter waren sie ebenfalls. Brigitte ist immer durch ihren besonderen Kleidungsstiel aufgefallen.

Er, Heinrich Scholl, ihr Ehemann seit 47 Jahren.

Inzwischen war er Rentner.

Nun hatte er sich eine Wohnung genommen am Stadtrand von Berlin, um sich dort mit einer Thailänderin zu vergnügen.

Viel Geld hat er für sie ausgegeben, teure Sachen gekauft.

Er war verliebt, sicher auch wahnsinnig.

Die Thailänderin hat ihn ausgenutzt und verlassen. Er hat sie verfolgt, sie hatte Angst vor ihm, so steht es in dem Buch: „Der Fall Scholl" von Anja Reich, erschienen im Ullstein-Verlag.

Letztendlich ist er wieder nach Ludwigsfelde in das gemeinsame Haus zu seiner Frau zurückgekommen, vielleicht schon mit einem Plan.

Am 29.12.2011 wurde Brigitte Scholl ermordet.

Nach dem Mord brach in Ludwigsfelde Panik aus, alle waren entsetzt, Hubschrauber kreisten über der Stadt, auch über dem Waldstück, wo man Brigitte Scholl und ihren Hund tot gefunden hatte. Beide waren mit Moos abgedeckt.

Das Grauen ging um in der Stadt, alle möglichen Verdächtigungen und Fantasien machten die Runde.

Kein Ludwigsfelder wollte abends im Dunkeln mehr Haus, oder Wohnung verlassen, wenn er nicht musste.

Wer hat diese grausame Tat begangen?

In Ludwigsfelde ist ein Mörder unterwegs!

Wer wollte Gitti aus dem Weg schaffen?

War es vielleicht ein Auftragsmord?

So viele Fragen, so viele Spekulationen. Doch bald hat sich herauskristallisiert, wer es eigentlich nur gewesen sein konnte.

Alle waren bestürzt und fassungslos als ihr Mann, der ehemalige Bürgermeister von Ludwigsfelde, verhaftet wurde.

Der wochenlange Prozess endete aufgrund von Indizien mit
dem Urteil: „Lebenslang" für ihn.

Ich versuche mich in die Lage von Brigitte Scholl zu
versetzen. Arglos geht sie mit ihrem Hund im Wald spazieren,
Plötzlich und heimtückisch wird ihr ein Schnürsenkel von
hinten um den Hals gelegt, man versucht sie zu erdrosseln.
Nach Kinnhaken ist sie zu Boden, liegt auf dem Rücken.
Noch ein Schnürsenkel kommt um ihren Hals und nun wird
fest zugezogen. Ihr Mörder war über ihr, sie haben sich dabei
in die Augen gesehen!
Es muss ein schrecklicher Todeskampf gewesen sein.
Zum Schluss bekam sie noch eine Plastiktüte über den Kopf.
Mit ihrem Hund Ursus geschah das gleiche.

***

Resümee

Ich habe eine Epoche erlebt, in der sich die Welt radikal verändert hat. 1958, mit 24 Jahren, konnte ich das erste Mal in einem kleinen Fernsehbild schwarz-weiß Fernsehen anschauen. Die alte Holzbottich-Waschmaschine konnten wir 1960 aussortieren. Ein „Wartburg" Auto der ersten Baureihe hatten wird 1963. Damit konnten wir auf fast leeren, aber kaputten Straßen unterwegs sein. Und heute?

Eine großartige digitale Welt ist entstanden. Wissenschaft und Forschung haben enormes erreicht auch in der Medizin, sodass viele Menschen heute eine längere Lebenserwartung haben.

Trotz des Fortschritts ist es eine ungerechte, unnatürliche Welt geworden, so sehe ich das als alte Frau.

Unsere Politiker reisen in der Welt herum, wollen sich profilieren, ein großes Europa schaffen, aber die Probleme vieler Menschen im eigenen Land sehen sie bewusst oder unbewusst nicht.
Oft denke ich daran, wie wohl kommende Generationen, meine Kinder und Enkelkinder leben werden. Das friedliche Miteinander auf der Erde wird immer wieder durch Gewalt und Terror gestört.

Wird der rasante Fortschritt von Wissenschaft und Technik, der die Welt jeden Tag zunehmend verändert, so weiter gehen? Oder stößt der Mensch irgendwie, irgendwo, irgendwann an seine Grenzen?

Mit meiner Familie, Tochter Carmen, Schwiegersohn Michael und Enkel Max, telefoniere ich fast täglich, denn seit 2016 bin ich wieder als Urlauber in Spanien in einer wunderschönen Wohnung. Ich brauche keine Winterreifen mehr für mein Auto – ab und zu bin ich natürlich auch immer wieder in Deutschland.

Mein Sohn Frank leitet seit 1993 sehr erfolgreich das Restaurant „Waldfrieden". Ich bin sehr stolz auf ihn, wünsche ihm Glück, Zufriedenheit und ein reines Gewissen. Uwe Freitag, der Chefkoch, ist schon seit meiner Zeit 1992 dort. Sie sind ein sehr gutes Team.
Die Kinder meines Sohnes sind schon lange aus dem Haus. Felix hatte sich für zwölf Jahre bei der Bundeswehr verpflichtet und Thekla hat in Hamburg BWL studiert. Zu ihrem 19. Geburtstag hatte ich ihr folgenden Brief geschrieben:

Hallo, liebe Thekla
zu Deinem Geburtstag wünsche ich Dir alles Gute und vor allem auch gute Lernergebnisse auf dem Weg zum Abitur.
Ja, das Leben liegt vor Dir, nutze Deine Chancen, gehe Deinen Weg, wenn er auch manchmal steinig sein sollte.
Du kannst und schaffst alles mit einem Ziel vor Augen, mit einem Lächeln, mit einem liebevollen Wort, auch mit Hilfsbereitschaft und Ehrlichkeit.
Ich wünsche Dir bei all Deinen Vorhaben viel Erfolg und vor allem auch die ganz große Liebe.
Sei nicht zickig und wenn die Zicke mal kommt, schick sie weg. In Gedanken bin ich bei Dir – ich drücke Dich und habe Dich sehr, sehr lieb.

Herzlichst   Deine Omi Rose

Nachwort und Danksagung

2015 habe ich angefangen, meine Lebenserinnerungen aufzuschreiben. Da war ich auch eine kurze Zeit in Potsdam beim Literatur-Kollegium LitMatsch. **Leiter ist Dr. Heinrich von der Haar.** Das Vorlesen des eigenen Manuskripts mit anschließender Diskussion gab mir wertvolle Hinweise.

So habe ich nun meine Erlebnisse mit Mut, offen und ehrlich, ohne professionelle Hilfe aufgeschrieben.

Sicher fehlt es an wort- und ausdrucksstarken Formulierungen, aber jetzt noch ein Germanistik-Studium?

Mit dem Computer-Schreibprogramm bin ich so einigermaßen klar gekommen. Trotzdem sind Wutanfälle nicht ausgeblieben und der Computer hätte beinahe den berühmten Fenstersturz erlebt.

Wenn gar nichts mehr ging, habe ich „Hilfe" gerufen.

Herzlichen Dank:

an meinen Enkelsohn Max Hennig aus Ludwigsfelde, der Informatik studiert hat und mir immer weiter helfen konnte.

Danke auch an Andreas Prescher aus Polop / La Nucía in Spanien.

Danke Nadine Koberstein fürs Gegenlesen.

Und ein ganz großer Dank geht an Friedhelm Schmidt (Eduardo Esmi) **in Orcheta in Spanien.**

Er hat die Bilder gescannt und eingefügt.

Gemeinsam haben wir das Cover gestaltet und alles druckreif vorbereitet.

Er selbst ist Autor vieler Bücher und seine Frau Annemarie ist Malerin.

Die Rückwärtsschau ist vorbei, jetzt schaue ich in dankbarer Erinnerung auf ein interessantes Leben, aber ebenso mit Einsicht, Zuversicht und Vertrauen in die Zukunft.

Die großen Tragödien sind vorbei, das Thema „Männer" ist abgehakt — bis auf Joshua, einem Niederländer. Er ist auch schon über 80 Jahre und wohnt in einer großen Wohnung parterre, direkt am Pool unter mir.

Ich wohne in der zweiten und letzten Etage oben — wir unterhalten uns manchmal.

Rosemarie, inzwischen 82 Jahre, und Tochter Carmen

FSC
www.fsc.org

MIX

Papier aus ver-
antwortungsvollen
Quellen

Paper from
responsible sources

FSC® C105338